U0112521

后浪

逃走的伸子

［日］宫本百合子 著

曹逸冰 译

四川人民出版社

图书在版编目（CIP）数据

逃走的伸子 / （日）宫本百合子著；曹逸冰译 . --
成都：四川人民出版社，2022.7（2023.1 重印）

ISBN 978-7-220-12661-1

Ⅰ . ①逃… Ⅱ .①宫… ②曹… Ⅲ .①长篇小说—日
本—近代 Ⅳ . ① I313.44

中国版本图书馆 CIP 数据核字 (2022) 第 050229 号

TAOZOU DE SHENZI

逃走的伸子

著　　　者	［日］宫本百合子
译　　　者	曹逸冰
选题策划	后浪出版公司
出版统筹	吴兴元
编辑统筹	尚　飞
特约编辑	陈怡萍
责任编辑	李京京
装帧制造	墨白空间 · Yichen
营销推广	ONEBOOK
出版发行	四川人民出版社（成都三色路 238 号）
网　　　址	http://www.scpph.com
E－mail	scrmcbs@sina.com
印　　　刷	嘉业印刷（天津）有限公司
成品尺寸	143mm×210mm
印　　　张	12.25
字　　　数	252 千
版　　　次	2022 年 7 月第 1 版
印　　　次	2023 年 1 月第 2 次印刷
书　　　号	978-7-220-12661-1
定　　　价	58.00 元

目 录

逃走的伸子

一

伸子双手背在身后，靠着半开的窗框，凝望房中的光景。

房间中央摆着长方形的大桌。枝形吊灯的亮光，将杂乱堆砌在桌面的文件照得分明，又落在灰色的地毯上。桌上有厚得可怕的装订册，带着模糊不清的打字机紫墨水，还有某种备忘录，锁住边角的别针闪闪发光。只见两个男人隔着那些东西相对而坐，全神贯注地读校数字。

他们的工作是单调而枯燥的，一如照亮整个房间的单调灯光。身着家织布衣、肤色浅黑、身材消瘦的男人紧盯左手拿着的装订册，逐页翻动，念出一个个位数颇多的数字。对面是伸子的父亲佐佐，他身着优雅的条纹褶边领吸烟服[1]，浅浅地坐在椅子上，手执蓝色铅笔，一丝不苟地核对着数字。尽管扮相休闲随意，但他埋头于这项机械性工作已是三十分钟有余。

旁观的伸子对他们的工作内容一无所知，也不懂为什么非现在做不可。她乖乖退到窗口瞧着，主要是出于从小养成的习惯，

1　旧时男人穿的宽松便服，多用丝绒做成。——译者注

深知绝对不能在父亲忙碌的时候打扰。不过，她渐渐被两人的工作节奏迷住了。那个男人用强弱适度的平稳嗓音快速报着：

"二八七点二六〇。五九三〇三点四二七……"

好似勤劳的纺锤发出的阵阵低吟。佐佐的蓝色铅笔则以一种近乎自动装置的敏捷做着细致而有条不紊的运动，唰唰、唰唰……生出某种独特的韵律。凝神观察，便能感觉到机器的规律运转注入人心的亢奋，强大、坚定而又精力充沛。

两人一鼓作气对完两本大号装订册，又慢慢悠悠对完第三本稍薄一些的备忘录后，佐佐摆出一副卸下重担的样子，说道：

"呼，真是有劳你了。"

说着，便低下头挪了挪椅子。

紧绷的空气出现了暂时的松弛。连伸子都不由得松了口气，顿感形形色色的外界噪音从身后涌来。晚餐时间刚过，正是街上人来人往的时候。无数人的脚步声与欢声笑语相互交融，化作漫无边际的杂音汇成的浓密气团，自横亘于正下方的百老汇攀升至他们所在的五层。都会的巨响弥漫至夜空。嘟嘟嘟……汽车的警笛直贯而过，传入耳中。在灯柱下叫卖晚报的孩童吆喝着："看报嘞！看报嘞！"高亢的喊声时断时续。身着家织布衣的男人迅速收拾好文件，塞进自己的黄色手提包，然后跟佐佐说了几句话，远远地跟伸子打了招呼便告辞了，一副很是匆忙的样子。佐佐将他送到门口。

回来之后，佐佐十分享受地抽着雪茄，吞云吐雾道：

"那差不多该出门了吧。"

伸子离开窗边，走到他旁边的长椅坐下，开口问道：

"真要去吗？"

"怎么了？你不是也要去的吗？我都跟那边说好了。"

"我……有点不想去。"

"为什么？"

"感觉好累，而且，听起来好像也不是很有意思呀。"

"唔……"

佐佐沉默不语，盯着自己吐出的烟雾看了片刻，又缓缓说道：

"衣服不换也没关系，还是去吧，去了总会有些收获的。再说了，也得趁着我还在，尽可能多带你认识一些人，不然万一出点什么事，你一个人可怎么办啊。"

伸子与父亲接到邀请，要在今晚参加于日本学生俱乐部举办的聚会，算是茶话会。据说聚会将以最近自祖国而来的某文学博士为中心，意在交流感情，伸子的好奇心却全然没被勾起。毕竟她自己也是初来纽约的旅客。下午她独自去不甚熟悉的下城购物，回来时已是心神俱疲。连晚上都要规规矩矩地待在人群中，对她而言实在是有些烦闷。然而，健康而富有活力的佐佐往往对伸子的内向畏缩不以为然。他总是带着伸子到处跑，活力充沛得不像是年近花甲的老人。一片苦心昭然可见，他是想趁着自己还在，带女儿熟悉地理，多交些朋友。为了处理公司的事务，佐佐来到了这座城市，但只会暂住三个月。而他回国后，伸子将独自留在这里。旅行期间，她几乎时刻跟随父亲，哪怕心里头不愿意。从市政厅到某大银行的铁丝网后，在那通风很差的闷热房间，眼看着大活人在堆积成山的金币之中用没有血色的手指点钱。反正伸子不熟悉当地的情况，也没有明确的目的，而且要是不跟着父亲，她必定会如被丢弃的石头一般，度过无聊的漫漫长日。

此时此刻，她还是不想去。不过一想到父亲离开后，她便只能独守酒店房间直到十二点左右，参加聚会好像也不是那般骇人的任务。

就在伸子摆着腿磨洋工的时候，佐佐不改积极分子本色，径直去了卧室。不一会儿，敞开的门里便传来了"哗哗"的水声，还有放下发梳的清脆响声之类的动静。窗外是不夜城那不知困倦的喧嚣，以及对面楼顶广告灯的忙乱闪烁。还可以看到漆黑夜空的一部分映照着凡间的灯火，带上几分朦胧的湿气。

"被丢下可就糟糕了！"

忽然间，孩子气的苦闷念想涌上伸子的心头。

她赶紧从椅子上站起来，跟上父亲的脚步。佐佐已经梳妥了头发，站在房间中央，一只胳膊都快伸进外套了。见状，她急忙说道：

"对不起，能不能等我一下？我还是去吧。"

伸子快步走到镜前。

佐佐看了看表。

"可不能磨蹭太久。"

"马上好，就五分钟！"

伸子迅速整理好头发，戴上一顶棕色小圆帽。

二

街号越走越大，路上行人却渐渐少了，四周也愈发冷清了。

街角有一座大号橱窗，放下了百叶窗，倍显阴沉。走到这里，父女俩向左转去。刚从主干道拐进小路，周围顿时暗了下来，连脚下那铺设过的平缓下坡道都看不分明了。前方的大马路后便是哈得孙河，不时有急促的夜晚河风吹过。透过河畔公园的光秃树木，可见煤气灯发出朦胧的光亮，冷淡而苍白。

混入寒冷与寂寥的阴森令伸子感到了异样的紧张。不知不觉中，她紧紧搂住父亲的胳膊。

"……好暗啊……您认得路吗？"

佐佐把鞋跟踩得铿锵作响，留心观察着右边的一排房子，用比平时多几分克制的声音回答：

"再往前走一段就到了。不过这些房子都长一个样，可真教人头疼。就不能多装几盏路灯吗……"

确实，这条路上有几十栋小房子，每栋门口都是左右两侧装着低矮的铁栅栏，设有三四级台阶，形状一模一样。朴素的门口又在路旁深处，稀疏的路灯所发出的光亮照顾不到。他们越走越觉得孤寂，几乎是每走到一栋房屋的昏暗入口都要探头张望一番。就在他们快要泄气的时候，一扇透着明亮灯影的弓形窗户映入眼帘。窗帘的缝隙后面站着几个男人，伴随着听不清楚的说话声。

伸子拽了拽父亲的胳膊。

"是这里！"

佐佐环顾房屋周围，走上门口的台阶，按下门铃。门后立刻响起了短促而不带余韵的声音。伸子生出了期待和好奇。毕竟她刚走过一条昏暗的小巷，被诡异的焦虑折磨得不轻，只觉得在这扇镶有老式玻璃板的房门后，有某种温暖和快乐等待着她。橡木门向内开启，出奇地顺滑。开门的男人见来人是他们，便把门开得更大了，用一本正经的口吻问候道：

"欢迎光临。请进。"

佐佐一进门厅便脱起了外套。伸子环视四周。右侧墙边有带镜子的高大帽架。左边摆着长椅，饰有厚实的葡萄叶浮雕。长椅前则是通往二楼的缓梯。深处是一间敞开的大厅，有厚重的帘子遮挡。大厅里传出充满压力的谈笑声，清一色的男性嗓音。放眼望去，尽是坚固的棕色橡木圆柱和镶板，它们在灯下闪闪发光，令伸子颇感舒心。一种新鲜的味道弥漫开来，刺激着她的感官。那是只有男人居住的房子所特有的气味，由家具上光剂、香烟、羊毛和另一种似乎来自干燥皮具的气味融合而成。

开门的男人帮佐佐脱下外套，随即说道：

"这边请。女士也来了不少……"

伸子微微低头，这才第一次看清了男人的长相。他戴着白色的低领，打着黑色的领带，一身朴素的黑衣上有几处磨损。他脸色阴郁，圆润的大下巴倒很惹眼。伸子边上楼边问：

"安川姐姐来了吗？"

那个看起来三十五六岁的男人用天生的低沉嗓音回答道：

"来了。"

上到二楼，只见一个房间的门半开着，传出女人的说话声。他喊了一声"安川小姐"，然后说道：

"佐佐小姐来了。"

屋里的说话声戛然而止。

"哎呀！是吗？"

伴随着这句话，安川弓着背，大跨步迈过门槛。为伸子带路的人下楼去了。伸子曾短暂就读于某专科学校，当时安川冬子便是她的学姐。安川是全校出了名的好学生，勤奋刻苦。伸子只和她说过一两次话，不过在这座城市，她算是伸子唯一在大洋彼岸便已结识的朋友了。安川在一年多前进入 C 大学，主攻教育心理学。

安川上下打量着伸子，一脸的稀罕劲儿。

"我早就听到了风声，只是平时不太出门，都不知道你来了。什么时候到的呀？"

"三个多星期前。"

安川提问时的语气还是那般麻利爽快，与上专科学校时别无二致，这令伸子倍感惊讶。

"听说你是和父亲一起来的？"

"嗯，小跟班一个。"

伸子觉得在这群女士面前，自己仿佛成了小朋友。

"他今晚也在楼下。"

"哦，挺好的。在哪儿落脚呢？住哪家酒店？"

"布伦特酒店。"

"啊，我倒是去过那里。给你介绍一下，这位是高崎小姐，高师[1]毕业的，研究家政学。这位是名取小姐，主修音乐的……"

伸子向每个人鞠躬致意。

寒暄和简短的问答结束后，伸子感到了失望，或者说是意外，还有几分朦胧的落寞。在场的人里，愣是没有一个她看一眼就觉得喜欢的。虽然她们各有专长，容貌各异，但每个人看起来都很能干，在物质和精神层面又都是忙忙碌碌，没有一丝的从容，仿佛正被什么东西追着跑似的。周身的打扮也是无一例外的了无情趣。伸子把外套脱在旁边的椅子上。

一度暂停的校园闲话与留学生的传闻很快便重启了。有人亲切地与伸子搭话。伸子和蔼可亲地应着，心中却莫名地沉郁。这个房间里充斥着狭隘而不自由的生活气息，让她觉得有些憋屈，不太适应。好不容易来到了新的环境，进入了新的生活，却什么都不看，什么都不听，见了朋友也只是聊课业、聊作业、聊自己有多忙，或是聊些第三者完全提不起兴致的风言风语。这般海外游学生的境遇令伸子生出了恐惧。

哪怕来到楼下的大厅，那种被紧紧束缚的感觉也没有消失。

在大厅的角落，佐佐舒舒服服地坐在安乐椅上，不停地说着什么。

之前带她上楼的男人靠在门帘边的柱子上，捧着胳膊，正和一个坐在椅子上的男人说话。坐着的男人膝头蜷着一只黑白相间

1　高等师范学校。——译者注

的斑点猫，与周围的环境格格不入。这人显得颇为悠闲自在，轻抚着猫的后背说着话。温馨的光景让伸子看着稍感舒心。伸子本想找坐在身旁的中西打听那个男人的名字。中西是后面才来的，正用优美而饱含温情的声音说话。

就在这时，刚才那人高大而骨感分明的身子以生硬的动作挪到了她跟前的桌旁。只见他在桌边做了个掸灰似的动作，然后低声说道：

"晚上好。"

带着开幕词意味的发言开始了。周围好几张脸都转向了声音的出处。充斥大厅的嘈杂消失了。一片寂静无声之中，有人在拼花木地板上挪了挪椅子，故作严肃地清了清嗓子……

男人低垂着眼，不免其俗地表达了对众多来宾赏光参加聚会的满足，然后欢迎松田博士的到来。将博士介绍给众人后，他便坐了下来。松田博士是位面相亲切的中年人。他从自己的座位起身，从艺术的本土特色这一角度，谈了谈他对美国绘画的观察。

一番见解发表完，他又用略带沙哑的平淡嗓音，按部就班地推进话题。不一会儿，伸子又觉得不满足了。她一边听着，一边对比起了对面一字排开的男士们的面容。大多数人都把头转向站在大厅右侧的博士，所以从伸子这边望过去，只能看到很多人的左半边脸。红润光泽、眼皮略肿的凡俗面庞。皮肤黝黑，五官粗犷，看着就像有口臭的容貌。脸颊到嘴边都没几分肉，皮肤光滑，气质许是偏黏液质[1]的人……脚的放法、靠椅背的样子之类的细节，似乎都能透露出他们性格中某些隐秘的部分，伸子觉得观察这些很是有趣。正面看时显得伶俐精干的青年，侧看却显得鲁钝无力。伸子忽然对自己平时没瞧过几次的侧脸感到了一丝不安。一个一个打量过去，便轮到了刚才那个中年男人。此刻他正坐在伸子斜对面。她不知道那人姓甚名谁，也不知道他做什么工作。

他深深地坐在椅子上，靠着椅背，微微低头。双臂紧紧交叠于胸前，那貌似是他的小习惯。伸子投去无须担心被对方发现的一瞥，同时在心底感到了淡淡的困惑。他的侧脸，有某种之前打量过的男人都没有的东西。其他男人的容貌与身体有着同样的力量密度。换句话说，伸子感觉他们的面庞是以与胸膛相同的血肉组成的，唯有这个男人不然。他的肩膀很宽，身形有北方人的味道，与脖子上的那张脸造就了令人略感诡异的不协调感。那是一种复杂的感觉，如果用同样的力气从脚下一路往上看，看到脸的时候，视线便会不知所措。朴素而感伤的元素，还有让人感觉他从不将情绪肆意散发出来，而是郁结在心的元素……种种元素化作阴翳，蔓延于下唇紧绷着的苍白侧脸。

伸子的目光退缩了一两回。她的好奇心被那阴郁的侧脸激发起来。他脸上所表现出来的，绝非许多男人都有的春风得意，亦非阳刚果敢，而是某种阴暗的东西，近乎黑暗。每看一眼，都教

---

[1] 黏液质是指一种气质类型，此类人在日常生活中表现为情绪不外露，冷静踏实，行动迟缓，自制力强而容易固执。（如未标"译者注"，均为编者注）

人分外好奇那阴影从何而来。

松田博士的演讲结束了。

谈笑声四起，大厅里的气氛比方才更随意了些。靠走廊的一扇门开了，有人端来了冰激凌等甜点。这时，让伸子产生好奇的男人又站了起来。他提议，今夜来了几位新面孔，不妨请大家依次做个自我介绍。伸子最烦这种事情，不禁望向远处的父亲求救。父亲却轻松愉快地坐着，眼角的褶皱中含着和蔼的微笑，仿佛很中意这项提议似的。

"正所谓请自隗始，那就从我开始。"

原来他叫佃一郎，在 C 大学专攻比较语言学，主修古印度和波斯语。老家在里日本[1]，平时一边做研究，一边帮 Y.M.C.A.[2]做些工作。最后，他如此说道：

"只要是我力所能及的，都会尽力相助，请尽管开口。"

研究古代的语言和极度务实的 Y.M.C.A. 的工作，两者在心理层面存在怎样的必然联系呢？伸子有些想不通。不过他的专业课题给她带去了朦胧的满足感。因为她似乎感觉到了呈现在他脸上的东西和他的研究之间存在某种与性格相关的联系。

在他之后起身自我介绍的几乎都主修政治、经济、社会学、法律等。抱猫的人姓泽田，主修植物学。女宾们也简单发表了各自的抱负和目标。因为害羞，伸子只是生硬地说了一句"我叫佐佐伸子，请多关照"便坐下了。她实在没有勇气对这些人坦白，

1　本州面朝日本海一侧。——译者注

2　基督教青年会。——译者注

说自己想了解人类广博而深奥的生活，想在死前写出精彩的小说，哪怕只有一部也好。

父女俩在十二点不到的时候回到酒店。

伸子洗了澡，正穿着家居服摆弄白天买的小玩意儿，工艺精良的银制蜡封工具。欧洲大战已进入第五个年头，全城各处每天都有为红十字会和慰问前线举办的义卖会。这套古色古香的工具便是伸子从其中一场义卖会淘来的。这时，换了睡衣的佐佐走过来说道：

"明天早上九点，佃君会过来一趟，你记一下。"

"佃先生……是今晚那位？"

"嗯……有人托我找南波的侄子，我也一直惦记着，只是一个人实在顾不过来，所以想请他帮个忙。"

佐佐大致解释了一番。

"听说他在这儿待了好些年，肯定能帮着找到些线索。万一问着了呢……不，搞不好还就得问他……毕竟在这人山人海的地方找一个失踪多年的男人可不容易啊！"

接着他又说道：

"你也早些睡吧。"

他迅速爬上自己的床铺，仿佛是要尽情享受活动后的安睡。

三

第二天早上，伸子跟平时一样恢复了精神，感觉神清气爽。卧室的窗帘还拉着。透过微小的缝隙，一道如颤抖的金丝般的光线射入昏暗的房间，落在梳妆台上的香粉罐上，形成小小的光点，好似点着的火把。

她怀着平静的心情掀开被子起身，伸长脖子望向远处的另一张床。父亲显然比她起得早，床上空空如也。

伸子望向床头的时钟。已经九点半了。她突然想起了父亲昨晚的叮嘱。

她披上家居服，打开窗户。又是一个好天。天际略有些雾霭，温暖和煦的晨光落在十月下旬的街道和楼房上。伸子照常洗脸束发，换了衣服，没有特别着急。下楼前往大厅的时候，她穿着与昨晚一样的深蓝色衣服，清清爽爽，配上白绸领子。

早晨的大厅干净整洁。大理石圆柱也好，热带植物盆栽也罢，都沉浸在一尘不染的空气中。

伸子环顾人烟稀少的大厅。只见父亲和佃坐在餐厅门口的长椅上说话。她径直走了过去。

"哟，起来啦。"

她向父亲道了早安，又对为她拉来一把椅子的佃说道：

"请恕我昨晚多有失礼。"

"我才该说这话。累坏了吧。"

佐佐和佃迅速说回正题。两人商定，要在日文报纸上刊登寻找南波武二的广告，并由佃前去查阅市内旅店的住客名簿。

伸子在一旁听着，感觉到佃即便来到了这里，他的面容和声音依然带着昨晚引起她注意的那种气场。而且像这样对面而坐时，总感觉他身上仿佛有某种东西，能把她宽广缥缈的情感聚拢起来，吸引到某个狭窄之处。那种被吸引的感觉是怎么回事？吸引显然不是因外在元素而起。在明亮的晨光下，他的服装并没有比昨晚显得更时髦、更上档次，看起来甚至更寒酸了。至于他的容貌，也与美男子的范畴相距甚远，在灯光的映照下更显阴郁。可不知是为什么，他身上就是有某种东西能勾起伸子的好奇。

谈话告一段落，佐佐向佃发出邀请。

"怎么样，要不要一起去喝杯茶？我们也正准备去用餐。"

佃起初婉拒，但最后还是在桌边落了座。伸子听他讲述了日本来的工人沦为流浪汉的始末，还有某个赌徒的逸事。佃不善言辞。他不是那种会主动展开话题的人。不久后，他便表示自己要赶时间去上课，中途离席了。

十一点不到，伸子与有事去下城的父亲离开酒店，一起走到地铁站。在车站分开后，她独自步行前往美术馆。

除了周六、周日，馆内寂静无声。右手边的第一间展厅里全是罗丹的作品。在伦勃朗的《花神》前，有一个人正在临摹，看着像是意大利人。他画得那样认真，像美术家似的弓起套着罩衫的背，一丝不苟地对比原作与自己的画作，试图再现神秘原作的美妙色调，但在伸子的眼里，他的画布只能用丑怪形容。走到另一处，又看到一个中年女人正在临摹一幅阿拉伯人骑着跃起的黑马挥舞长矛的画，一笔一画都描得清清楚楚，好似用石板印出来的，许是要用作杂志封面。伸子在楼下的咖啡馆用了简单的午餐，四处逛了逛。

正要走时，她忽然心血来潮，转身折回楼上。迷了一会儿路以后，她找保安打听了一下，走进一间没什么人的展厅。那里展出的是古代波斯的美术品、抄本等文物。

伸子有了一个惊奇的发现。她素来喜爱刻有精致唐草花纹的银器、地毯与蓝黑两色的釉料对比鲜明的绝美陶器，本以为它们是土耳其周边的美术品，不料竟都出自波斯人之手。尤其是挂在展厅尽头那面宽墙上的装饰瓦，令她倍感怀念与好奇。上面画着贵族出游图，年轻的贵族男女在春花烂漫的树下聊天，侍女从远处走来，奉上酒瓶，春风吹拂着她的衣衫，构图好不活泼。而公主腮帮膨起的丰满脸颊也好，大大方方的眉毛也罢，还有她那身披着领巾的衣服，皆与所谓天平时代[1]的风格如出一辙。不仅如此，从盛开花朵的可爱形态，到树木与飞鸟的身形，再到点缀画面的各式釉料形成的熟悉配色，黄、紫、绿、蓝……也教人不禁联想到奈良时代的艺术。

伸子感到身体发热。关于波斯、中国和日本的联想在心中忙碌地打转。然而，她对东方美术史知之甚少，无法立刻找出三者之间的正确联系。

她继续用写着迷茫与好奇的目光打量好几座玻璃展柜中的

---

1 圣武天皇统治下的日本天平时代（724—748），其文化样貌深受盛唐文化影响，主要分布于奈良等地。

画卷。其中有一幅狩猎图，画中的国王缠着头巾，大头大眼，坐着轿子。空白处留有文字，似乎是记录。可要是没有一旁的画，伸子甚至分不清那些用朱色与金色装饰的花纹状文字究竟是哪头朝上，哪头朝下。迈着"咯噔咯噔"的步子走下美术馆的一级级石阶时，她是又惊又疑，心想，佃真能读懂那样的文字吗？

星期六，伸子一早便和父亲出了门，前往郊外拜访熟人。

两人在三点多回到了市区，但佐佐说他要去下城办事，傍晚才能办完，让伸子一个人先回酒店去。正要朝电梯走去，忽然听到有人喊了她的名字。回头一看，身形敏捷的雀斑脸服务生冲了过来，郑重其事道：

"有客人找您。刚来没多久，在那边等着。"

会是谁呢？伸子边想边走回大厅。定睛一看，只见佃正等在昨天那家餐厅门口的角落。伸子立刻猜到了他的来意。他占领了那个地方，仿佛那是他认定的地盘，而伸子从中隐约感觉到了他的踏实勤恳。伸子怀着放松的心情向他打招呼：

"您好。家父还没回来，方便由我代为传达吗？"

伸子坐在了他对面。

"我按佐佐先生昨天的吩咐把登报寻人的事情办妥了，今天来是想把广告收据交给他。"

"哦，多谢您了。"

伸子瞥了眼他递来的纸片，便将它塞进手提包。佃注视着她手头的动作说道：

"还有，我今天早上去了一趟米尔斯酒店，就是上次提到过的市营旅馆，但最近的登记簿上没有他的名字……我请工作人员拿了三个月的登记簿出来，仔细查看过了。"

"哎呀，您也不必一下子都办完的。"

伸子很是惊讶，心想他怎么会有时间处理这些事情。

"家父向来性子急，托人办事的时候总是十万火急，但您可以慢慢来的，有空的时候再做就是了。"

"没关系，不碍事，反正昨天下午刚好有空。那么等令尊回来了，麻烦您告诉他，寻人启事应该会在后天登出来。至于米尔斯那边，我过个两三天再去瞧瞧。好歹也有些头绪……"

"那就麻烦您了。"

但伸子下意识地不想就此起身告辞。佃似乎也不赶时间，帽子与手套就放在一旁的小桌上，他也没有要伸手去拿的意思。片刻后，伸子说道：

"您研究的那个波斯语——真是太不可思议了。昨天我去了大都会，便顺路瞧了瞧，却连哪个是头、哪个是尾都分不清。"

说着便笑了起来。佃也摇头笑了。那笑容仿佛是在安静的湖面蔓延开来的一圈圈涟漪。他问道：

"您看到的是什么？卷轴还是石板印刷？"

"是放在玻璃柜里的卷轴，有图的。波斯人现在还在用那些文字吗？"

"字本身是差不多的，但语言和以前相比变化很大。其实在很久很久以前，他们用的也不是那种文字，而是楔形文字。"

伸子产生了兴趣，看着佃的脸说道：

"他们用那样的文字写了什么东西啊？都是记录之类的吗？"

"不！"佃给出强有力的否定，"还有很多史诗和故事。不过在使用楔形文字的古时候，倒都是国王征服其他民族的短小记录，是刻在岩石上的……"

随着谈话的深入，伸子的语气愈发率直，不加修饰：

"文字越来越复杂，越来越多，于是就能写出各种各样的故事了。哪种类型的故事比较多啊？……表现出了什么样的气质？对写出来的故事……"

"不好说啊。"

佃思索片刻，陷入沉默。他没有痛快地往下说，让伸子心急了一小会儿后说道：

"大体上都是悲观的。"

"他们是对人很悲观吗？……还是对时代境遇心怀不满？"

"原因恐怕在于那个民族自古以来受各族欺凌，在政治层面受尽了苦难。"

"……"

伸子问起了他的专业在学术层面的价值，还有他的研究目的等。她觉得比较语言学听起来很有意思，是一个鲜活的、综合性的研究领域，与民族的心理、社会组织及文明兴衰有着密不可分的联系，颇具吸引力。佃似乎没有表现出丝毫的不耐烦，礼貌地为伸子讲解，却又有些词不达意。他还拿出小本子，写了几个现代文字的示例给伸子看。

他们聊了近两个小时。最终，佃起身告辞，说是还要去探望一位病人。

"是日本人？"

"嗯，是的。病情已经好多了，不过我每周都会去一次，所以他肯定在等着。"

那段时间，在世界各地蔓延的恶性感冒也在纽约流行了起来。在市中心，每天都有大量的病人因病菌攻击大脑和心脏等器官死去。坊间盛传是德国潜艇来美国沿海地区散播了病菌，连伸子都在报上看到了。

她笑着对佃说道：

"探病虽好，不过您自己也得小心，别被传染了。"

听到这话，佃竟一脸严肃地说道：

"我应该是不要紧的。因为在三四个月之前，我打过各种预防针。"

"啊？为什么？"

"打算去法国，正在做准备的时候，Y.M.C.A.逼着我去打的。伤寒啊，猩红热啊……所以我不会染病。"

他严肃地说道，从桌上拿起那顶颇有老书生风范的老土圆顶礼帽。

"而且，会不会得那种病，也和本人的心态有关。"

伸子很想问问他，为什么要去战场那样的地方。佃却没有多做解释，礼貌地打了招呼，便迈着生硬的脚步隐入了人群中。

伸子回房去了。

门窗紧闭的房间里充满了令人窒息的热气，伴随着午后和煦的斜阳。她将窗户敞开，然后摘下帽子，脱下外套，躺在长椅上，打算稍微喘口气。

她双手交叉，垫在头下。下面是叠起来的垫子，软软地压在手上，很是舒服。因为扶手很高，长椅在她的眼睛周围投下恰到好处的阴影。好暖和……室内没有一丝声响，唯有城市的轰鸣透过敞开的窗户传来，却也没有吵到烦心的地步……这样的环境舒缓了她的神经，让她昏昏欲睡。但她并没有睡着，而是睁开惺忪的双眼，打量那渐渐老去，不再闪烁的午后阳光在白色的天花板上游走，还有那带有树枝图案的素雅壁纸，同时思索着。因为佃的那顶老土的黑色礼帽还没有从伸子的心中消失……

与佃见面，和他说话，对伸子而言并不是一件提不起兴致的事情。离家远行后，她一直都没有机会聊这种话题，也没人陪她聊，直到遇到佃。听佃讲述种种关于专业领域的新鲜话题固然有趣……但伸子却在思索，他为什么会给人留下那般特殊的印象？那老旧的礼帽看起来像是犹太老头才会戴的东西，他却仿佛是在反抗流行一般抓着它不放。正是某种与那顶礼帽一样特别的东西，某种像是落寞，又像是不满足的东西，吸引了伸子的注意。因为他已不再年轻，却忍受着贫穷坚持做那样的研究，所以勾起了她的同情？还是说，只因为她自己是个活力充沛，生气勃勃的女人，所以才对阴暗的他产生了兴趣？——伸子在长椅上翻身趴着，继续思索。

四

两三天后，佃前来汇报去职业介绍所调查的结果。

哪里都打探不到南波武二的消息。佐佐又请佃的朋友帮忙，在中部各大城市发行的日语报纸上刊登同样的寻人启事。为了这件事，佃时常出入酒店与佐佐商议。他还带来了伸子随口提过的C大课程目录，借给她看。

佃带着那本印刷品来访的夜晚，伸子和父亲恰在楼下的大厅接待客人。伸子对父亲和客人的谈话全无兴趣。客人是位老人，时不时盯着她看好久，仿佛她只是一个十来岁的小姑娘，嘴上则说着与她毫不相干的铁。就在这时，胳膊上搭着外套，手里拿着帽子，一脸阴郁表情的佃出现在了大厅的角落。伸子兴高采烈地迎接了他。佐佐把佃介绍给了姓东乡的老人，借着与生俱来的和蔼可亲，努力抛出各种两位客人共通的话题。佃也以恭敬的态度回答佐佐与东乡略带老头架子的问题。但伸子能清楚地感觉到，佃完全没有发自内心地享受那场谈话。见他以履行社交义务的态度应付，伸子颇感不满。渐渐地，那种无言的压力变得难以承受。她无暇顾虑自己是否有必要纠结佃的态度，起身对父亲和东乡打了声招呼说：

"我失陪一下。"

又对佃说："要不坐这边来？您带目录来了吧？"请他挪到隔壁那张桌子。佃从外套口袋里掏出一本相当厚的C大手册，将一把椅子拉到伸子身边。身后那盏高大的、带金绿色灯罩的客房灯将柔和的光芒洒在他们的小桌上。

她翻阅着目录，每每发现看起来有趣的课程名字，便向佃询问它的风评口碑等。

"哎呀，这里有你上的课。老师的名字好奇怪呀，每个都很怪。"

"啊，那位老师是波斯人。还有来自叙利亚的老师……那几页上应该有，叫约翰南的。"

"都有哪些国家来的学生啊？"

"再往后翻……现在只有两个学生，我和……"

伸子照他说的翻页。确实只有两个学生。一个是佃，另一个叫弗洛拉·西多尼斯夫人。

"那位女士已经学很久了，说是她先生也在 C 大。听说她想写论文，但她时常抱怨说，都怪福塞特博士身体不好，害得论文迟迟没有进展……"

"福塞特博士年纪很大？"

"不好说，五十六七吧。他平时喝太多威士忌了，抽烟也太凶了，所以时常病倒。"

伸子脑海中又浮现出第三次与佃见面时生出的疑问。她问道：

"福塞特博士很重视你吗？"

这个冒昧的问题让佃显得有些手足无措。"这……"他又踌躇片刻，模棱两可地回答：

"我也不知道他算不算特别重视我。因为福塞特博士是个行事公正的人……但总共就没几个学生，平时也很少有人会选那种课……他大概只是觉得'亏你能坚持下来'吧。"

"前些天你不是说，之前有过去法国的想法吗？当时老师是怎么说的？"伸子边问边直视佃的脸，"他说太好了，赶紧去？"

她忽然意识到自己的语气仿佛在诘问一般，露出尴尬的表情，辩解道：

"我也知道这么刨根问底很冒昧……"

佃似乎并没有生气，反而用平静到让伸子觉得没劲的语气回答道：

"福塞特博士并没有说什么。因为他知道，我这人只要拿定了主意，就怎么都拉不回来了……"

然后他补充道：

"教授夫人非常高兴，还特意送了我一些用毛线织的东西。"

听那口气，他似乎相信那就是真正的善意。

"……"

在伸子看来，教授夫人的鼓舞与寻常的爱国妇女无异，令她很是不快。难道他身边就没有在那种时候设身处地为他说几句话的人吗？

"你的朋友也很赞成吗？"

他仿佛是在退缩一般防着伸子。

"我向来不太跟别人说起自己的事情……"

"话是这么说……"

伸子对他和他周围的人产生了某种强烈的不满。

"……"

她用咳嗽压住差点脱口而出的异议，将话题转移到另一个焦点上。

"前些天，你说起那件事的时候，我就觉得很不可思议……你也没有非那么做不可的强制义务吧？"

"不是出于义务。我觉得在这种时候还只做自己想做的事，未免太任性自私了，想尽自己的能力去帮助受苦受难的人，所以才下了决心。"

佃露出自信而倔强的眼神。伸子用陷入思索的眼神回望着那双眸子，将双臂放在打开的 C 大手册上，缓缓反问道：

"坚持研究自己的专业算任性自私吗……你没有把自己在做的事当成消遣不是吗？如果那真是你的事业，我就不觉得做下去有什么任性的……"

"可是在全世界受苦的时候……"

"我倒觉得，只要条件允许，就没必要放弃本职工作。除了在战场上跑来跑去，还有很多可以帮到别人的事情不是吗？战争再漫长，再激烈，都是一时的狂风骤雨。我们大可把眼光放得长远些，也应该看得长远些。"

伸子心想，如果佃真对自己的想法抱有坚定的信念，她的这番意见就绝不会让他沉默。她等着佃的回应。然而他只是沉吟道：

"唔……"

然后便一言不发。

"当然，如果你对自己的专业彻底死了心，那就另当别论了。如果你认为你所做的研究无论是在现在，还是在未来都完全没有意义的话……"

　　这是伸子的第二波试探。不知这番话能否触及佃深藏在心中的动机。他却躲开了直奔他而来的问题，语气极其感伤，宛如自言自语：

　　"无论如何，我都像老师起的外号一样，是个苦行僧。这辈子都只能在大学图书馆里度过了。"

　　伸子一脸惊愕地望着佃。他嘴上说自己这辈子都要在图书馆度过了，但他并没有在这个想法中发现丝毫的光明和乐趣，不是吗？看起来甚至有几分悲伤！甚至像在哀叹避无可避的命运。他大可像一个快活地、积极地追求幸福的人那样，把心情诚实地表现出来，却愣是封闭了自己。他为什么可以满不在乎地将自己置于那巨大的矛盾之中？他为什么不把自己明确摆在某一边，沐浴充足的阳光，吸饱新鲜的空气，活出人的样子呢？

　　伸子年轻鲜活的情绪带着无措、苦涩与怜悯涌向了佃。

　　伸子终于明白了。缺了点什么，仿佛有风吹过心田的表情——原来时刻挂在他脸上的这种表情，似乎反映了主宰着他全部生活的异样的混乱。

　　她将身子埋在安乐椅中，感受着眼前的一切，注视着佃那张一本正经的脸。渐渐地，她产生了某种分外压抑、令人心焦的亢奋。

　　她觉得，自己无法再看着佃过着那样的生活而无动于衷了。

五

进入十一月后，城市的景色已完全是初冬的模样。

早晨从酒店的窗口望向对面楼房的屋顶，只见融化的冰霜升起袅袅烟雾。走同一条路的上班族与工人都会不约而同地选择向阳的那一侧来来往往。午后的时间越来越短，暮色的灰暗也愈发清冷了。街上寒风凛冽，深夜看完戏回家时，都不禁竖起外套衣领直耸肩。夏天一过，始于一九一四年的欧洲战争便逐渐呈现出了终结的迹象。

十一月七日下午，伸子一反常态，一早便窝在酒店的房间没有外出。

她一边与灿烂的白日暖阳嬉戏，一边泡了个澡。然后给母亲写了一封絮絮叨叨的长信。用过午餐后再回到房间，绕着桌子转悠起来。桌上摆着万事俱备，只欠邮票的厚厚信封。还不到两点。离开餐厅回房的时候，她忘了顺路去买邮票。反正一样要下楼，今天又没出过门，干脆出去走走吧。不过……去哪儿呢？

伸子打开窗户俯瞰街道，仿佛是在寻找某种契机一般。午后的阳光照在窗户紧闭的楼房正面，屋檐装饰板条处的厚重金字招牌蒙着灰尘，闪闪发光。红白相间的条纹遮阳棚下，一个服饰鲜艳的女人走过，鞋扣熠熠生辉。药店的玻璃门反射着阳光而开启，屋里走出两个男人。其中一个把什么东西塞进了伸子正看着的窗口正对面的信箱。身旁的另一个人用脚尖敲了敲地面，然后两人结伴而行，规规矩矩地绕过拐角，消失在小巷中。那扭着屁股突然拐弯的背影让伸子不自禁地笑了。空气温暖、干燥而轻盈，汽油的味道飘荡在光秃秃的行道树树梢，闻着颇感舒适。伸子被街上的热闹气息所吸引。她关上窗户，走去自己的卧室。然后戴上帽子、穿上外套，折回来拿起准备寄出去的信。就在这时——

奇怪的声响传来。在遥远的某处，响起一阵急促、尖锐又拖着长长尾音的汽笛声。说时迟那时快，粗重的、轰鸣的、颤抖的无数汽笛声在四面八方响起，颇有声响林立之感。轰……轰……空气如浪涛般撼动。"哗哗……"宛如尖叫的其他汽笛声混入其中，你追我赶。伸子不禁攥紧那封信，站在房间中央呆若木鸡。出什么事了！本能驱使她推开窗户，向外看去。砰！砰！各处的窗户被房里的人用同样粗暴的方式打开。伸子仿佛从未见过像那一刻的百老汇那般平坦、狭窄的小路。太阳仍在刚才的位置。汽车仍在行驶。然而"轰轰"与"哗哗"的声响不断，叫嚣着什么十万火急的事情。

伸子撂下窗户，打开通往走廊的门。这边的几扇门也是有开有合。前方的房间跟前，有个穿着花哨家居服的女人，只见她用力拧着胳膊走来走去，歇斯底里地喊着什么。伸子只想找个人问问出了什么事，哪怕找那个女人也好，便朝着有人影的方向走去。这时，只听见"嗡……嗡……"的声响，电梯猛升上来。咔嚓！有人拉开了铁丝网。一个穿着金纽扣工作服的服务生探出上半身，一手举到嘴边做喇叭状，用浑厚低沉的声音怒吼似的喊道：

"德国投降！无条件投降！"

铁丝网又关上了，劲头猛得几乎能夹爆大喊大叫着的男人的头。"嗡……嗡……"电梯继续上行。

伸子简直不敢相信自己的耳朵。

"无条件投降……德国投降……"

伸子觉得自己的膝盖在打战。她望向窗外,想再次确认这个事实。不过一两分钟的工夫,街景竟会如此剧变!不知不觉中,酒店的大门口已经升起了一面巨大的美国国旗。对面的药店,还有它上方的一排排窗户都伸出了大大小小随风飘舞的旗帜,仿佛人们一刻都坐不住了。汽笛声愈发乱了,也愈发高亢了。伸子激动得想哭。街上的无数汽车掀起国旗,载满了人冲向下城!下城!人们争先恐后,跑得飞快。砰!砰砰!其间还有爆竹响起。

伸子坐在长椅上。

不过,血腥的杀戮真能就此永远画上句号吗?

伸子再次起身。她既兴奋又难过,觉得没人会把她的这种心情当回事。准备寄的信还放在桌上,她都忘了拿,就这么万分亢奋地离开了房间。上街去,上街去!

六

伸子迫不及待地钻进电梯门。穿着黑色外套的高大男人与她擦肩而过,也是急急忙忙地把一只脚迈上了走廊。然而见到走进电梯的伸子,他便"啊"了一声,停下脚步,退回了电梯。

因激动而心不在焉的伸子这才抬头仰望他的脸。来人竟是平野,佐佐的好友之一。伸子紧紧握住平野的手。

"您是来找我们的吗？"

"屋里没人？"

"嗯……我想出去瞧瞧。"

"哦……那就先下楼吧，反正都要下去的。"

平野向电梯操作员挥了挥手，示意下楼。

"不过这种时候独自乱跑恐怕不太好。"

"嗯，我就在附近转转。"

"附近也不行……因为大伙儿都激动疯了。"

在异常空旷的大厅里，想走却走不了的服务生们向他们投来激动的眼神。

"怎么办？你要是就这么出去了，你爸爸会不会担心啊？"

"我是准备让前台帮忙捎个话的。"

"……让你老实待着怕是也有些强人所难吧。"

平野用闪闪发光的眸子望着伸子，微微一笑。

"这样吧，反正我也有些静不下来，就陪着你走远一些，去下城看看吧。"

去前台寄存伸子的钥匙时，他顺便留了字条。

"这样就没问题了！今晚可得让你爸爸请我吃顿好的，以示感谢。"

高架电车本就人满为患。越往下城开，停站时挤进来的乘客就越多。

"天哪，挤成这样！"

"咕——"

有乘客模仿了猪的惨叫，引爆哄堂大笑。

"恕我冒昧，请问您是日本人吗？"

一个满脸皱纹的老人用手指扶着险些被挤掉的中折帽的帽檐，对平野问道。

"是的。"

"咳咳。"

老人激动得反复咳嗽清嗓，然后强扯着虚弱颤抖的嗓子说道：

"身为盟国国民，咳咳，本次和平胜利也值得我们与之同庆啊。"

平野微笑着回答道：

"真是天大的好消息。毕竟大家都等好久了。"

听到这话，老人颇为满足地点了点头，接着清嗓子。

喧闹的高架电车抵达雷克托街。被踩烂的号外铺满车站的地面。伸子沿铁楼梯下到街上，便被周遭的混乱深深震撼了，紧紧抓住平野的胳膊。脏得发黑的摩天办公楼仿佛被过度的重担压瘪的铁笼，从左右两边朝她逼来。数以千计的窗户好似同时打开的心扉，朝街道敞开着。光这一点就已经是难得一见的景象了。却见那一个个空荡荡的窗口吐出五彩斑斓的纸带，纠缠着垂下。从速记用的黄纸，到被撕成细条、形似绳索的行情通信纸……直到一分钟前，它们还因为种种关系代表着金钱。欢歌笑语、挥舞着旗帜的男男女女将那些纸屑踩在脚下，列队游行。窗后的每一间办公室都不见人影。

在某处街角，一辆电车被撂在车道中间，连司机都不见踪影，显得异常无力。两个流浪儿爬到它的黄色车顶上，随着口哨翩翩起舞。紧急召集的临时乐队吹奏着国歌而来。

"来一面喜庆的旗子吧！来一面怎么样？五分钱！五分钱！快买一面做纪念吧！"

人潮中，有个男人双手挥舞着各国小旗，做着精明的生意。

——局面如此混乱，绝不可能独自溜出人群或者穿过马路。身材娇小的伸子一手高举着小旗，一手紧紧抓住平野，被人群推着往前走，鼻子几乎要蹭到前面那人的外套背上了。

他们自然而然来到了华尔街与百老汇相交的路口。庞大的人群如潮水般从三个方向涌来，堵在满身尘土的华盛顿铜像所在的广场，无法朝任何一处前进，便形成了旋涡。一个男人正在柱子脏得漆黑、与下城的商战一线属性颇为契合的建筑跟前演讲。伸子与他隔着一层又一层的人群，完全听不见他的声音，只能隐隐约约瞧见他狂热挥舞着的双手和光秃秃的额头。但那幅景象似乎就代表着充斥天地间的异常亢奋，给伸子留下了分外悲凉的印象。而在她身边，乞丐紧紧抓着机械风琴的把手，演奏起了教人牙酸的华尔兹。在乐曲的伴奏下，连帽子都不戴的年轻男女狂舞起来。

每个人的面容都因亢奋变得丑陋非常。无论男女，没有一个人露出愉快而正经的美丽表情，仿佛他们迎接的并非值得为之欢喜的和平。放眼望去，尽是兽性。两眼释放出刺眼的光芒，嘴角挂着陶醉的浅笑，还有为贪欲无止境追求强烈刺激的痉挛。他们早已不在乎自己亢奋的原因是停战还是宣战。他们所要的，不过是将日常生活搅得天翻地覆的狂热，不过是忘我的陶醉！——然后，他们忘乎所以，脑海中只剩下一个念头，前进！前进！用肚子推，用肩膀顶。短暂停滞的人潮再次缓缓移动起来。引爆文明的野蛮力量明目张胆地从四面八方逼近，让伸子心惊胆战。

"哎，能不能往哪个方向钻出去啊，我想回去……"

"等一下……哎哟哎哟……毕竟这儿都乱套了。快，趁现在！赶紧！"

好不容易穿到对面人行道的那一刹那，右手边的小巷传出一阵喊声。

"怎么了？有人打架？"

平野的脸撞到了跟前男人的帽檐上，但他还是踮起脚望了过去。

"不得了，他们把恺撒的人偶扛来了！"

伸子艰难地透过人群望去。还真是，有人用长长的杆子撑着一个用旧衣服和纸板做成的"恺撒"朝这边走来。人偶脸上有那标志性的胡子，胸口挂着牌子，上面写着："下地狱吧！"撑杆者时而举起杆子，时而把杆子放倒，动作很是巧妙。恺撒随之做出种种滑稽到可悲的动作。在人群的喝彩中，人偶伴随着吆喝声被扛到了路口中央。

"烧死他！"

"赶紧滚去巴黎！"

"烧死军国主义！"

情绪激昂的人们以烫舌的高音发出阵阵尖叫，好似柄柄利刃。

"魔鬼！把孩子还给我们！"

不知从何处传来了神经质的啜泣。恺撒人偶终于在数千人头顶摆出了最愚蠢的姿态。第二波喊声响彻广场。伸子呆呆地望着那蹿起的火焰。火舌舔过恺撒身上的褴褛格纹布，机械风琴奏响国歌。蓝色薄烟无声地升上初冬午后那透明又略显慵懒的天空。空气中弥漫着一股淡淡的焦煳味。

七

三个多小时后，伸子回到了酒店，心中带着几分未被满足的伤感。

她在大厅遇到了刚回酒店的佐佐。他的快活本就天真到无从抱怨的地步。他用开了香槟似的畅快语气叫住她说：

"怎么样！多好啊，有幸开了眼界。真是个千载难逢的机会。瞧瞧，要是晚来一个月，可就一辈子都见证不了如此具有历史意义的光景了……好机会啊，这都是平野君的功劳！"

佐佐语速极快，说得热情洋溢，带着兴奋的余温。他讲述了自己在某实业家俱乐部用午餐时听到汽笛声后发生的种种。

"哎哟，所有人都站起来了。一会儿说我是盟国的代表，要我致个贺词，一会儿又要为日本干杯……那感觉可真不错。你呢？当时是在办公室里吗？"

"我就滑稽啦，被困在公交车顶上了，于是就冲进这儿了。"

待到父女二人与平野前往餐厅时，一条消息在为今夜盛装打扮的人群中流传开来——"今天的停战报告有误"。因为华盛顿当局在晚报上明确宣布，他们还没有收到那样的停战公报。

但随着夜幕的降临，市区的人群对公报毫不介意，情绪再创高潮。

晚餐后，伸子出门看夜景去了。到了四十二街附近，路上已经堵得无法前进，也无法后退了，一行人便改为步行。

弧光灯下，人群的痴狂蒙上了比白天更加浓烈的色彩。姑娘迈着大步，摇摇晃晃地穿过人群，用一根短棍轻轻挑起前方男人的帽子。男人顿时手忙脚乱。姑娘们笑得前仰后合，与朋友们互相碰撞。一个穿着军装的士兵喝得酩酊大醉，拨开人群从反方向走来。步子踉踉跄跄，脑袋前后摇晃，粗鲁地打量着来来往往的女人的面庞。说时迟那时快，只见他"咚咚咚"地晃了几步，从正面抱住位于伸子前方的一个大个女人。女人一声大叫，扇了士兵一巴掌。他哼哼唧唧，嗫嗫自语，瞪大眼睛，露出骇人的表情，作势要再扑上去。路上挤满了人，女人无法轻易向左右躲闪。黑影纠缠起来，男人怒骂着什么。伸子大吃一惊，使劲拽着父亲的胳膊，躲到灯柱后面。

"我们回家吧，好不好！乱成这样，我可受不了——"

"有点百鬼夜行的意思了。"

往来行人发出的响声和醉汉们的高呼在窗口下方响了一整夜。

第二天早上的报纸说，前一天的消息是彻头彻尾的误报。真正的报告应该会在十一日早晨之前通过无线电报从战场传来。但公众对七日收到的停战报告深信不疑。他们冷嘲热讽道："政府总爱晚一步交代事实。"

　　十一日一早，伸子还没起床便被父亲唤醒，听到了宣告停战协定正式签署的汽笛声。掺杂着各种声响的汽笛声撼动着室外那白霭弥漫的寒冷空气，传入她尚未从睡梦中清醒的双耳。那日的汽笛声显得正经而平静，已然失去了七日下午突然冲天的激情。伸子的心情也是如此。她带着失去新鲜感动的务实心态听到一半，不等响声停下便又睡熟了。到了十三日，停战协定修正案公布。此外，关于威尔逊总统计划前往法国参加和会的声明也引起了激烈的讨论。

　　伸子感觉到了人类的精神那近乎诉诸官能的摇摆。在民众心里，一九一八年的冬天无异于春天。人类社会试图用新的内容与信念来挽回失去的一切。社会完成了对过去的全面清算，意欲深度怀疑世界，大力建设世界，至少要让世界变得更加宜居、更为合理的热忱似乎正带着前所未有的现实性汹涌而来。伸子在自己的胸口感觉到了那份刺激。地平线上闪现了新的光亮。那道光，会对她的生活产生何种影响？

　　"搜寻南波武二"一事将佃带入了佐佐父女的生活，然而这项任务以一定程度的失败画上了句号。不过它所带来的影响是，佃在不经意间成了他们的"自己人"。毕竟他熟悉这座城市，许多小事请他出马很是方便，所以佐佐在那之后也时常托他帮忙。为了办那些事，佃几乎每隔一天就要来酒店一回，碰不到佐佐的情况也时有发生。他与伸子便会在等待佐佐归来时聊天。次数多了，伸子就渐渐对佃的境遇有了更深入细致的了解。佃出生后不久就与生母阴阳两隔，后由养母抚养长大。二十多岁的时候投靠某位传教士，来到美国。在那之后的大约十五年里，挣钱学习就是他生活的全部。他之所以对生活抱有看似强大的抵抗力，之所以对经济上或时间上求而不得的种种社会的快乐抱有禁欲又带着几分别扭的侮蔑，只要听他叙述完自己的身世，便能清楚地理解其深层的心理原因。问题是，佃的灵魂真能靠这份刚毅与坚忍主义获得豁达与安心吗？

佃频频拜访这对父女，动辄与伸子聊上三四个小时也不觉得腻。渐渐地，她感觉到佃是在向她坦白自己所追求的东西。佃似乎是孤独的，而自己为他带去了几分慰藉。对伸子这样的姑娘来说，这种感觉并不糟糕。托他帮忙办事，站在他的角度看就是受人之托，已不再是公事公办的洽谈，而是多出了几丝温暖，好似人情的一部分。

佐佐的归国之期越来越近。如果伸子决定独自留下，就得提前考虑好接下来该怎么办。她本以为这是个无足轻重的问题，然而真到了该决定的时候，她却是难以抉择。父女二人时常在夜里和其他场合聊起这个话题。

"我最多也只能再待一个月了……就没有合适的人家吗？到底不是男孩子，要是你找不到可靠的地方安顿下来，我总不能撇下你一走了之吧。"

"就是，我是个男孩子就好了。"

"哈哈哈……如果当初你和你妈妈商量好，也就没这些麻烦事了……你不愿意去切特伍德先生那边吗？"

"唔……"

切特伍德博士是 C 大学美术系的教授，对日本的锦绘[1]等艺术样式造诣颇深。他与佐佐是多年的知己，只是……伸子想起了裹着白色蕾丝披肩，激烈地讨论政治问题的老夫人那严厉而好管闲事的面容。

"我怕是吃不消。"

"唔……"

佐佐似乎也没有其他合适的人选。而每次谈话总是如此收尾。

"你去的是英国就好了，哪里还用担心这些，莱曼夫人肯定会当你是她的亲孙女，把一切安排得妥妥当当……你也知道莱曼夫人吧？就是那位经常用有趣的字体写信来的老太太。我在那边的时候经常把你寄来的信拿给她看，所以她直到现在还会问起'little nobu[2] 过得可好'……"

伸子难以选定落脚之处的理由不仅于此。她跟随父亲来到纽约的主要动机，是想抓住机会活出自己想要的生活。伸子是佐佐家的长女。母亲多计代争强好胜，难免视她为自己心底宏愿的偶像，而且作为中产家庭的女儿，诸多掣肘也教她无法尽情投入自己想要的生活。长此以往，她虽有一口气，却与半具行尸走肉无异。至少在过去的三年里，"生活还没有开始"的意识一直折磨着她。（按西方的算法，伸子当时是十九岁零几个月。）"父亲将要远行，你可以同去……"不管父母之间进行过怎样的商议，

1　彩色浮世绘木版画。——译者注

2　"伸子"的"伸"字日语发音为 nobu。

又是出于怎样的意图做出了那个决定，只要能离开父母家生活，对伸子而言就是一桩大事。

且不论是好是坏，在十一月十一日宣布停战后，划时代的社会喧嚣敲打着酒店的窗玻璃，也传入了伸子的心田。她想告别以前那种不冷也不热，仿佛温室植物一般的生活。为了实现这个愿望，选定自己今后半年或一年要置身的环境便成了伸子所面临的一项难题。

她拜访了在大学附近租了公寓的中西，了解过诸多情况后，最终决定按切特伍德博士的意见，住进 C 大附属的学生宿舍。安川也住那里。

"凡事多经历便好。可以先住一段时间，哪天不想住了再想办法就是了。"

"安川姐姐说，只要提前打好招呼，出门看夜场的戏也是没问题的，所以我觉得挺好。只是听说必须先成为旁听生才能入住。"

"那也行。"

"……我打算这两三天就去看看，定下来……可以请佃先生陪我一起去吗？"

"他不忙的话倒无妨。"

在一个温暖而晴朗的星期一，伸子和佃前往 C 大的登记处。两人在三五成群的学生中经过栽有银杏树的人行道，跑了好几处地方办妥了登记手续。年轻的女学生捧着书本，迈着活力十足的步子，秀发迎风飘舞。

"我好像有些期待了，"伸子对并肩而行的佃说道，"学校真是个好地方。多有意思呀，一走进这样的地方，我便冒出了想要用功学习的念头。"

佃只把戴着圆顶礼帽的头转向娇小的伸子，仿佛受过军事训练的人一般走得昂首挺胸，同时礼貌地回答：

"……那就用功学习吧。"

伸子忍俊不禁。

"我这般爱玩的人可没法像安川姐姐那样用功……我只是对各种各样的东西感兴趣罢了。你才该用功呢。最近在研究什么呢？"

"翻译经文。就是古时候的拜火教徒用的咒语似的东西……"

"有趣吗？"

"这……"

"只是用作参考？……你是头一个翻译那些东西的吗？"

"很久很久以前有个法国人翻译过，但是错误百出。所以我才要重译……"

松鼠在枯草地上悠然嬉戏。据说福塞特博士的研究室就在旁边那栋楼里。虽然 C 大学位于市区，但校园里随处可见宽阔的草坪和林荫大道，还有饰有牧神铜像的喷泉之类的摆设。

两人走出大学正门，来到百老汇。一百一十六街的地铁站就在眼前。

"接下来有什么安排？直接回酒店吗？"

"嗯。"

放眼那沐浴着初冬暖阳的街景，伸子在脑海中感觉到了酒店房间的憋屈。

"……你不是很忙吗？如果你还有事，我自己一路逛回去就是了，你尽管去忙吧……多谢你今天陪我来办事。"

"没关系，反正我下午都空着，"佃急忙跟上伸子说道，"那……你去过河畔公园吗？"

"没有。"

"那就穿过公园，送你到酒店吧。"

八

穿过车道，再经过一条滑溜的宽阔大道，便看到了一片沿人行道栽种的灌木。花园小径似的小路穿梭其中。两人肩并肩，缓步走上小路。走到公园草坪边的散步道时，便一眼望到了哈得孙河。

陶醉在冬日暖阳下的哈得孙河徐徐流淌。沉重、柔软又宽广的水面珠光闪闪。放眼望去，滔滔汇入大海的下游薄雾朦胧。在远处的对岸，枯涩的疏林模糊成一团浅红色的树影，形似海鸥的鸟儿孤身飞行，不见伴侣。淡淡的河水味让伸子感到了某种既怀念又新鲜的欢乐。

"……好安静。"

"毕竟现在是一天里人最少的时候。"

两人与右手边的河面相伴，朝下城走去。

"这里离学校和酒店都很近，我却一次都没来过。原来还有这样的好地方……又多了一处散步的地方，真好。"

一路上还有好几片看着很舒服的草坪与树丛。

"这座公园很是雅致，真不错。"

听到这里，佃用神经质的语气说道：

"你最好不要一个人过来这里逛。"

仿佛是在打断她一般。

"啊？白天也不行吗？"

"因为这里有些不正经的人。"

"啊……也是。"

伸子明白了佃为何出言提醒，大方地回答：

"我会小心的……不过我相信……日本人应该是不要紧的。"

佃脸上的怀疑之色更重了。他意味深长地说道：

"这……"

他犹豫着该如何作答。

"反正……以后你慢慢就懂了。"

言外之意，佃其实有充分的依据，只是出于礼貌不便明说。这番回答反而勾起了伸子的好奇心。默默走了一段路后，她开口问道：

"你很熟悉这边的日本人吗？"

"还算熟悉吧。"

伸子想继续往下说，佃却抢先给出一句断言：

"净是些恶狼似的家伙。"

伸子不禁微笑。"狼"……

她怀着适度散步后分外轻快的心情回到自己的房间，像往常一样漫不经心地往右转动钥匙。只听见"咔嚓"一声，某种奇怪的阻力传至指尖，门竟然没开。伸子弯下腰查看锁孔。为慎重起见，又试着转动把手。不费吹灰之力，门便向内开了。原来门没锁。莫非是女服务员来打扫卫生了？

伸子带着疑惑走进客厅，四处张望。出乎意料的是，佐佐的声音从卧室传来。

"是伸子吗？"

伸子惊愕不已，片刻前的畅快心情立时消失不见。今天早上九点，佐佐是和她还有佣一起离开酒店的，本不该在傍晚前回来……伸子急忙走进卧室。

"您怎么了？"

只见佐佐坐在床上，脸色苍白。见到伸子时，他本想跟平时一样给她一张灿烂而温暖的笑脸。然而微笑在中途消失了，看来他的身子很不舒服。伸子察觉到父亲眼中的焦虑，也不禁不安担忧起来。她为自己在公园里优哉游哉地消磨时间而感到愧疚，尽管她当时对此一无所知。

"您是什么时候回来的？"

她坐在床边，握住父亲的手。

"三十多分钟前吧。突然……感觉不太舒服……头疼得厉害，还发烧了。"

"我瞧瞧。"

伸子探了探父亲的额头。相当烫。

"您觉得身子发冷吗？"

"在银行的时候，我感觉自己一阵阵地哆嗦，心想大事不妙，就赶紧坐车回来了。"

佐佐没有继续往下说，那表情像是在熟虑自己的状态。片刻后，他用强颜欢笑的口吻自言自语道：

"也许是感冒了……到底还是染上了。"

伸子心里一凉。在听到卧室传出父亲声音的那一刻，她便想到了这种情况，顿感毛骨悚然。入秋后流行起来的恶性感冒依然猖獗。大多数传染病越到后期，病毒的毒性就越轻，今年的感冒却恰恰相反。许多新染病的病人一命呜呼。伸子努力表现出泰然自若的样子，说道：

"有可能。不过您发现得早，肯定不会有事的……您可要撑住了！"

接着，她又像是摇身一变成了母亲似的，用活泼到极点的口吻说道：

"我是个好护士，您就放一百个心，统统交给我吧！"

说着，她迅速脱下外衣。

佐佐许是一直在等伸子回来，两眼盯着她的一举一动。看着她去隔壁房间脱外套，再回来洗手。

"原来在那儿啊，我还以为在大箱子里，找了一圈没找到。"

他边说边解开睡衣，让伸子把体温计夹在腋下。

三十八度九。

"几度？"

伸子甩了甩体温计，让水银柱降下去。

"没多高……要是您口渴，我让人送点冰水上来？"

又过了一会儿，伸子说道：

"请泽村先生过来吧，好不好？"

"……好。"

在见到伸子之前，佐佐似乎一直绷着一根弦。此时放松下来，仿佛连说话都觉吃力。他将烧得发红的脸搁在两个叠放的羽毛枕上，时不时地喘着粗气。

过了一小时不到，医生终于来了。在那之前，伸子与病人守着整间屋子，产生了难以名状的孤立感。真到了关键时刻，这座大城市的生活与他们的生存竟是如此毫不相干。周围的冷漠让她倍感无助。

九

正如伸子所猜测的那样，医生的诊断结果是佐佐患上了目前广泛流行的恶性感冒，正处于刚发病的阶段。泽村用家庭医生特有的大方口吻说道：

"不过二位完全不必担心。才刚出现非常轻微的症状，而且这种疾病也跟患者平时的健康状态有关。您营养良好，又没什么老毛病……放心，过个十天就能好透。"

佐佐表示，住在酒店多有不便，他可以住院治疗。

泽村望着站在床边的伸子笑道：

"反正这边有一位优秀的护士，这会儿还是不要乱动为好……当然，您要是能来我家，我的赚头就更多了，哈哈哈。"

眼下能帮着买回药剂师指定的东西，去泽村那边取药的就只有佃了。伸子给他打了电话。

不一会儿，佃捧着一包药品现身。他很清楚自己是来帮助伸子的，也明白自己的立场，举手投足间透着自信。佐佐晚上只喝了少量的葡萄汁。佃和伸子去了餐厅，然而穿着华服谈笑风生的人们与洋溢着光彩的餐桌光景已完全失去了打动她内心的力量。

"别太担心了，"佃安慰道，"我见过好几个病情更严重的人……但佐佐先生不一样。哪怕只是眼睛里布满血丝，我也一眼就能瞧出来，所以你真的不用太担心。"

四天过去，佐佐的病情不断加重。尤其是第三天，病人显得格外痛苦，连在一旁看着他的伸子都觉得喘不过气。他几乎不咳嗽，只是烧得厉害，体温在四十度上下浮动，伴有强烈的头痛。全身的每一处关节都在疼，都没法自行翻身。即便如此，佐佐还是没有对女儿抱怨过一句，而是咬牙忍耐……那份源于父爱的隐忍，反而压迫着伸子的灵魂。父亲是个耐不住病的人。伸子很清楚，如果有母亲在，他绝不会一声不吭。况且他也不是一个感情迟钝的人。在外国酒店里病倒了，得的还是非常棘手的病，他的脑海中怎么可能没有闪过阴暗的想象？连伸子都时常受到那种不祥的想象的折磨。见父亲为此努力克制自己的感伤，看着他在不知不觉中睡去，伸子心中百感交集。

而佃把一天中的大部分时间用在了佐佐父女的酒店房间里。早上过来之后，先把该买的东西买齐，再帮着做些换膏药之类的事。如果要去大学上课，他便会暂离一段时间，到了三四点钟再回来，有时甚至更早些，然后一直待到晚上。有时候，他会默默坐在病人的床边，一坐便是许久。有时候，他会离开酣睡的病人，轻手轻脚走到隔壁房间，静静喝茶。在这种时候，床单发出的"沙沙"响声都会让神经紧张的伸子竖起耳朵。而佃似乎能立刻察觉到她的心思，站起身，踮着脚走过去，透过帘子悄悄观察病人的情况。接着轻轻把帘子拉好，摇摇头。于是伸子便会知道，病人平安无事，还睡着……伸子并不觉得与他长时间共处有什么不对劲的，佃已然成了生活中必不可少的一个人。见佃一来就是许久，病人不禁有些担心，便对他说道：

"真是给你添大麻烦了。我今天已经好多了，你尽管去忙吧……是吧，伸子？"

佃却沉稳地回答：

"如果有事要忙，我自会告辞的，您大可不必顾虑。毕竟精神也需要静养。"

从第六天前后开始，病人的体温逐渐下降，也没有反弹的迹象。医生听了听他的胸口，查看了他的舌头，明确表示：

"最艰难的阶段已经熬过去了，剩下的就是预后了……"

医生时不时怀着好奇偷瞄站在衣架前的佃。

"您这病啊，就跟轻度的麻疹一样，要是见病情有所好转就掉以轻心，它可能会卷土重来，惹出大麻烦。纽约的风是出了名的，接下来这几天可得……"

当病了十多天的佐佐终于下床走到隔壁房间的长椅时，伸子欣喜地喊道：

"万岁！万岁！"

她激动得跳来跳去。

"瞧瞧，父亲，我是不是一个很出色的护士呀？"

"乖。"

佐佐抓住伸子的手，让她坐在自己身边。

"这下可以给你母亲写信了。"

她太高兴了，也放心了。激动催生的泪水顺着伸子的脸颊滑落。她边哭边笑，把头用力埋进父亲的臂弯。

佐佐的恢复期是如此漫长。有几天发了两三分的低烧，怎么都降不下去，有几天则是剧烈的头痛杀了回来。第一天下床的时候，他还干劲十足地走到了隔壁房间，然而从第二天起，他便终日卧床休养，最多起身洗个脸。但无论如何，最可怕的日子到底是过去了。各种各样的人出现在病床周围，笑声随之而来，茶具也被端进了屋。在最恐惧、焦虑和最需要帮助的时候远离了他们，那个安静无声的世界，又若无其事地重新出现了。伸子从日常生活的回归中感受到了某种清新与讽刺。

这几天，早晨的寒意相当刺骨。伸子许是累着了，每天早上起床时倍感艰难。明明睡够了，醒来时却感觉肌肉弛缓，后背仿佛粘在了床上，起不来身。有时她甚至会在床上赖到将近中午。

一天早上，伸子鼓起勇气，七点多就下了床。因为她必须在九点前赶到 B 学院。前一天，她收到了负责指导学生的劳伦斯教授寄来的明信片。她在十五天前申请旁听英语文学和社会学的课，却因为父亲生病没有办理之后的手续，因此教授通知她去商议旁听的细节。

伸子用外套裹住因睡眠不足而阵阵发凉的身体，喝过咖啡，吃了鸡蛋便出门了。恰逢上班时间，地铁站里尽是拿着报纸和手提包的男男女女。伸子走上恰巧到站的特快列车。照理说，从酒店到大学只需要二十分钟不到。她在一百一十六街下了车，却发现站台的模样与之前和佃来的时候不太一样。带着一丝惊讶穿过检票口，来到街上，只瞧了一眼，伸子便没了方向。这条街确实是一百一十六街，但她很确定这里并不是百老汇。从车站广场望过去，不仅看不到 C 大学的建筑，街道两旁还都是仓库似的房子。与她一起被地铁吐出来的人一脸淡漠，快步拐过街角，消失不见。早晨的人行道脏兮兮的，地上散落着旧报纸。走来走去的不是穿着条纹长裤和黑色外套，头戴鸭舌帽的男人，便是穿着工作服的工人。

伸子打定主意，径直朝上城方向走去。学校位于一百二十街。只要顺着这条路走到一百二十街，右手边或左手边定会出现与百老汇相连的小巷。她走了很久，终于遇到了一位交警，得知自己坐错了车，来到了离百老汇很远的东边。

据说劳伦斯教授来过日本。听伸子讲述完迷路的经过，他很是同情地笑了。伸子选了几节英语文学方面的课，而教授今天找她来，是想建议她把其中的一部分改成自由作文课，这样对她更有好处。于是教授便介绍她去找普拉特小姐。

十

劳伦斯教授聊起了日光与镰仓，还有左甚五郎的眠猫[1]会叫的传说。他还说，罗马某寺院流传着"壁画中的天使会在教友死后出现在他枕边"的传说。聊着聊着，伸子渐觉头疼，而且那种感觉和一般的头痛不一样，仿佛前额到后脑勺套上了箍，被紧紧勒住了，只觉得越勒越紧，连动一下眼珠都变得吃力了。就是这种感觉。

由于房间里的温度高得过分，素来健康的伸子起初还以为自己只是热晕了。她以为散散步促进一下血液循环便能好转，所以一出门就沿着阳光明媚的人行道向酒店走去。十二月的正午，天气晴朗，伸子却感到脊背不住地发凉，令她无法忍受。从脊柱到全身都在发颤，各种各样的刺激——从汽车的警笛，到透过小小的鞋跟传来的路面硬度，都在脑海中毫不留情地回响，让双眼保持睁开的状态都十分费力。要不是担心摔倒在路上，她真想立刻找个黑暗的角落，把头埋进去睡一觉，无论那是哪里……她在某个街角上了电车，只觉得自己既无助又虚弱，好想哭。电车的黄色车身悠闲地沐浴着阳光，稍微走一小段，便"咣当"一声停了

---

1 日本的神社日光东照宫里的木雕。——译者注

下来，每过一条街都要停一次，好不拖沓。伸子坐在拉着藤条、冰冷坚硬的座椅上，闭上双眼，强压着被慌乱勾起的恶心感。她几乎以半昏半醒的状态回到了酒店房间。

卧室中的佐佐靠着枕头坐了起来。佃也在，站在墙边说着话。

伸子顾不上看他俩便说：

"我回来了。"

她摘下帽子，摞在父亲的床脚，诉道：

"我好难受啊……"

一看到父亲的脸，她就更想哭了。聊得正欢的佐佐被伸子带着哭腔的声音结结实实吓了一跳。

"怎么了？"

佐佐把手搭在伸子的下巴上，让她把脸转过来。

"你的脸色怎么这么难看！冷吗？嗯？什么？难受？不得了，赶紧歇下，快，赶紧在这儿躺下！"

伸子绷着脸没有作答，却斜眼盯着佃的衣服，冷不丁地问道：

"你要去骑马吗？"

佃只穿了西装外套，里面是卡其色的粗布衬衣，脚踩过膝长靴。伸子的问题反倒让佃措手不及。

"啊……这是 Y.M.C.A 的衣服，"他简短地回答道，"……快休息吧……肯定是这些天累着了。你肯定是……太担心了。"

伸子在他的帮助下脱了外套。

"快……躺我旁边来。"

父亲把身子挪向旁边的另一张床，揭起床罩。

"我想去那边。"

伸子仿佛是被佃硬拉着似的，拖着步子走去自己的卧室，关上房门。

"啊，帮我告诉她不要锁门！"父亲的声音传来。

睡衣是那样凉！床单是那样冰冷！好凉，好冷，太冷了，冷得伸子牙齿直打架，尽可能蜷起身子。脑袋仿佛变成了石头，格外难受。唉，要是有人能轻抚我的头就好了！要是有人给我盖上更温暖、更温暖的毯子，那该有多舒服啊！

没人守着我，也只有冰凉的毯子可盖……好冷……仿佛身上湿漉漉的兔子。浑身湿透的兔子。伸子如幼童一般用脸去蹭枕头。

"母亲……母亲……"

伸子的脑海愈发混乱，眼角流下了泪水。

忽然，她回过神来。夜幕已经降临。电灯照亮了房间，父亲穿着和服站在那里，忧心忡忡。她觉得刺眼，边翻身边担心，父亲的身子还不能太过劳累。她想劝父亲去休息，却发不出声。正想再次翻身，只觉得脑袋一麻，仿佛整个人正从百尺高空下坠。混乱再度来临。她不再发冷，取而代之的却是高烧与痉挛。

身子一下又一下地挺起，仿佛有某种神秘的不可抗力在顶她。全身都在抽搐。每抽一次，伸子都会发出断断续续的喊声，听着分外悲凉。她想紧紧抓住什么东西来控制这种痛苦而疲惫的冲动。可她什么都抓不到。脑袋内外尽是闪光，放眼望去尽是光的旋涡。她在光海中不断地摇晃着，闪烁着，奔波着，忙碌着。好亮，亮得好难受。

"我累了……让我睡吧,让我睡吧……"

她不断说着胡话,频繁抽搐。时而清醒,时而昏沉。

凌晨两点多,完全处于睡梦中的伸子被送去了医院。她在车里醒了一次,意识到自己是在去医院的路上。可是,是谁这样抱着她,用垫子垫着她的头呢?她睁开磨得慌的眼睛,在一片昏暗中目不转睛地注视着那个人。是佃。见伸子睁开了眼睛,他像哄孩子一样摇晃着她的身子,将她抱到自己膝头说道:

"很难受吗?再坚持一下。马上就好了。马上……"

深更半夜,伸子被迫在病房中换了全身的衣服。夜班护士刚走,佃便进来了。

"已经到医院了,这下就能安心了……放心吧,好好休息。"他轻抚伸子的额头说道,"……别担心,有我在。"

伸子只想好好睡一觉,用睡眠摆脱痛苦,不禁闭上眼睛。眼看着快睡着了,痉挛再次袭来。身子不住地抽搐。每抽一次,她都像之前那样发出呻吟。

"让我睡……让我睡……"

"嗯,可以睡的,快睡吧。"

不知不觉中,伸子终于打起了盹。身上的每一个关节仿佛都融化了,心似乎被吸引到一个黑暗、遥远而舒适的地方。伸子将顶着乱发的脑袋搁在枕头上,几乎要打起呼噜。某种奇怪的感觉让她半醒过来。有什么东西碰了她的脸。忽然,两片柔软的嘴唇贴在了她的唇上,久久没有分开。她所有的神经都被唤醒了。佃的存在变得如此清晰,好似滚烫的烙印。伸子感到新的战栗扫过全身。她又晕了过去，同时搂住佃的脖子，把自己的嘴唇贴在他的嘴唇上。

　　有人碰了碰伸子的胳膊。

　　"醒醒，天已经亮了。"

　　然后，佃便松开了伸子的胳膊。

　　"接下来有我守着。这位先生也得休息一下呀。"

　　一只手臂无力地搁在枕头上。伸子那烧得模糊的双眼望向护士。她能感觉到拂晓的灰色冷光在房间里流淌。伸子下意识地喃喃道：

　　"哦……天亮了……"

　　她还是不知道自己是睡着了还是没睡着，只觉得身心疲惫不堪，仿佛在翻滚的大浪中折腾了一整夜。好困，困得一塌糊涂。

　　"睡就对了，真是个听话的好姑娘。就得好好休息。"

　　伸子脸上浮现出浅浅的、扭曲的微笑。佃的声音传来：

　　"……那我回头再来。需要我带什么东西过来吗？"

　　伸子抵抗着试图将她拽入沉睡的困意，勉强集中注意力。

　　"那就帮我把箱子拿来吧……蓝色的皮箱……里面装着梳子什么的……然后代我向父亲问好……"

　　护士喂伸子服下一粒药丸。佃已经走了。不知何时，她又被喂了两勺可可，难喝得教她想吐。

　　伸子是被门口的低声争吵突然吵醒的。也许已是黄昏，四周很是昏暗。严厉的声音传来。

"请不要和病人说话。"

"要不要说话是我的自由。是她的父亲托我照顾她的，也允许我出入病房。"

"我知道，所以我才说您可以进病房，但请不要和病人说话，因为病人的神经也需要绝对的静养。"

佃进来了。他低头看着床上的伸子，随即用寻常的口吻说道：

"感觉怎么样？"

"Oh! Please don't!"

当着护士的面，伸子觉得他强争这口气未免尴尬，听到他嘘寒问暖也一点都不高兴。她怀着想哭的心情在脑海中喃喃道：

"他为什么要说话啊……"

见伸子沉默不语，佃再次用强硬的口吻问道：

"你感觉怎么样？"

伸子没有回答，而是悲伤地责备道：

"你为什么要说话啊？"

情绪化的泪水突然充满了眼眶。就这样，伸子带着郁闷的心情睡着了。

第二章

一

宿舍的餐厅位于顶层八楼，与建筑侧翼的突出部分相接，朝后方延伸。此刻正是晚餐时间。许多姑娘坐在数十张铺着白布的桌子周围。嘈杂阵阵，热浪般的谈笑声与餐具相互碰撞的响声回荡在空中。从伸子所在的位置望去，能看见一扇通往大厨房的门。门在不断地开合。每当端着托盘的侍女用鞋尖踢门进出，她便能瞥见厨娘的身影与架着大锅的炉子什么的。厨房的暖风也飘了过来。

伸子那桌能容纳八人，但每次都只坐七人。今晚她约了安川见面，分外期待。一看到咲子的脸，她便漫不经心地说道：

"唉，饿死我了！"

她习惯了通过随意的聊天排解始于一早的郁闷。

可咲子见到晚来片刻的伸子之后，便双手交叉摆在胸口下方，轻轻歪了歪脑袋，规规矩矩地道了一句："Good evening, how are you!"与见到外国朋友时一般无二。

饥肠辘辘的伸子开始享用无味的晚餐。

那天上午，伸子上了一堂关于十九世纪英国文学史的课，从十点到十一点。一下课，她就赶去了阿弗里讲堂。那里是侧重美术、建筑的图书馆兼研究室。

搬进宿舍几天后，伸子为了拜访安川碰巧走进了这栋楼。安川在这里查阅资料，研究自古以来用于日本美术图案的便化[1]传统。这栋楼小巧玲珑，里面静悄悄的，伸子很是喜欢。大图书馆确实宏伟，内部却像议事堂似的，让她静不下心来。伸子决定，从第二天起来这里读读写写。佃也来了。

明明每天早上都要来，伸子却能感觉到加速的心跳。她走向一张用大屏风与走廊隔开的桌子。佃已经去上课了。他那眼熟的黑色皮包还放在桌上。伸子一看便知，他过会儿还会回来，便看起了小说。

才看了几页，女人轻轻的脚步声便停在了屏风之后。

"咦，原来你在这儿！"

伸子惊讶地抬起头，见来人是珠子。她的帽子和外套都是黑色的，将皮肤细腻的脸衬托得分外迷人。

"哎呀，亏你能找到我！快过来坐！"

伸子拉着中西的双手，让她坐在自己旁边。

"什么时候回来的呀？"

"昨天晚上十一点多。"

两人看着对方，不自觉地面露微笑。

"怎么样？"

1　将自然物、人造物用于制作纹样时的样式化。——译者注

一个多星期前，珠子去波士顿看望她的未婚夫。

"好极了。跟这边相比，那边安静多了。旅馆也很好，住着很舒坦……"

"他还好吗？"

"多谢你，他很好。"

珠子那张接触过户外冷空气的脸上绽放出新鲜的欢欣，说话的态度坦诚亲昵，一如往常。

"而且我很庆幸自己跑了这一趟。因为他刚开始做一项很厉害的研究。如果能做成的话，就会非常有前途，但据说很难做。他说我这次去，让他很受鼓舞……"

片刻后，她用那双光润的眸子注视着伸子，仿佛是在用视线抚摸她一般。

"怎么样？你跟那位后来……"

她如此问道。

"……"

伸子露出了介于苦笑与尴尬之间的复杂笑容,歪着脑袋回答:

"差不多就那样吧。"

"……今天呢？他会来吗？"

"他这会儿应该上课去了……啊，今天我们一起吃午饭吧？三个人一起……都好久不见了，好不好？"

"谢谢你的邀请……可是,现在几点了？"珠子看了看手表,"今天不行啊,我还得去一趟布伦塔诺。他托我带一句重要的口信过去。你这周六有约吗？"

姓横尾和樋口的两个青年近来与珠子走得很近。听说他们想邀请她和伸子去看歌剧。他们和佃参加了同一个俱乐部，伸子也跟他们聊过几句。

"唔……"

"听说演的是《参孙与达丽拉》……"

一听到剧目，伸子便动了心。问题是，周六的夜晚，人人都想过得特别，过得热闹……不知道佃意下如何。撂下他自己去，总有些舍不得。就在伸子犹豫不决，不知该如何作答的时候，佃进来了。寒暄过后，伸子迫不及待地对佃提起了珠子的邀约。

"你觉得呢？我有点想去……"

佃不顾还站着的珠子与伸子，自己坐了下来。听伸子说完后，他很是不快地反问道：

"我肯定不在受邀之列，不是吗？"

珠子吃了一惊，望向伸子。

"这次他们只邀请了我一个……我怕你有安排，所以想先问过你再回复中西小姐。"

佃没有看她们，而是把帽子放在一旁，把书与笔记本摆在桌上，同时说道：

"你想怎样，就怎样回复吧。"

在与佃交往的四个月里，伸子经常听到这样的话。直到现在，她还是难受得仿佛第一次听到一样。

"……你我都开心不是更好吗？"

她说道。

"想怎么回复随便你。不过……"

"嗯？"

"你们跟横尾君和樋口君有那么熟吗？"

连珠子都被拽进了尴尬的境地，这令伸子心中充满了难过与悲伤。她绷着脸沉默片刻后，终于鼓足了勇气似的，对珠子低声说道：

"……我这次就不去了……机会难得，但是……我不去的话，你还会去吗？"

"我不要紧的。"

珠子通晓人情，随口说道，还把手搭在伸子的肩膀上，像是在为她加油鼓劲。

"那还是不去的好，反正那种地方随时都能去。我会替你跟他们问好的。"

两人并肩走到门口。

"就说我有约了吧。"

"好……"

珠子走着走着，突然用女子特有的甜美嗓音低声说道：

"……佃先生是吃醋了啊。不过这也体现出了他的爱有多深，你是个幸福的人呀。"

伸子露出难以置信的表情。见状，珠子瞪了她一眼说道：

"真的。"

语气中带着前辈的温暖与强势。

伸子回到桌前。佃都没看她一眼，也没开口。伸子素来无法长久忍受这种不自然的状态。她唤道：

"喂……"

佃抬起头：

"怎么了？"

"遇到刚才那种情况，你最好明确告诉我你在想什么，因为我是在跟你商量啊。"

"我不能说'随便你'吗？"

"我不是这个意思……只是你那么说，不就还是不清不楚的吗？嘴上随便我，脸上却是一副特别不乐意的样子，我觉得这样不太好……既然我跟你商量了，那就是想尊重你的意见的。"

佃沉默了许久，然后抬起眼白看起来更多的双眼，斜着望向伸子，用诉苦的口吻说道：

"你不也知道我没有权力不让你去吗？"

伸子噙着泪水，一声不吭。见状，他好像突然急了，低声快速嘀咕道：

"你去就是了，去就是了。完全不用顾忌我。"

"我说这些并不是因为我想去啊……以后肯定也会经常碰到这种情况的……"

话没说完，五六个学生进来了。前后的桌子原本空空荡荡，此刻却被他们占了位置，伸子不得不闭嘴。

到了下午两点，伸子出门拜访普拉特小姐。

普拉特小姐身材高大，长得颇为严肃，有几分荷兰人的味道。她说"Yes"的时候，也不会像纽约女人那样用匆忙的鼻音了事，而是说得缓慢而仔细，字与字之间留出清晰的停顿。这位女老师与母亲和房客同住。伸子总能在她平和的气场中觅得几分家一般的慰藉。

上周二，两人聊到了宿舍。入住宿舍已有些时日了，伸子却总也无法适应宿舍的生活氛围。首先，人太多了。伸子半开玩笑道：

"就跟蜂窝似的。而且个个都是蜂后……"

说完便笑了笑。普拉特小姐有一头浓密的栗色头发。她歪着头想了想，说道：

"周四下午来我家坐坐吧，换换心情。随便聊聊。"

于是伸子没有再多纠结与佃的感情进展，就这样出门去了。

她敲响公寓房门后，来应门的是普拉特小姐的母亲。

"您好。"

"哦，你好。欢迎欢迎。"

老妇人和蔼可亲地把伸子领进大厅。接着，那双看起来十分诚实的蓝眼睛里便露出了疑惑的神色。她压低声音问道：

"不好意思，这会儿有其他学生在上课，不知你找她有什么事？"

这让伸子有些意外，她本以为普拉特小姐是因为下午有空才发出了邀请。

"今天是星期四吧？"

"嗯，是的……"

"那能不能麻烦您跟普拉特小姐通报一声，就说是我来了？如果她有事，我可以回头再来。"

老妇人前脚刚进去，穿着日本外褂的普拉特小姐便快步走了出来。她打了招呼，却没有给伸子说话的机会，而是把她领进了自己的居室。

"不好意思，再过三十多分钟就好了，你可以等的吧？"

她望向书架，然后拿出一本奥斯汀的普及版递给伸子。

"看看这个打发打发时间吧。我先失陪一下。"

普拉特小姐的居室有两扇大窗户。透过窗户望出去，便能看见大学校园的一片空地和校长府邸的侧面。长椅与床上铺着精致的花布，摆着小靠垫，把房间装点得恬静而清新。伸子坐在摇椅上，看起手中的书。

不一会儿，道别的声音从走廊传来。还有普拉特小姐的衣服摩擦的响声。

谁知两人好不容易聊开了，上课的人又来了。普拉特小姐似乎本就是这么计划的，对伸子交代了两三句便去了客厅。还得再等足足一个小时……

伸子开始在室内漫无目的地散步。眼前的空地上有一棵萧瑟的大树。不知为何，在那好似倒插扫帚的冲天树梢上，单单挂着一片血红色的椭圆形朽叶随风舞动。在透明的二月碧空前，它看起来就像一滴血滴，分外动人。

伸子看着那片叶子，打量着眼前的一切，忽然意识到自己正处于某种愚蠢得诡异的境地。普拉特小姐对她不管不顾，给别人上着课。而自己却待在并不是很想待的这间居室中，摘下帽子，脱下外套，就这么呆呆等着，仿佛接到了必须慢慢等待的命令。

我是来干什么的？伸子不禁咯咯一笑。不过……我到底是来做什么的呢？

虽说伸子是她的学生，但主动邀请的明明是她，把人孤零零撂在这里这么久岂不奇怪？既然她有心给伸子单独安排一个房间，那为什么不提前告诉她，"我很忙，你自己做点什么吧"？普拉特小姐平时是一个非常会察言观色的人。想到这里，伸子的神经顿时紧张起来，只觉得浑身不自在。她捧起胳膊，俯视自己脱下的外套和帽子，好似在提问一般。

话说回来，倒也不是全无头绪。

那是十多天前的事了。下课后，普拉特小姐也不知是从哪儿听到了风声，问道：

"听说你最近一直跟佃先生在一起？有这回事吗？"

伸子回答，是的。

"佃先生之前好像对高崎小姐也很好，他们一起做了很多事情呢。"

伸子感觉到普拉特小姐话中有话，便只答道：

"是的……他跟我说过。"

"我前些日子还听人说起，他之前……在西部的大学的时候，好像因为一位女士闹出过不愉快的事情……就是那种失了绅士体面的事情……"

"哦，是那件事吧？晚上在某处跟女士说话，结果被警官误会了……"

普拉特小姐貌似有些意外。

"是佃先生告诉你的吗？"

"是的，都是从他那儿听说的……可人家为什么会跟您提起别人的谣言呢？"伸子表现出些许不悦，"我觉得您不能听信谣言。毕竟总有人不负责任地添油加醋。"

"这倒是真的。我也不是听到什么就相信什么啦。"

普拉特小姐不动声色地转移了话题。不过今天的奇怪邀请，是不是正起因于那天促使她问出那番话的心境呢？就好像她的言外之意是，"在屋里静下心来好好想一想，你应该有话要对我说吧"。

察觉到这一点时，伸子对普拉特小姐的聪明才智产生了不快。因为普拉特小姐看穿了她的孩子气，看穿了她容易受暗示的影响。即便不跑这一趟，伸子也不打算隐瞒她和佃的来龙去脉。等时机成熟了，她定会对自己敬爱的老师和盘托出。但那绝不会是今天这般被强加在头上的时机。而且真要说，那也是与立场对等的人说些知心话，而不是像普拉特小姐暗暗期待的那样，想要征求她的意见，问她该怎么办的性质。

伸子下定决心。"今天我无论如何都不会主动提起佃。哪怕明天一早就冲过来道出一切——今天，我绝不说！绝不！"

伸子等到普拉特小姐下课，然后和她一起去晨边高地散了会儿步。普拉特小姐似乎洞悉了伸子的情绪，并没有提起她酝酿多时的计划。至于佃的名字，也只是碰巧提到了一两次。

二

那日的伸子确实是碰巧让阴霾笼罩了心头。然而，她又能否盼到一丝不顺心都没有的日子？

她的肉身以一介学生的身份住进了宿舍，可她的心早已与佃紧密相连，所以她的内心世界并不像寻常的女学生那样简单。在住宿舍的学生中，有情人或未婚夫的也大有人在。宿舍对面的普兰当公寓不仅受爱睡懒觉的学生们青睐，到了晚上更是被那类学生烘托得格外热闹。她们与来访的情人欢声笑语，到了星期六还要跳个舞娱乐一番。她们还会把情人介绍给朋友认识，组成一个小团体，兴高采烈地结伴参加晚宴。

有一次，安川说道：

"日本人的社会训练还不够，所以才不中用。这边的学生连自己喜欢的人都要先征求一下朋友的意见再选的。被朋友瞧不起的男人啊，哪怕是只做朋友，面子上都挂不住。"

安川是个非常崇洋媚外的人。她越是这么说，伸子就越不这么想。那天，伸子也笑道：

"真是什么方面都是共和制啊。我做事的方式不一样。我喜欢一个人，就是因为我自己喜欢。只要我喜欢就行。"

不过与周围的人相比，伸子与佃的恋爱似乎有一种格外独特的黑暗和悲哀。去医院那天晚上，佃亲吻了半梦半醒的伸子。伸子觉得那是他的激情告白，也给出了回应。从那一刻起，他的感情便不可能再回到原先的状态，伸子也做不到。一天比一天牵肠挂肚，难舍难分……问题是，恋爱总是与这般动摇、焦虑和悲伤的感情如影随形的吗？

自己有了心爱的人，那个人也爱着自己。起初，这份确信为伸子的心田注入了满满的平静和希望。佃却不然。而且随着感情的升温，他的内心无时无刻不在焦虑。那份焦虑也不由分说地感染了伸子。由相互之间的爱所激起的更为积极的活力，因相互扶持而绽放出的祥和而高贵的光芒，迟迟没有降临在他们身上。

佃是一位不太自信的情人。

二十多天前的一个晚上，伸子受邀与几位朋友共进晚餐。他们是公司和政府部门的人，佃不认识。除了伸子，还有许多女士出席。第二天，佃变得异常神经质。

"你……是因为我昨天去参加了晚宴不开心吗？"

听到这话，佃低眉瞥了眼伸子，说道：

"怎么会呢。"

"瞧瞧！瞧瞧！这样可不行！"伸子摆了摆手指，摆出吓唬佃的样子，然后说道，"以后肯定也会碰到这种情况的，我希望你可以理解……好不好？我心里真的有你，也是真的爱你。所以我反而有信心，无论和谁在一起，我都很放心，也觉得不会有什么问题的……你懂我的心思吧？我已经有保护神了。当一个人有了真正在乎的人，他就绝不会自甘堕落。而且连这样的小事都不能泰然处之，那我们岂不是太不体面了吗？"

佃躲着伸子正视的目光，不依不饶地嘀咕着：

"我绝没有怀疑你的意思。我知道,你对我是真心的。可是……你太容易相信别人了。世人从来都不是你表面上看到的那样。与人打交道的时候,你怎么会那么不设防呢……这才是让我担心的地方。"

"如果人是不可信的,我又怎么能这么相信你呢?"

如果佃相信她不会见异思迁,那他又在害怕什么?果真如珠子所说,是嫉妒使然吗?哪怕是嫉妒,只要佃清楚她对他是一片真心,那嫉妒也是完全没必要的,这令伸子深感痛苦。不能和佃不认识的人见面或来往……这也太憋屈了。伸子对小气的佃动了气,有时甚至会想,自己何必细细揣摩他的心思,按自己的信念随意行事又有何妨。他要难受就让他去,时间长了,他自能学会如何处理自己的那种情绪。她越想越激动,几乎下定了决心。但与此同时,伸子心中又燃起了另一种情绪。她真想立刻抱住他的头,亲吻他,对他说:

"没关系的……我都明白。"

伸子能理解佃的痛苦。他觉得自己已经三十五岁了,穷困潦倒,没有地位,名声也不好,为此纠结不已。在被这些事困扰的同时,他肯定也在为被伸子的年轻热情所吸引的自己而痛苦,为自己缺乏自信而痛苦,心中愁苦万千。伸子想用某种方式让自己的心火蔓延到他身上,与他相伴走进坦坦荡荡的生活。她很清楚,他们只能埋头前进……可是怎么样才能让佃安心呢?怎么样才能让他和自己共同呵护这份一路走来的感情呢?

想到这里,泪水湿润了伸子的眼眶。难道不走到结婚这一步,他就不会懂吗？

三

　　人都会结婚，无论男女。婚姻好似人生的必经之路，与人长着眼睛和鼻子一样理所当然。伸子却对此抱有某种朦朦胧胧的、近似于疑问的念头。她能理解人对家庭的渴望，也理解相爱的男女想要生活在一起，想要被当成一对的强烈愿望。伸子对佃也不光有古典时代的柏拉图之情。有朝一日，他与自己也会在肉体层面合二为一。即便是在此刻，她也能想象出，要是大家把他们当成一对，那该有多方便。然而每每想到婚姻，模糊不清的沉重、狭隘、平庸和焦虑便会朝伸子袭来。为什么人一结婚就会安定下来，与社会变得分外协调，仿佛达到了人生的某种目标一般？许多男男女女在不知不觉中度过了自己的一生，就像是有人在牵着他们走似的。伸子不愿意像他们那样结婚，然后浑浑噩噩过一辈子。她没有结婚生子的欲望，也不指望丈夫能出人头地，让自己成为别人口中的某某夫人。佃有佃的工作，而她也有她的事业。在经济层面，伸子也没有让佃养家糊口的必要。她之所以想和他一起生活、互相扶持、共度一生，只是想站在更有助于悉心呵护这份爱的位置上，与他相伴走向更丰饶、更广阔、更雄壮的成长。难道对相爱的男女而言，婚姻就是唯一的吗？难道男女之间的爱，本就有如此狭隘的性质吗？人生也可以有些许不同的形式啊。到头来，伸子心中总会强烈地冒出这些念头。

佃连"结婚"二字都没亲口提过。可他是那样痛苦！看到他苦苦挣扎的模样，伸子便能不由自主地感觉到他真正追求的是什么。他没有给自己主动说出来的权利，心中分外纠结。而那种心情折磨着伸子，要她负责。

在离三月只有四五天的一个夜晚。

伸子独自待在房中。正值自习时间，这也是宿舍最安静的时候。唯有小巧的鞋跟发出的响声时不时从混凝土走廊传来。伸子也坐在书桌前。绿色灯罩的阅读电灯静静地照亮笔记本的白色页面与书脊。她正在抄录《竹取物语》的部分内容，准备拿给普拉特小姐。

她向来喜爱故事。毕竟是自己选择的事业，所以她兴致盎然，有时会被故事彻底迷住，埋头其中，不顾语法错误和离谱的用词。但今晚的她进展缓慢。这不仅仅是因为她匮乏的词汇中没有她所需要的表达。总觉得胸中缺了几分热度，无法集中心思到产生兴趣的热度。无论是思考还是写字，伸子心中都是毫无反应，仿佛她整个人的影子突然变浅了似的。寂寞的时候，她便会如此。

佃为了 Y.M.C.A. 的事情去纽约北部的某座城市出差了。

听说他要出差时，伸子反而欣然赞成。

"挺好的，尽管去吧。偶尔分开一下也不错，心情反而……"

她觉得趁此机会重新考虑一下自己的感受，让容易亢奋的神经休息一下，也是一桩好事。佃出差的第一晚，伸子在晚餐后体会到了"不会有人来楼下的大厅找我"的平静，早早换上家居服放松起来。随心所欲地收拾收拾衣柜，看看书，阔别已久的独处时光让人沉醉。九点多的时候，她泡过澡便上床就寝。只觉得平时被自己遗忘的那种游手好闲的闲适快乐像初升的月亮一样，照亮了她的全身。

第二天，也就是今天，终日无事。不过她还是出于习惯，在十点多前往阿弗里讲堂。在老位置坐下时，她总觉得身边好像缺了点什么。清新的空气中透着一丝冷意，整栋楼过分宽敞，空空荡荡，听不到人的脚步声。所谓空虚，就是这种感觉吗？视野中的一切都感觉新得诡异，强得诡异。

入口处的门开启时，感觉到有人靠近时，她的神经都会高度紧张。

此刻佃身在数百英里之外，再过两天才会回来。尽管她很清楚这一点，但"会不会是他"的念头仍会在一瞬间加快她的悸动。上午仿佛一整天那么漫长。末了，伸子觉得自己是那样可悲，那样痛苦，因为她的心已失去了太多的自由。

她离开图书馆，去哈得孙河边的公园散步，去百老汇买了些东西。终于熬到了晚上……

伸子在与自己的情绪做斗争。好不容易抄完够聊一个小时的《竹取物语》，她匆匆收起了笔记本和字典，猛地站起身来，仿佛有什么好事在等待着她。然而……宿舍的小房间里只有她自己。没有人在等她忙完，她也不知道该对谁说"啊！总算弄完了"。梳妆台的镜子清晰地照出房间的白墙。镜中的她，好似孤独的小兽。她无所事事地将双手交叉在头顶，走到床边。

夜幕彻底降临，寒夜里，她能看到同一栋宿舍的钩状翼楼。

楼上开了许许多多扇窗户，窗后灯火通明，好似一盏盏点亮的灯笼。隔着冰冷的室外空气，她能看见某个没拉窗帘的窗口有个年轻女人的头，还有套着白色上衣的肩膀。每个窗口都是安详而温暖的，似乎正沐浴着不为人知的幸福。伸子忽然生出一股冲动，想要打破这种淹没自己的孤寂，用什么法子都行，哪怕是竭力奏响某种乐器也行。她坐在床边，用鞋尖打着节奏，哼起了歌。这是我的声音吗？如此凄惨、虚弱颤抖的声音，真的是我发出来的吗？

歌声戛然而止。伸子又拿起了杂志。

然而没过多久，她连那份抵抗力都失去了。她意识到，再想掩饰这种心情也是徒劳。

伸子明白了，她不能没有佃。这种寂寞，仿佛世界都变得空空如也的寂寞，无论她做什么，无论是走在街上还是看书，都只是为了打发见到他之前的时间。连空气好像都变得异常稀薄，让人窒息。除了佃，还有谁能拯救她？他是否知道自己在这里这样思念着他，为他心焦？

佃的面容浮现在伸子眼前。渐渐地，那张脸越来越大。佃举起那顶熟悉的老土圆顶礼帽，看着伸子，朝她走来，露出柔和的微笑。伸子闭上双眼，身子时热时冷，颤抖着拥抱佃的幻影。他脸颊的触感……他的嘴唇……轻抚柔软的头发时顺着掌心传来的手感……伸子喃喃着他的名字，仿佛在呻吟一般。

就在伸子头靠着墙，陷入恍惚的时候，敲门声令她回过神来。

她急忙用双手手背揉了揉泪眼。

"请进。"

但门没有打开，前台的女孩在门外喊道：

"有电话找您，请到大厅来。"

"知道了，谢谢。"

是谁打来的？伸子很是疑惑。她心不在焉地整理了一下仪容，然后便下楼去了。欢快的男男女女在大厅里三五成群。三个身着晚礼服的姑娘簇拥在一起，好似一束鲜花，开心而腼腆地穿过人群出去了。身着黑衣的宿管老小姐坐在角落的大理石柱下，看着那一张张活力四射的面孔，脸上挂着假惺惺的微笑。

伸子走进电话亭。她拿起听筒，同时心想：要是有人邀请我出门，就推了吧。

"喂？"

"是佐佐女士吗？这就为您转接。"

"咔咔咔……"接线的响声传来。

"喂？"

"喂……你是……"

电话那头的声音很不清晰，听着分外遥远，断断续续。但伸子才刚听见，便不禁抓住了座机那闪着银光的底座，探出身子问道：

"佃先生？"

"是佐佐小姐吗？你好吗？"

欢喜与思念涌上心头，伸子说不出一句话。过了许久，她终于用对方听得到的音量轻语道：

"喂……喂……"

因惊慌发烫的额头紧按在话筒上。

佃的声音里也透着温柔。

"纽约的天气怎么样？这边可是风雪交加……听得到我说话吗？"

伸子激动不已，发出呼吸困难般的低吟。

"听得见……没想到你会打电话来。"

"你是一个人吗？"

"嗯。"

"刚开完会，忙到现在……反正天气也很糟糕……我就想打电话问问你怎么样了……"

"谢谢你……"

一团火似的东西再一次涌上心头。如果可以的话，她真想一口气扑进他的怀里。至于这疯狂的热情，就让他用那双同样烧得灼热的手牢牢抓住，再紧紧勒住……难以名状的情绪，让伸子将额头用力抵在话筒上，陷入沉默。

"喂？"

"……嗯？"

"怎么了？"

"……"

电话那头亦是深情的沉默。伸子能清晰地感觉到，他的念想正顺着夜色中的电线逼来。那种感觉是那样迫切，就连两人相隔的距离仿佛都在一瞬间缩短了。渐渐地，伸子甚至觉得佃与自己不过一墙之隔。片刻后，对面先开了口。

"也许差不多到时间了……挂了吧？"

"是吗？"

"你一直都待在房里吗？好好休息。我会按原计划在后天回来的。"

"大概几点？"

"我应该会坐明晚的夜车出发，所以傍晚之前应该能到。晚上就能见面了。"

她说了再见，然后便恍恍惚惚地坐电梯回房去了。

四

当晚，伸子几乎一夜无眠。第二天，阴雨绵绵。她从普拉特小姐那边回来，正在门口甩雨伞上的水滴，只见安川走出电梯，一身要出门的打扮。见到伸子，她便开口说道：

"佐佐小姐，你接下来有时间吗？"

从昨晚到现在，伸子的思绪就没停过。她呆呆地抬头望向安川，问道：

"怎么了？"

"如果你没有别的安排，要不要跟我一起去一百二十五街呀？"

"去买东西？"

"嗯，随便逛逛。"

伸子心想，稍微走走也好。反正她已在昨晚做出了决定。

"那稍等我一下，我撂下这些乱七八糟的东西就来。"

伸子把书与笔记本寄放在前台。

一百二十五街离得近，买些小东西还成，但那一带并不是上档次的街区。街上到处都是尘土、香蕉皮与苹果皮，还弥漫着货车散发的劣质汽油味。在窗玻璃破了洞、墙面发黄的半地下室里，开着修鞋店、二手服装店、冒牌货饰品店等，好似老鼠窝。哪怕是摆在珠宝店门头，挂着几百上千美元价签的钻石，都是怎么看怎么像赝品。

安川买了一双鞋。伸子买了一卷丝带、一张白色蕾丝桌布和两只可爱的小鸭子玩具。安川见伸子买如此幼稚的玩意儿，笑道：

"你可真有意思，买这两样东西做什么呀？"

"多可爱啊，那模样太可爱了，我要送给佃先生一只。"

伸子小心翼翼地抱着轻飘飘的纸包，撑着伞，回到被雨水打湿的人行道。

虽然没怎么睡，但伸子的头脑很清醒。她终于独自想通了困扰她许久的问题，这为她带来了平静。但前路绝不轻松。作为女人的苦日子就要开始了。只要佃有愿意配合她的热诚，她就不觉得自己会害怕。只要他说好，她便可以下定决心。伸子心中怀有希望，同时也有某种难以言喻的、悲哀而不幸的预感。预感与她的父母有关。她很爱自己的父母，她也知道父母为她设想的伴侣会是什么样的青年。平心而论，佃显然与任何一个可能出现在他们幻想中的形象无缘。得知自己的决定时，他们也许会惊讶、不悦，甚至愤怒。不，愤怒是肯定的，无论如何都躲不过。但她不会退缩。哪怕考虑到最坏的情况，哪怕这件事会造成她与父母在感情层面的终身隔阂。昨天晚上，伸子也想到了这个问题，不禁哽咽。她只求父母能理解她的心情。万一命运真的朝这个方向发展了，她也祈求佃能成为他们的好儿子。

第二天下午五点多，佃打来了电话。伸子表示，自己会在七点多去图书馆，让他到图书馆来。

伸子怀着严肃的心情用了晚餐。食之无味，仿佛自己即将举行某种仪式。回房后，她在小鸭子的脖子上系了一条细丝带，打了个玫瑰形状的结，再用薄纸包好。梳好头发，戴上帽子，便顶着一张比平时略显苍白的面孔出门去了。

前一天的雨已经过去。这是一个无风而潮湿的夜晚，带着潮气的黑色天空中闪耀着无数颗星星，路灯的光亮远远地落在无叶的树梢和大图书馆的穹顶，形成模糊的轮廓。伸子穿过大学校园，前往阿弗里讲堂。佃不见踪影。伸子走去大图书馆，打开三楼角落的专用房间。灯光下书架林立，高高的天花板"回荡"着伸子的脚步声。阅览室传来有人从座位起身的响声。伸子加快脚步。佃就在那里，独自一人。他面朝门口站着，左手扶着椅背，仿佛是在迎接进屋的伸子——他好像憔悴了些。一看到他的脸，伸子便感觉到原本支撑着自己的那根中轴轰然崩塌了。

待最初的兴奋稍稍平息后，伸子与佃并肩坐下，以寥寥数语问了问此行的情况。她拿出用薄薄的白纸裹着的东西说道：

"给你的……打开看看。"

佃很是好奇，边拆边偷瞄里面的东西。当小鸭子映入眼帘时，微笑瞬间点亮了他的面庞。

"太可爱了！谢谢你。怎么想到买这个的？"

"昨天看见了，就买回来了。跟安川小姐一起去的。"

佃用粗犷平坦的指尖抚摸着毛茸茸的绒毛，让小鸭子在自己的包上走了几步，天真无邪地与它嬉戏。伸子怀着万千苦楚望着那张平静的脸。他对自己下一刻将要说出的话还全然不知。他们的命运，会在这几分钟里彻底定格啊！

伸子感觉启齿说出这样一件重大的事情是如此痛苦。她垂下双眼，把自己的手放在佃的手上。情绪的激烈动荡，让她的舌头变得沉重而僵硬。伸子冷不丁地唤出他的名字：

"……佃先生。"

佃吃了一惊，望向伸子。四目相对的那一刻，伸子露出痛苦的表情，仿佛心口突发疼痛。她伸出手，将他拉向自己，然后把嘴凑到他的耳边，低语起来。

"我……我……"

谁知突然间，伸子自己也始料未及的泪水竟汹涌而来。她脸贴着佃的侧脸，抽泣起来。佃措手不及，连忙试着拉开伸子。

"怎么了？啊？你怎么了？"

伸子抱得更紧了，在断断续续的泪水中喃喃道：

"我想过了……如果要结婚的话……我……"

佃仿佛触电了一般挺直身子，双手夹住伸子的面庞，捧到自己眼前。伸子泪流满面，两颊通红，瑟瑟发抖，如忏悔的孩童般一鼓作气说完。

"除了你，我谁都不嫁。"

五

河滨大道的尽头有格兰特将军[1]的墓。走上石阶，便是以纪念碑形建筑为中心的广场。下面是漆黑的哈得孙河和景致萧瑟的冬日公园，不见一个在寒冷的夜风中漫步的人影。伸子和佃离开图书馆后来到此地。他们显然是亢奋的，心态却很严肃，甚至有几分沉郁。听到伸子的告白后，佃沉吟道：

"这怎么可能！怎么可能！"

他紧紧抱住伸子，几乎要弄断她的骨头。泪水夺眶而出。还有比这更坚定的承诺吗！幸好没有弄错。伸子这才确信，自己是道出了他也怀揣在心中的愿望。

她渐渐平静下来。

"我还有很多话要说给你听。我们走走吧。"

于是他们才来到了在这个季节的这个时间段人烟稀少的河滨。

伸子没想到自己会以那样的方式吐露心迹。她本打算说得再冷静些，从自己得出那个结论的心路历程说起，再和他讨论各种实际问题，最后再说出那一句话。谁知关键时刻，那些顺序和想法都被她抛到了九霄云外。现在只好倒过来从头说起。

1　美国历史上第一位从西点军校毕业的总统。——译者注

伸子挽着佃，绕着铺有石板的广场缓缓行走，思索再三后终于开口说道：

"我接下来要说的，都是出于私心。本该先说的，却乱了顺序……但那些事都很重要，请你一定听完。每天的生活不可能是一帆风顺的，肯定会有很多不如意的事情……"

"那是当然，"佃用热情的语气说道，"你尽管说。我会认真和你商量，尽我所能满足你。这四五年里，我已经完全放弃了结婚的念头……此刻我真是太意外了……难以置信……"

"对我来说也是一样的。我也没想到……但我……之所以在你离开的这几天认真考虑，做出了这个决定，是因为我想让萌生在我们心中的东西茁壮成长。真的不只是因为我想找个人当丈夫，你想找个人当妻子。"

"我知道。"

"我希望我们彼此都能安心，做一个更有深度和广度的人。我甚至觉得，只要我们能够心心相印，哪怕不住在一起也没关系，其他的都无所谓。可你心里要是不安稳，那我肯定也安稳不了……"

两人在沉默中走了几步。伸子问道：

"……至于我的私心……你介不介意自己的妻子不擅长料理家务，满脑子想着学习？……我真的很爱你，但我也爱自己的事业。爱得和你一样多！这听起来没什么，但我们以后要是真的生活在一起，我觉得这就是一个相当大的问题了……"

伸子努力不让自己失去勇气，用尽力气将自己的身体压在佃的胳膊上。

"我大概已经没法变回认识你之前的心境了。所以我想放手试试看，尽全力呵护这份感情……可即便是这样，我还是无法舍弃事业。就这一点，我实在是做不到。哪怕一辈子都碌碌无为，我也无法放弃。如果非放弃不可……那我就……只能和你永别了……"

伸子咬着嘴唇，堪堪忍住了泪水。佃全心全意地向她保证，仿佛想用全身的动作消除她的疑念。

"这才是不必要的担心……我知道你有非常看重的事情。一个爱你的人怎么可能会让你放弃它们呢？我甚至愿意舍弃自己来成全你。我绝不是在物色保姆……要是遇到了自己有一份工作的女人，就帮她成就一番事业，我本就有这样的想法……只可惜自己能力不够。"

欣喜令伸子不禁杵在原地。

"真的吗？你真是这么想的吗？"

"当然是真的！你看！"

佃也停下脚步，将伸子的两只手握在自己掌中，转头直视着她。

"看着我。我不会对你撒谎的。"

"……谢谢你！谢谢你！"伸子噙着泪水，用力挥舞着被握住的双手，"太谢谢你了！你知道我有多开心吗？谢谢你！哦，天哪！谢谢你！"

伸子在一张结了霜的石头长椅上坐下。"是谁给了我这份幸

福？上天当真如此眷顾我吗？"她真想对寒夜的自然下跪，道出
这番感激之词。天哪，她从没有想过自己会遇到这样的幸事！泪
如泉涌，不仅仅是因为他的理解，更因为他第一次以男人的权威
明言自己的感情所带来的欢喜。啊！他第一次拿出男子汉的气概
对自己说话了。

佃很担心，频频轻抚伸子。

"你还好吗？……别太激动了。"

"没事的，我才不会生病呢……不过我们都要多注意，要健
健康康的。因为我们肯定会很穷，要互帮互助，一起走下去。我
没打算问父母要任何东西……当然，他们也没什么能给我的。"

伸子笑了，仿佛连两人的贫穷都是那样值得喜悦，值得去爱。

他们走到人行道上。即使河风刺骨，他们也毫不在意。

片刻后，佃回过神来，看了看手表。

"已经九点半多了……要紧吗？"

伸子在宿舍的进出登记簿上写了"图书馆"。但图书馆就快
关门了。伸子想了想，说道：

"……没关系。实在不行，我明天跟李小姐解释一下就是
了。"

"无论如何都要和他在一起"的信念让伸子浑身上下充满了
勇气。但她恐怕再过两个多小时就得与佃分开了。还有一件事没
问清楚。这件事很重要，佃对此仍是只字未提。在寻找头绪的过
程中，伸子又感到了某种别扭。她用生硬的口吻说道：

"还有一件很重要的事情……"

"什么事？"

"……"

伸子到底还是支支吾吾起来。

"什么事啊？"

"……关于孩子。"

"……我明白。"

"你明白什么了？"

这一回轮到佣犹豫了。

"我的意思是……"

"我觉得，如果不能开开心心地、在合适的环境下养育孩子，那么要孩子对双方都不会是幸事的，你也是那么想的吗？"

"没错……而且还有工作……"

"再说了，我们以后肯定是两个人过日子都吃力。我不想做一个连满意的教育都无法提供给孩子的母亲。况且……我心里总有什么东西在阻碍我一下子进入母亲的角色……"伸子低声说道，"我不知道男人能不能理解这种感觉……出于本能，我觉得那可怕得要命……"

听到这话，佣用极度淡而无味的语气说道：

"那又如何。"

伸子被那毫无人情味的语气弄得有些受伤。

"你可别以为那是小事。我虽然有那样的感觉，却又没法跟这里的女人一样满不在乎，用纯科学的心态去处理……因为面对自己，面对那些轻松明快、高洁美好的事物时，我总有些难为情……嗯……这两点都是我的真情实感……"

两人走进拐弯便是宿舍的小巷。佃的口吻仿佛是在用自己的心覆住伸子。

"放心吧……我绝不会做任何让你痛苦的事情。而且有朝一日，你的那种想法说不定也会变的……再说我……你应该懂的吧？我对你的那些心思，应该也是能略懂一二的。"

直到那一刻，他们才发现自己已是浑身冰凉，便走进了宿舍门口的咖啡馆。

后来，佃把伸子送到了已经熄灯的宿舍玄关口。

六

冬去春来的三月。天气愈发多变。早晨还飘着雪花，中午时分却是阳光灿烂，晚上则有浓雾笼罩。第二天又刮起烈风。空气干燥得教人喉咙生疼。但无论是晴空万里还是阴云密布，冬意都是一日淡过一日，毋庸置疑。行道树的树梢在不知不觉中添了几分柔美的弧度。上街购物时，视线忽然被高塔顶上飘扬的红绿旗帜所吸引。那里也没什么特别的玩意儿。除了高高飘扬的星条旗，什么都没有。然而，人偏偏能从旗帜的颜色与天空感觉到，今日会有特别的欢喜闪现，飞到自己心里。在诧异的同时，伸子的眸中多了几分柔和的色彩……那正是春天的矜持预兆。

那天，前夜下的小雪在大学草坪和人行道的背阴处积了薄薄一层。

伸子受某实业家夫人的邀请参加了一场午宴。她将怎么琢磨都琢磨不尽的念想稳稳揣在心里，因感受到坐在普通人之中的快乐而满面春风，谈笑风生。

两点开始有普拉特小姐的课。但由于前一天夜里与佃待到很晚，今天又参加了宴会，她什么都没来得及准备。

明明早到了五分钟，普拉特小姐却已经在她们平时上课坐的侧屋长椅上等候了。伸子如实相告：

"我今天太懒惰了。没准备好就来了，可否请您原谅？"

普拉特小姐仰起布满厚密栗色刘海的额头，看着伸子。

"为什么？……先坐下吧。"

她搂着伸子的后背，让学生紧挨着自己坐下。

"为什么没准备？"

"我本打算昨天晚上准备的，但是和佃先生聊得太晚了，就没来得及。今天早上，阪部夫人又邀请我去参加午宴，于是就没时间了……今天就请您订正我口头讲的可好？"

"我当然是不介意的……不过……"

普拉特小姐并没有将手从伸子的背上移开，反而更加一动不动地透过手掌灌注情感，将她往自己这边压，说道：

"你最近是不是太忙了？因为各种事情……"

伸子能感觉到，普拉特小姐的声音里透着真心的忧虑。

"是不是有些心神不宁啊？"

"那倒没有……"伸子很自然地道出了憋了好一阵子的话，"我早就知道，您很担心我和佃先生的事情……那天您之所以叫我去您家，也是为了那件事吧？"

普拉特小姐以她特有的凝重口吻回答"Yes"。

"是的……你可真敏感……"

伸子心中充满了信任。

"多谢您，能和您推心置腹说这些，我真的很开心。当时我也心意未决……而且我也不愿意在那样的场合下说那种事。"

"……但我知道，等时机成熟了，也有必要的话，你一定会找我商量的。毕竟你也知道，我虽然能力有限，却是真心希望你能幸福的。"

伸子沉默了。在并排而坐的两人面前的白墙上，映照着屋外的雪光。雪融化的速度太快了，甚至能在一片亮白中看到一股股摇曳上升的水蒸气。伸子一筹莫展，只得用不含任何技巧的生硬口吻说道：

"……我爱佃先生。"

"……我知道。"

"……我们订婚了。"

"订婚？"

原本神色如常的普拉特小姐在那一瞬间面露惊讶，甚至下意识地将视线从伸子身上移开了。伸子觉得好难过。难道她和佃订婚是这样一件令人不快与惊愕的事情吗？片刻后，普拉特小姐冷静下来，向她道歉。

"对不起。因为太突然了……我真没想到……你会……"

漫长的沉默降临了。普拉特小姐似乎因感慨万千而热泪盈眬，喃喃道：

"你是这样年轻，这样可爱！我是多么希望看到你幸福地度过余生啊。"

她将伸子搂进怀中，亲吻她的额头。

这番话称得上伸子接受的第一份祝福，然而渗入灵魂的痛楚，让她觉察到了这番话的性质。这不是寻常的订婚者会得到的祝福，言辞间分明带着伤感、怜悯与叹息。伸子意识到，她必须做好充分的思想准备，在某些场合下，她可能要面临更多的冷嘲热讽和轻蔑。

普拉特小姐问道：

"令尊认识佃先生吗？"

"认识。"

"那你跟他提过这件事吗？"

"我立刻给他写信了，写得很详细……而且我早就跟家里交代过自己的心思了……"

普拉特小姐担心佃另有所图。对伸子来说，这比什么都难受，她觉得自己特别对不起他。如果他是富家子弟，如果绅士录上有他的名字，又有谁会说这种话？哪怕那人其实只想欺骗自己，玩弄自己，世人也定会保持沉默。而佃在这方面处境尴尬，就算他为自己辩解，都难以叫人信服！

伸子感到很痛苦，仿佛被瞧不起的是自己。她固执地说道：

"普拉特小姐，爱他的是我，信他的也是我。哪怕一个人被大家捧上天了，只要我不爱他，那就是不爱。我信不了他，就不会信他。但我要是爱了，信了，只要这份感情还在，我就绝不会动摇。"

伸子在普拉特小姐那边待到夜幕将至。回宿舍时，胸中既有吐露心声后的轻松，也有对他们的结合产生的一丝忧郁的感伤。

七

星期天——伸子与普拉特小姐应邀前往位于市内繁华地段的丘吉尔夫人家喝茶。普拉特小姐说道：

"很有意思的。大家总说纽约有最新的生活方式与潮流，可就在这座城市的中央，维多利亚时代的碎片仍以丘吉尔夫人之名留存于世。去看看吧，我保证在你窒息前带你出来。"

于是她带着伸子一起去了。伸子虽然很感兴趣，却在那里度过了憋屈的两个小时。她听穿着羊毛袜，往暖炉里添柴火的丘吉尔夫人讲述珍奇的纹章学，夸耀自己的家世。

五点多，两人来到 C 大的会堂，参加由 Y.M.C.A. 主办的国际人俱乐部周日晚餐会。来自世界各地的留学生大多是俱乐部的会员，会上安排了以新世界主义为理想的讨论、研究和演讲。在那之前，众人会在大厅的好几排餐桌落座，用一顿简单的晚餐。

伸子按规定把自己的名字与国籍写在入口的工作人员递给她的纸上，用别针固定在胸前。今天许是没有其他有趣的集会，可谓盛况空前。门一次次开启，来自各国的男男女女齐聚一堂。伸子和普拉特小姐坐在大厅的壁炉旁。伸子占了一个面向门口的座位，不动声色地观察进进出出的人。从昨天傍晚起，她就没有见过佃。今晚他应该也会来。甚至可以说，伸子明明不是很起劲，却还是来了，也是为了见他一面罢了。

就在伸子快等得不耐烦的时候，她竟在与自己的预想完全相反的方向看到了佃的身影。只见他面朝玄关站在男宾休息室跟前，正和一位菲律宾青年说话。他似乎也是一边说话，一边往外瞄。他告别了青年，用颇具个性的步态朝伸子走来。他还不知道，伸子就坐在一群人后面，就坐在他前方不远处的椅子上。当佃即将走到人群的另一侧，却没有看到她的那一刹那，伸子下意识地用左手碰了碰普拉特小姐的膝盖。

"普拉特小姐。"

在双唇漏出这句话的同时，伸子意识到了自己的失策。我可真傻！普拉特小姐肯定早就认识佃了啊。可不知道为什么，在看到他的那一刻，伸子产生了强烈的冲动，只想明明确确地告诉她：

"普拉特小姐，那就是佃先生。"

伸子无暇细想，便喊出了那声"普拉特小姐"。可说了又能怎样？普拉特小姐正和一位在中国传教多年的女士交谈。听到伸子的声音，她缓缓转过头来问道：

"怎么了，佐佐小姐？"

伸子的呼唤与普拉特小姐的回答隔了一小会儿。多亏了这段间隔，伸子才得以从愚蠢的混乱中脱身。

"哦，抱歉，我认错人了。"

波兰青年演奏了一曲激情澎湃的波兰舞曲，作为余兴节目。

晚餐会就此落幕。

九点刚过，普拉特小姐盛情邀请佃和伸子来她家做客。还有一位教法语的比利时女士与她一起。

"要是没有其他安排，就请来我家吧。都好久没请你喝过日本的绿茶了。好不好？"

见她如此热情，伸子实在不好拒绝。于是一行四人便去了普拉特小姐的公寓。

老夫人不在家。见普拉特小姐开始独自准备茶具，伸子便也走去了餐厅。

"我来帮忙吧。是烧这壶水吗？"

伸子拧开电热机的开关。也许是因为刚从外面回来就立刻忙活了起来，普拉特小姐显得有些急急忙忙。她把点心盛进碗里，端去客厅。

回餐厅后，她碰了碰水壶问道：

"怎么样？已经开了吧？"

"才烧了没多久，得再等等。"

普拉特小姐仍用手掌摸着铝制水壶那闪亮的肚子。

"已经很烫了。"

"只烧热了外面吧。"

"已经烧开了啦！"

伸子笑了。

"您是有多心急呀！等水开了，我就拿过去，您去那边等着吧。我有分寸的。"

见一向理智淡定的普拉特小姐竟为了一壶开水心焦，伸子觉得她十分可爱，很是有趣。可普拉特小姐全然不讲道理，硬说水已经开了。

"不用煮了，肯定已经开了——你听听，都响了，拿下来吧。"

她的声音和眼神中的倔强，忽然让伸子生出了戒备。那并非"想快点去客厅与大家一起"的念头所带来的孩子气的心浮气躁，而是固执的、反抗某种东西的坚持。

"那就关了吧。"

伸子关了开关，把水端去客厅。

那壶水自是半开不开，泡出来的茶也格外难喝。饶是普拉特小姐也不禁苦笑道：

"真是输给佐佐小姐了。生生泡出了该在夏天喝的茶……"

伸子隐约感觉到周围有一种奇怪的气氛在酝酿，很不自在。普拉特小姐不断抛出话题，言辞间却有许多不自然的地方。明明是可以随便聊聊的场合，她却故意让佃成为谈话的焦点，动不动就问：

"佃先生，你觉得呢？"

或者：

"请发表一下你的意见吧。"

佃似乎有些不耐烦，答得并不爽快。普拉特小姐却是穷追猛打，毫无作罢的意思。

"佃先生，你是什么专业的？我之前肯定也问过，但记不清了……"

当她问出这句话的时候，佃毫不掩饰神经的焦躁，冷冷地回答：

"我的专业没什么意思。"

伸子插嘴道：

"他的专业是古代语言学，尤其是波斯语……"

她想缓和一下气氛，便说道：

"以后有机会的话，我们可以一起去美术馆，让佃先生给我们当讲解员——肯定会很有意思的。"

普拉特小姐却像是在用自己的话语让伸子退到一旁候着。

"我想听佃先生亲口讲讲。那……你做研究的目的是什么？"

这哪里还像座谈。普拉特小姐几乎是在诘问。伸子不明白普拉特小姐今晚的表现为何会如此奇怪。在伸子提心吊胆的注视下，佃捧着胳膊，愈发无精打采，用闹别扭的口吻回答：

"为了研究而研究。"

"……恕我直言，我认为这不过是遁词罢了。当然，我也知道真正的研究是没有功利性的，但你如果真是为了研究而研究，那么你心中就更应该有明确的、属于你的学术目标，不是吗？我想问的就是这个——哪怕是狗，也不会无缘无故刨土，肯定是因为嗅到了什么气味。"

"……抱歉，今晚我没有心情争论这些。以后有机会可以慢慢聊。"

"哎呀，我们这样怎么算是争论呢？只是稍微认真地探讨一个严肃的话题而已啊？"

普拉特小姐转头看了看一旁的两人，而她的笑容让伸子毛骨悚然。谁都无法以微笑回应。她和佃显然已经开战了。伸子这才明白，普拉特小姐就是为了聊这些，才会请她带着佃一起来自家做客。

"好，那就假设我碰巧无法理解你的专业……不过这个问题总是可以问的吧？作为一个人，你有什么样的人生目标呢？"

从刚才开始便坐在一旁怔怔地看着他们三个的比利时女士在这时插了一句。

"普拉特小姐，不用再问下去了吧？这个问题太……"

"没事的，您不用担心……"普拉特小姐直视着佃，挺直上半身，用斩钉截铁的口吻说道，"我很清楚自己在说什么。佃先生，在某些场合下，沉默未必是金。"

"……"

"佐佐小姐她……"

伸子没想到普拉特小姐会提到自己的名字，顿时瞠目结舌。

"已经为自己的工作与人生制订了目标。你就没有什么要说的吗？你就说不出来吗？"

伸子如坐针毡。佃的态度令她焦急，普拉特小姐更是制订了冷冰冰的计划，故意当着外人和她的面揭他的短，让她怒上心头。伸子很清楚，普拉特小姐是为了她好，想用这种方式让她看清佃的真面目。"这个丢人现眼的男人！"——普拉特小姐是认定自己会那么想，进而厌倦他吗？

佃固执地保持沉默。普拉特小姐仿佛甩了他一巴掌似的说道：

"你说不出来，正说明你的人格是空虚的。你没有理想，没有激情，也没有思想！就凭你，也想跟伸子小姐——"

"普拉特小姐！"

普拉特小姐望向脸色苍白的伸子。她神经质地耸了耸肩，闭上了嘴。

八

普拉特小姐的好意渐成伸子心头的重担。她的做法让伸子有些难以接受。于课堂再次相会时，两人都对周日晚上的事情只字未提。但普拉特小姐突然说了这么一句话。

"那天晚上，在国际人俱乐部，我发现了一件事。"

伸子把双手放在笔记本上，无力地望向普拉特小姐。

"上餐桌的时候，佃先生不是帮我们拉了椅子吗？但他给你拉的时候，和给我拉的时候不一样——你注意到了吗？"

伸子摇了摇头。

"没有。"

"帮我拉的时候，他很有礼貌，挑不出一点错。但帮你拉的时候就随便多了，只用了一只手。"

每次去找普拉特小姐，她总会聊起这些。她的课本是伸子最享受的时光，如今却教人浑身不痛快。普拉特小姐对佃不抱好感，而她对自己的偏爱更令伸子感到痛苦。每次听到她以女人特有的无微不至的残忍细数佃的不是，伸子的叛逆心便会烧得更旺。

那天是从纽约前往法国的士兵胜利归来的日子。

宿舍一早便几乎空了。伸子近来对这些事情全无兴趣，所以她留在房间里，享受着宿舍前所未有的安静早晨。从窗口望出去，街上也全无人影，仿佛是星期天的早晨。伸子站在窗边，一边用手指缠绕编成辫子的头发，一边眺望节日般的户外风光。这时，身后传来了敲门声。她还以为是有人上来通报佃的到来，顿时不知所措。他们相约在十一点去哈得孙河对面散个长步。伸子一边往门口走，一边问道：

"请进。谁啊？"

"原来你在呀。"

开门一看，来人竟是高崎。

"哇，真是稀客！快请进！"

高崎研究的是家政学，平时住美国人家里，所以两人平时来往不多。

"这么早就出门啦。"

"嗯，我平时都这个点出门……正好路过，就过来看看你。"

直子照伸子说的解开外套的衣领，在椅子上坐定。

"……还是把外套脱了吧。"

"嗯，不过……我也不会打扰你太久的……"

直子身材娇小，却有一头丰盈的黑发与一对浓黑的眉毛，一张大嘴透着坚定的意志，甚至有几分动人，教人过目不忘。她环顾四周，从夸赞伸子的健康聊起。但直子的心情好像并不轻松。

就好像她有话要说，为了铺垫才扯这些并不怎么感兴趣的事情。两人在各怀心事的状态下聊了几分钟后，直子切入正题。

"其实……我今天之所以过来，一是因为很久没有见到你了，二则是想请你听我啰唆几句。"

"哦，谢谢你……你想说什么呀？"

"也不是什么大不了的事……"

说到这里，直子抬手整了整帽子，像是在掩饰情绪的动荡。

"听说你最近……和佃先生走得很近？"

"是啊。"

"关于这个……想必你也知道，一年多前，佃先生对我多有照顾。当然，我们没有金钱方面的往来，只是他在学业上帮过我的忙，还给我介绍过工作……"

一旦起了话头，直子便尽显可靠本色，毫不含糊地往下说。

"我真是来了之后才交了他这个朋友。毕竟年纪摆在那里，我是把他当成了一位可以仰仗的叔叔……我跟他来往的时间也不算短了，很清楚他不是别人口中那般上不了台面的人。哪怕在公寓的房间里与他单独待到很晚，我们之间也是清清白白的。无论当着谁的面，我都可以光明正大地做出保证。"

听着听着，伸子渐感欣慰。她定是因为这张自己送上门来的信用证而感到了欣喜。直子试图通过担保佃的品行间接强调自己的清白，这让伸子不禁露出微笑。她温柔地认可了对方的说辞。

"我从没有怀疑过那些。"

直子两眼放光地看着伸子。

"我知道你肯定没有。只是当时传出了很多烦人的谣言，我虽然没做过一件亏心事，但总觉得对不起佃先生，谣言多了对自己也不好，就姑且和他断了来往……我想告诉你的是，直到现在，我对他还是抱有好感的，但我真的劝你不要和他发展出比朋友更进一步的关系……否则你绝不会幸福的。"

"啊？为什么？"

"你问我为什么……我就是这么觉得啊。"

"你凭什么这么说？"

直子颇有自信地回答道：

"我跟他来往了那么久，总归还是知道一些的。他绝不是坏人，只是……我总觉得你跟他在一起是不会幸福的。"

伸子说道：

"我好像也明白你为什么会这么说。因为他性子里的某些东西……不是吗？我很清楚这一点……我还没有昏头到什么都不懂的地步……可你觉得呢？我有一种信仰。我相信爱是可以改变一个人的。"

直子突然用一种含糊不清、难以捉摸的眼神看着伸子。

"那种事，当然也是有可能发生的……"

"我相信，一定可以的。因为境遇或者其他原因隐于暗处的东西，只要给到足够的亮光，就会成长起来的。"

"佃先生是个好人……我也希望他能过得幸福。"

伸子热情地说道：

"而且单单有活力、活泼、善于交际、朝气蓬勃的青年，我实在喜欢不起来啊。没有经历过人生苦楚的人可太无趣了。知晓阴暗与悲伤，也懂得浩然正气与畅快明朗……佃先生正处于被阴暗笼罩的状态不是吗？我就盼着他能走出来，变得越来越爽朗。"

"……"

话到这个份儿上，直子似乎有些搞不懂伸子的心思了。她叹了口气，含糊地点点头。

"不过，为什么总有人来找我，告诉我佃先生不行呢……不知道他那边是不是也一样。"

伸子喃喃自语。

片刻后，直子不改务实派的做派，把手包与手套搂到自己跟前，仿佛在说"我把该说的都说了"。

"反正我把心里酝酿很久的话都说给你听了，这下就痛快了。不管你听不听我的劝，我不说出来总归是白搭。"

戴好一只手套时，直子握住伸子的手说：

"打扰你啦。改日再会。"

"哦？"

伸子答得莫名其妙，稀里糊涂。"哒哒哒……"直子踩出清脆的脚步声，走到走廊。

"再见。"

"再见。"

直子浑身洋溢着信念，一副自己本着良心完成了任务的模样。她右手拿包，挥了挥左手，沿走廊渐渐远去。伸子目送她转过弯，关上门，嘴角同时浮现出一抹无力而扭曲的微笑。

不到两个星期，伸子又迎来了一位意想不到的客人。

一天下午，她收到了一张名片。来人名叫田中寅彦，是伸子父亲的友人之子。她从没有见过那位青年。下到大厅一看，他正在凹室等候。用严厉而敷衍的口吻寒暄过后，他突然怒气冲冲地问道：

"昨天，我在某处听说你和佃君订婚了，可有此事？"

伸子不清楚他的来意，惊讶地望向眼前的青年。他皮肤黝黑，眉毛吊起，一看就是东方人。他与自己的婚约有什么关系？伸子顿感不快，冷冷地回答道：

"这与您有关吗？"

"怎么可能有关。我只是因为家父与令尊朋友一场，才走了这一趟。要是我明知道内情，却不出言提醒，未免太不地道……佃君是个伪君子。"

伸子目不转睛地盯着正前方的田中。

"您为什么会这么想？"

"不是我这么想，而是事实就是如此！"

比起这些来访者，更让伸子神经疲惫的是佃，是他那再次变得游移不定的感情。在绕着格兰特将军的墓边走边聊的那个夜晚，满怀激情、决意坚定的他已然消失不见。佃反而比以前更加多愁善感了，多愁善感得可怕。伸子试图通过与他相对而坐，忘却来自外界的焦虑和不快，相互鼓励。

"你听我说，我们真的应该好好过日子。只要我们不动摇，无论发生什么事都不用怕的。我们就互相扶持，互相激励，好好走下去吧，好不好？"

佃死死注视着伸子，然后用极其沉郁的语气嘀咕道：

"我也希望如此。只是……我也不知道……时间会证明一切的。在那之前，都是 Great big 'IF'。"

"……为什么？我们不是已经下定决心了吗？既然下了决心，就只能努力走下去，努力不辜负这份决心不是吗？现在再说这种话也太卑鄙了……"

他们的纠葛越发深了，仿佛一刻也离不开对方，与此同时又因复杂的激情碰撞双双落泪。

过完复活节，北方那漫长的五月悄然而至。树木一齐披上新绿，在漫溢的阳光下欢欣雀跃。无论是早晨、中午还是夜晚，空气中都弥漫着嫩叶的香味，挠得鼻翼发痒。在郊外的树林里，各种野花从去年的腐叶下探出头来，纷纷绽放。黄昏时分，当困倦的雾霭笼罩时，沼泽地里便会响起小动物的阵阵合唱。唰、唰、唰、唰……好似在用马鬃弓拉胡琴。唧唧、吱吱……苇莺在鸣啭。大自然整夜都在倾听春天的忙乱嘈杂。

伸子对他们的命运也愈发性急了，仿佛是被初夏的浪潮推着走一般。她经常整晚整晚睡不着觉。

大学的悠长暑假一开始，伸子就和佃去了湖区的避暑胜地。普拉特小姐与宿管等人都不赞成这项计划。伸子做好了受尽非难的思想准备，断了和他们的一切联系。

　　两人在湖区待到了临近十月的时候。回城后，他们通知熟人，表示两人已结为夫妇。对伸子来说，那是一个值得纪念的日子。秋日的细雨打湿了街景。他们去百老汇的一家餐馆用了晚餐。他们寡言少语，注视着餐桌上的装饰电灯发出的亮光。就在这时，日语从伸子身后的隔板后传来。说话的是个男人，语气放肆，声音分外清晰。

　　"喂，听说佐佐伸子结婚了。"

　　另一个沙哑的声音回答道：

　　"呵……对方是什么来头？"

　　"跟哈巴狗似的，五官都长在脸当中——说是姓佃，美国小流氓一个。"

　　——伸子听到了高声饮酒的动静。

第三章

一

那是一个雨夜，墙上挂着灯笼状电灯的玄关分外阴沉。老旧的天花板是那么低，仿佛要罩在人身上。隔着一层薄薄的丝袜，能感觉到脚下的榻榻米又凉又硬。也不知是怎么了，不见一个人出来。来到摆着屏风柜、铺着木板的狭窄房间时，女仆的面孔突然出现在尽头处的磨砂玻璃门后，脸上带着毫无准备的表情。见来了四个人，带头的还是一家之主，她似乎吓了一跳。

"天哪！"

她连招呼都没打，转身便往里屋冲去。唰唰唰……母亲脚尖擦地的脚步声传来，那样熟悉。伸子本以为母亲仍在卧床休息，一听到那轻快而积极的脚步声，顿时心中一凛。莫非母亲是听说我回来了，过于激动，这才起来了？伸子连忙伸手去开厚重的门。

"咔嚓咔嚓！"门的另一边也突然传来转动把手的响声，门就这么开了。多计代的身子几乎与女佣叠在一起。

"天哪，你怎么回来了啊，小伸！"

见到母亲百感交集的表情，伸子也说不出话来，忙握住她的手。

"要不要紧啊？不用歇着吗？"

"嗯，已经不碍事了……冻坏了吧？不过，平安回来了就好！"

"快回榻上去吧，"伸子搂住母亲披着棉袍的背脊说道，"有的是时间慢慢聊。"

母亲双脚发力，似乎在拒绝伸子的轻推。

"我真没事，别担心……平时也都不是躺着的。"

"可……"

伸子心生疑惑，望向母亲的脸。母亲略显憔悴，头发挽在脑后。伸子小声问道：

"宝宝呢？"

母亲脸上露出一抹尴尬。

"嗯，说起这个……"

她音量虽低，却字字分明。但话没说完，她便低语道：

"回头再一五一十告诉你。"

说完，便用快活的语气朗声唤了小女儿的名字。

"艳子，艳子，你在哪儿啊，你一直等着的大姐回来啦！"

然后她带头打开了房门，父亲和弟弟都在里头。

"这孩子可真奇怪，今天一早就盼着你回来，嚷嚷个不停，这会儿却不见了……去火边烤烤吧。真不凑巧，今天下雨了。"

时隔一年，伸子回到自己出生的地方。不知为何，在走进房间的时候，在经过走廊的时候，她竟有种自己是在亲戚家做客的格格不入感。她在暖炉边的长椅上坐下。对面的另一张长椅上，

并排坐着父亲和弟弟。双方心中都涌动着久别重逢的怀念。可是
该从哪里说起呢？伸子笑着对弟弟问道：

"怎么了？"

"呵呵呵……"

短短的时间不见，弟弟的神情便多了几分青年的感觉。他尴
尬而腼腆地笑了。

父亲起身换和服去了。母亲坐在桌旁，指挥下人准备饭菜。
她身后的墙上挂着一幅香鱼的画。无论是那幅画，还是堆在房间
角落的饼干罐，似乎都和去年九月的那个早晨别无二致。伸子就
是在那个神清气爽的早晨匆匆看了它们几眼，踏上了旅程。尽管
如此，伸子还是感觉到，人与人之间终究隔着无法用三言两语说
尽的一年多事岁月。

其实这次回国对伸子自己来说都是始料未及的。她做梦都
没有想到，自己会在那一年结束前回来。她在十月底刚与佃结婚，
好不容易在大学附近的简陋公寓开启他们的新生活。她与父母
就婚事频繁通信。似乎是不经意混入其中的一封信令伸子惊愕
不已。父亲在信中告诉她，母亲将在十二月生产，但由于此前
就患有重度糖尿病，医生对她的情况并不乐观。他很遗憾伸子
无法在这种时刻陪伴在他们身边。伸子很是困惑。她爱自己的
父母，无法冷漠地拒绝他们对她的渴望。可与此同时，她也非
常舍不得与佃的生活。佃眼下不可能离开Ｃ大。如果她要回国，
那就只能独自上路。

经过再三考虑，伸子还是做出了回国的决定。这不会是她与

佃的最后一次分别。但谁又能预言母亲能否熬过这一关呢?

伸子逼着自己订了船票。十二月的太平洋,风浪交加。在飘摇的船舱中,她无时无刻不惦记着等待她归来的母亲,还有孤身留在外国的佃。这是一次孤独的航行。离日本越近,她就越是担心等待着她的会不会是不幸的消息。在船到达横滨的两天前,伸子发了一封无线电报,告知家人到港时间,顺便询问母亲是否安好。

当晚,船上举办了舞会。十点多的时候,伸子靠着沙龙椅的扶手,望着在下方跳舞的人群。船身摇晃得厉害。"轰——"在音乐的间隙,还能听见浪涛重重拍在船舷上。整艘船嘎吱作响,向右偏去。踩着细跟的舞者纷纷打滑。打滑的女人们下意识地抓住男舞伴。男人双脚踩稳,扶住对方,连舞都顾不上跳。舞池一阵骚动,打滑竟成了余兴。船身的每次摇晃都会掀起如雷的笑声。人群中响起女人欢快的叫声和掌声。船上的大厅温暖而热闹,人人都很亢奋。伸子敏感地捕捉到了浮躁的欢快与室外漆黑一片、咆哮不止的冬日海面形成的强烈对比。

一位服务生出现在大厅门口,手中拿着一张纸。从傍晚开始,伸子便翘首期盼着家人的回电,立刻注意到了他。服务生在跳舞的人群中穿行片刻,又从来时的门口走了出去,手里还拿着那张纸。伸子从栏杆边的那张矮椅上站起来,走到大楼梯的顶端。服务生的两条胳膊垂在身侧,爬楼梯时随着步调慢悠悠地甩着。看到伫立在跟前的伸子,他出于职业习惯正色道:

"是佐佐小姐吗?"

"……电报？"

"据说是刚收到的。"

"谢谢。"

伸子立刻打开，站在原地读了起来。"母安产勿念"——伸子顿感耳边好像突然响起了强烈而空虚的舞曲。要是能在两周前看到它就好了！但伸子克服了自己的情绪。

在见到母亲之前，她一直以为自己在电报发出的那一天多了个弟弟或妹妹。

母亲看起来有些憔悴，却显然不是前天才诞下新生命的模样。而且母亲明知道伸子就是为了这件事才匆忙回国，本该想象得出她急喘的呼吸，却对她轻描淡写，敷衍了事，这又是为什么？伸子只觉得整栋屋子的空气中透着嘈杂，像是在尚未准备妥当的时候迎来了一个突然归来的人。母亲到底知不知道她为何会在此时回来。

伸子放下抱在膝头的妹妹。她在心中呼吸着无法吐出口的不满，同时说道：

"那……我也去换身和服吧……"

她站起身来，看了看仍然裹着外套的自己。

"穿成这样都放松不下来了，而且感觉怪怪的……我的衣服在哪儿？"

二

"毕竟我先前一直卧床歇着，好多事情都顾不过来了，"多计代双手撑桌站了起来，"我刚才吩咐他们帮你暖着，也不知道弄得怎么样了。"

伸子出发时尚在建设中的各个房间已有了生活的痕迹。母亲的居室变成了整洁的小房间，四张半榻榻米大。抬手关上身后那低矮的茶室式推拉门，伸子开口说道：

"母亲，到底是怎么回事？这里头好像有什么误会。"

多计代低头调着暖桌的火力，回答道：

"嗯……老实说，我没想到你会突然回来。"

"为什么？"

这句话令伸子颇感意外。

"我一收到那封信就发了电报，家里没收到吗？"

"直到前不久，我才知道你父亲在信里写了那些话……不过这一回我是真以为自己熬不过去了。比预产期提前了很多，眼看着要生了，连产婆都没来。"

"什么时候的事啊？"

"十一月二十八日——提前了一个月。"

"……"

那一天，一无所知的伸子已经到了旧金山。

多计代细细打量着沉默不语的伸子，说道：

"不过你也吃苦了啊，能恢复健康就好。听说你在那边生了病，我都快急疯了。当时我们这边也有好多人病倒了……"

多计代停顿片刻。

"而且你……那件事回头也得和你细聊，听听你的想法。我可担心坏了。"

伸子红了脸。

"因为离得太远，很多事情没说清楚……"

"那是一方面，关键是那位佃先生，我只是听你父亲稍微提了几句而已啊。而且你父亲又是老好人，他说的根本靠不住，我还听说了些奇奇怪怪的传闻……我心想，反正等你回来了就能问清楚，真是等死我了。"

母亲的语气充满了慈爱，饱含着虽有怨恨却已经原谅了她的温情。伸子这才知道，母亲确实在等她，只是等待的意义与她先前想象的截然不同。她终于搞清了家里的气氛与自己的感觉不相符合的原因。与此同时，因略带神经质的敏感而处于紧张状态的伸子，也感觉到父母的温情如热水般裹住了自己。多计代话中含笑，仿佛她正善意地揶揄一个比自己小的女人，而非自家的女儿。

"……而且，也亏你能下决心一个人回来。"

"还不是因为怕您有个好歹……"伸子觉得当着母亲的面提起佃的名字有种莫名的尴尬，便略去了，"反正他现在也没法离开大学。"

"一个人回来也好，因为有很多事情要和你商量。毕竟对我们家来说，这也是一桩大事。你父亲就那样，所以也不会跟你多说什么，到头来都压到我这儿了……里里外外的。"

伸子脱下的薄上衣，还有镶着可爱蕾丝的小玩意儿，多计代都一一拿起来打量一番。

"女人的东西到哪儿都好看，这个东西叫什么？"

见伸子穿着出发时自己帮着装进行李箱的衣服，多计代用怀恋的口吻说道：

"哎呀，你还留着呢？"

"衣服还是那些……一直没买过新的。"

"我给你的诗笺呢？"

"在的。"

"唯愿吾儿万事安，重洋之外母惦念"。在伸子离家那天早上，多计代作诗一首，为她饯行。

"夫人，"这时，用人在推拉门外喊道，"饭菜备好了。"

"走吧。"

"嗯……不过我想先见见宝宝。"

"怕是睡着呢。"

母亲领着伸子绕过走廊，打开了房间的隔扇。电灯靠着角落，屋里一片昏暗。护士正叠着洗好的衣服。在枕边矮屏风的环绕中，有一床针插般鼓起的红色褥子。伸子蹑手蹑脚走过去，跪在地上，看着那睡得正香的婴儿。她是那么小，甚至瞧不出她更像母亲还是更像父亲，称之为"妹妹"感觉也不太合适。母亲在她身后弯下腰，低头看过来，几乎罩住了她的身子。伸子仰头望向母亲，低声问道：

"她叫什么名字？"

"叫雪子。"

"她有股奶香味。"

两人回到其他人等候的地方。父亲很是高兴地开起了玩笑：

"总算出来了，看来你们说了不少悄悄话。"

伸子感觉到了渐渐沁入身心的舒畅与快乐。

三

咚、咚咚咚……清透而连续的响声使伸子渐渐醒来。响声似乎来自某种金属器物，像是有人在用小锤子敲击一般。那种人手的细微动作所催生出的声响带着细致，反衬出了清晨的闲寂。一听回声，伸子便知屋外天气晴朗。

此时此刻，佃又在做什么呢。一夜过去，"我回来了"的意识鲜明地朝她逼来，教她倍感寂寞。

母亲正在餐桌上写信。

"早安。"

"怎么样，睡得可好？"多计代放下笔，将砚台推到一边说道，"好久没像这样一起吃饭。白天可冷清了，因为大家都不在家……你想吃点什么？"

"您吃什么呀？"

"我最近都吃面包。"

"那我也吃面包。"

昨晚，伸子与母亲并排就寝。母女二人在漆黑中聊了许许多多。今早，母亲似乎也有说不完的话。伸子也有许多事想对母亲倾诉，然而那些事都在她的经验范围之外。更何况……

"母亲，您说他这会儿在做什么呀？"

这样的话，教她如何说得出口！最想说的话却只能忍着不说，伸子很是憋屈。多计代却因为找回了阔别已久的聊天搭子，没把伸子的这些情绪放在心上，颇为快活地说道：

"你说滑稽不滑稽，今天早上，你父亲一个劲儿地问我'伸子昨晚都说什么了'。"

"是吗？都怪您老瞒着他啦……那您是怎么跟他说的？"

"还能怎么说，不过是把你说的原原本本地讲给他听而已。"

"他可满意？"

"还不是因为你说破例和我睡吗？于是你父亲便疑心……你莫不是有了身孕。"

多计代说到这儿便笑了，仿佛自己在说的是什么离奇古怪的笑话。

伸子心里莫名不是滋味。如果她真有了身孕，母亲又会是什么表情？她似乎坚信这种事情是不可能发生的。透过母亲微妙的口吻，伸子清楚地认识到了自己的婚姻是被如何看待的。想起父亲昨天来港口迎接时那心神不宁、生怕被人瞧见的模样，伸子心里难受极了。

"真是人言可畏啊。你的事情一传开，平日里大门不出二门不迈的津村夫人立刻跑来了，好一副'让你不听劝'的架势。可要是不出去见人，人家更要误会，所以我只能挺着肚子，咬着牙一个个见过来，可苦了我了。"

"您干脆摆出泰然自若的态度，说'我那女儿向来任性'不就行了。"

见伸子只是轻描淡写，却没有对自己受过的苦表示感谢，多计代似乎有些不满。她用恼火的口吻说道：

"反正你离得远，想怎样就怎样，都忘乎所以了，泰然自若当然不成问题。可我们这边不是那么容易对付的啊。事关体面，总不能随便搪塞。"

伸子并非不感激父母的关心，然而听到母亲说出这番话，她还是觉得心寒。

"害你们如此担心，确实是我不好。但我那么做，并不是因为不在乎您，我是别无选择才……"

"我可不这么想。你喜欢谁就喜欢谁，但总有法子多顾全些我们的颜面吧？再说了，我都没见过那个人，更何况……"多计代的声音中明显带着深深的怀疑，"我对那个姓佃的男人抱有疑问……不光是我，所有人都一样。"

母亲似乎已经在心里认定，佃是一个连敬称都不配有的人，对他直呼其名。伸子既是悲哀，又觉滑稽。

"为什么？我不是详细告诉过您了吗？"

母亲用犀利的眼神注视着伸子。

"没错，你是老实交代过了。可那都是你看到的——你以为你看到的佃先生，不是吗？那都是佃先生讲给你听的，不是吗？你确定那就是他的全部吗？"

伸子接下母亲激烈的言辞，如此回答：

"他不会对我撒谎的。"

"我也希望如此啊。毕竟是一辈子的事情……如果可以的话，我也想毫不怀疑地相信你所爱的人，也想像你那样去爱他。可是既然抱有疑问，那么在搞清那些疑问之前，我就是不会相信的。我就是这样的人。这么多年了，哪一次不是靠我唱白脸熬过去的啊。"

伸子从母亲斩钉截铁的口吻中感到了某种压迫。她似乎相信，哪怕是这次的事情，也能靠自己的决心推翻，只要她想的话。这令伸子感到不安。伸子反问道：

"您对哪一点最有疑问？如果是我能解释的，我就给您解释清楚，毕竟……"

伸子觉得她终于撞到了自己早就料到的东西，而且撞得越来越重了。

"这次的事情，我不是闹着玩的。哪怕您和我意见相左，我的决心也不会变。所以我们尽量多沟通，好不好？"

多计代倒了些红茶，喝了一口。

"……也好，反正迟早都得说的——大家都说你被骗了。"

"他打从一开始就没有隐瞒自己一无所有啊。"

"他是想通过不隐瞒讨你那幼稚的欢心啊。"

"不可能！"

"那他为什么不像个正经的绅士那样，不管你说什么，都先回来一趟，征得我们的允许再说？正因为他觉得你家有钱有势，无论怎样于他都没有损失，所以他才会吃定你不是吗？"

伸子握住母亲的手，用力按在自己的掌心。

"您误会了，他绝不是那样的人。而且出了这种事情不能只怪他一个人，我也有一半的责任啊。再说了，您怎么能那么想他啊，我明明没有任何值得他蒙骗的东西啊。"

"……凡事都有一个度，和零相比，哪怕只有一，那也算是'有'。"

多计代让女儿握着手，却毫不退让，死盯着伸子的脸。片刻后，她说道：

"不过……他在上大学这一点总不会是假的吧。"

"啊？"

"唉，因为有人说，佃是开洗衣店的。"

伸子感到深深的愤慨，但也没有太当回事，回答：

"那些人什么都不懂。搞不好他是想把我们家亲戚朋友的脏衣服都包了呢。"

四

伸子觉得自己虽然回了家，人却变了。她的心和生活中多了一个佃。

父母仍然有些不痛快，无法用原来的心境面对伸子。日子一天天过去。

渐渐地，伸子也认识到，考虑到事情的来龙去脉，多计代对佃的看法会如此偏激与混乱也是在所难免。伸子在信里写的和佐佐告诉她的，与她通过报纸和其他途径了解到的传闻截然相反。多计代从未亲眼见过佃，不知道该用哪一种说法去判断他。她只知道丈夫向来老实，伸子又缺乏阅历，还是个死心眼。她本可以把佃想象成任何一种样子，却用怀疑与恶意勾勒出了他的轮廓，这也是情有可原。

然而母亲对出现在女儿身边的任何一个男人都抱有异乎寻常的戒心，好似人家必是恶棍无疑。站在伸子的角度看，这才着实骇人。一想到多计代因为佃囊中羞涩、没有社会背景而加深了对他的怀疑，伸子便义愤填膺。

伸子能回到她的身边，她自是欢喜非常。与伸子相对而坐时，她便忍不住要聊起女儿远行期间的孤独和艰辛。这一聊，便难免要提到佃。每次提到佃的名字，多计代都会失去冷静。

父亲上班后的漫长白天，成了压在伸子肩头的重担。

"小伸。"

多计代在自己的居室唤着伸子。伸子平时都待在自己的房间里。母亲毫无顾忌的呼唤，让她隐隐有些烦躁。但她还是立刻起身，走到母亲的居室，开门问道：

"怎么了？"

多计代的膝头摊放着一本染坊的样布册。她把册子移近更明亮的门口，瞧着上面的一款款颜色说道：

"喜久屋的人来过了。"

"您要染布？"

　　"有一匹天蚕丝的料子，我想做成外褂来着。可染色用的草料大概不如原来好了，看得中的颜色好少啊……"

　　看了一会儿，多计代似乎想起了什么，问道：

　　"对了，你带走的那身紫友禅和服呢？"

　　"还在呢。"

　　"以后也没法穿了，图案倒是好看……"她被册子分散了一半的注意力，同时说道，"你打算怎么办，衣裳总得做两身吧。"

　　"没事的……我不用。"

　　"还不用呢，这哪是你说了算的……那就选这款吧。"

　　多计代将白色的布料与样布册递给用人，一边关衣橱，一边用一种思绪渐渐飘到别处的口吻喃喃道：

　　"……也不知道佃先生的老家在哪儿。"

　　"我还没去过，也不清楚……您问这个做什么？"

　　"还不是搞不懂他们老家的风俗嘛。你都回来了，那边总该跟我们打声招呼吧……总不会是佃先生还没跟他父母提吧？"

　　"才不是呢。"

　　多计代用伤了自尊心似的讽刺口吻说道：

　　"……他们是打算在儿媳的父母来打招呼之前一声不吭吗？"

　　"人家也是不知道该说什么才没动静的吧。等儿子回来了，肯定会按规矩办的。"

　　伸子无可奈何，只能满不在乎地回答。这让多计代很是不爽。

　　"你们两个当事人倒是无所谓，反正你们样样都不普通，"

她"啪"的一声猛敲拉环，关上了衣橱，"但我一直在想，不普通的不一定就是对的。成天标新立异，只会给人添麻烦。"

"我不是想标新立异。只是因为我和您的性情不一样，思维方式也不一样吧。"

"那你是坚信自己从一到十都做得很对吗？"

两人时常因为意料之外的话头爆发情绪化的争执。起初，伸子总是试图保持分寸。奈何多计代言辞激烈、对人毫不留情，到最后总会逼得伸子动气。而一动气，她便会和母亲一样，表现出毫不屈服的刚烈性格。

一月下旬的某日。

因为一件鸡毛蒜皮的小事，两人又一次激烈争吵起来。伸子几乎不知所措。

"自从我回家后，我们好像一直在重复同样的争吵……不吵了，好不好？……我懂您的心思，可……不要再这样说话了，好不好？"

多计代却顶着通红的脸颊，冷冷地说道：

"你变了——你以前绝不是这样的。你原本会真心诚意地跟人交换意见，那也是你的优点。也不知是受了谁的感化，让你生出了这种态度……"

伸子只觉得情绪被瞬间点燃，仿佛有人戳中了她胸口的某处。多计代总能用女人独有的——亦或许是面对女儿的母亲所独有的本能，像这样巧妙地把毒针插进伸子的要害处，让对方变得凶猛。但那一日的伸子依然保持克制，如此回答：

"我不是在耍滑头刻意逃避，只是不想为了争论而争论。"

"所以我才说你自私。你为所欲为，让父母颜面扫地。事到如今，你还有什么资格让我保持冷静？你应该设身处地替我想想，我当初为什么要忍痛送你出国。"

见多计代一边落泪，一边用苍瘦的手指委屈地抹去泪水，伸子心如刀割。母女俩竟要为这样的事情争执不休，这是何等悲惨。她起身坐到母亲膝下的地毯上，然后用安抚的口吻一番劝说，试图让母亲理解自己。

"您听我说，母亲，我们先撇开佃这个人不谈好不好？在您认识的人里，有没有一个是您觉得我可以爱的？之前出现在我身边的人里，有没有一个是您觉得我可以自由来往的？没有吧？无论是谁，只要他想跟我有更深的交往，在您眼里便成了毫无价值的人。"

"……对不住，我就是个坏心眼的恶婆娘。"

眼看着母亲要把手放到一旁，伸子连忙抓住，说道：

"我不是这个意思啊，母亲！平心而论，一旦牵涉到我，您就会变成某种极端的理想主义者，不是吗？仔细想想您对我的工作和成功寄予了多大的厚望，您就会明白的，不是吗？在某些方面，您希望我能做一些您无法在自己的人生中实现的事情，对吗？对不对？"

"在某些方面也许是这样吧。"

听多计代的语气，她似乎无法对伸子的这番话表示愤慨。

"岂止是某些啊。您就希望我超越情情爱爱，保持孤高清洁，还把观察那样的我当成了一种爱好。"

"我也不强求你单身。只要遇到合适的人，能启发你的人，我随时都愿意张开怀抱相迎。"

"……我对婚姻的态度……大概跟您不一样。"

"这我知道，哪里还用得着你说，"多计代重拾尖酸的语气，插嘴道，"你的观念是布尔什维克。"

"……一般情况下，女儿家的人生目的就是嫁人成家，与丈夫同化，获得在当下的社会最稳定的生活，不是吗？所以结婚的条件才是找同一阶级的，找有着同样传统的人家，或者在命运允许的情况下，稍微往上迈一步，甚至攀上高枝……这就是我跟您不一样的地方……我是以我自己的方式成长起来的，我看到的都是我想看的东西。我对那些父母和您一模一样的男人是一点兴趣都没有。他们不仅无法让我感兴趣，还会让我不安。所以能吸引我的人，必定是在某个方面有所不同的人……您明白我的意思吗？……所以不管佃是好是坏，他肯定是无法让您满意的。我是一个野蛮人，无论是人生还是别的什么，都非得靠自己的双手抓住自己想要的东西瞧上一瞧不可的……"

伸子沉默了。多计代也沉默不语。夕暮中，暖炉的低焰时旺时暗，为周遭蒙上朦胧的红光。两人就这样对坐了许久。

五

万里无云，微风拂过，带动了山茶花那光亮的绿叶。

无人打理的庭园中，棣棠枝繁叶茂，断枝落叶乱七八糟地堆在地上。在庭园的角落，一片燕子花齐刷刷地吐出嫩芽。那片青翠的嫩芽是如此明艳动人，仿佛阳光格外偏爱那一处似的。好暖和……伸子眯起眼睛，看着那片浓烈绿色中的明暗。渐渐地，某种奇怪而强烈的感觉流转她的全身。伸子感受着猛撞喉头的心动，用尽力气伸了个懒腰，然后攥着拳头，一圈一圈地挥动手臂。她的手臂散发着白光，微微颤抖。

风再次划过。苦竹林沙沙作响。在别院的外廊，保专心致志地忙活着。伸子凑过去问道：

"做什么呢？"

"——你来啦。"

保用侧脸对着伸子，露出孩子气的胎毛形成的发旋。只见他目不转睛地盯着面前的盒子。

"看什么呢？"

伸子越过弟弟的肩膀，伸长脖子一看。那是一个大约两尺乘三尺的育苗箱，底下铺着十分细碎的黑土，土里冒出几排四分[1]多高的细长小苗，看着弱不禁风。

"这是什么东西的小苗啊？好像有点瘦弱啊，这样好吗？"

---

1 日本度量衡制中，1尺 ≈30.3厘米，1分 ≈3毫米。

"一点也不好，"保回过头来，一脸困惑的表情，"哪怕是专家，也很难养好仙客来的实生苗。所以我养不好是理所当然的……可是瞧这架势，真叫人悲观。"

伸子忍俊不禁。

"可种子不是发芽了吗？真了不起……应该会慢慢长大的吧？"

"……天知道，这苗可容易烂了。为了催芽把盒子加热到合适的温度吧，泥土就会立刻发霉。更要命的是，你瞧瞧，长出来的苗都病恹恹的，"保指着育苗箱角落里的一根枯苗，"我也不知道它怎么会变成这样。泥土什么的，明明都是按书上写的弄的。"

保当时十四岁。整个冬天，他都把这个盒子放在外廊，时而点个火盆加温，时而用玻璃盖子罩住，看着种子一点点发芽，不亦乐乎。

遇到了意料之外的聊天搭子，保便围绕仙客来之难养侃侃而谈起来。他说，就算种子发芽了，也得几年后才会开花。温度和湿度的调控也与种植兰花一般困难。他近来一得空便随身带着园艺书，不时翻看，也亏他记得住那么多知识。不过他虽然滔滔不绝，有些部分却讲得乱七八糟，到底还是个孩子。

"所以啊，没有温室就养不好也是很正常的。前些天才吓人呢，一只狗趁我不注意把脚伸了进去，把苗连根刨了出来。"

出于对弟弟的爱，伸子不时给予简短的回应。但保跟她说的话，她怕是连一半都没听进去。她的心境在今天一早就已经失去了平衡。无法集中注意力让她很是难受，所以她才会走出房间，然而在三月下旬的庭园那充满生机的气氛中，盘踞在她内心的沉重、激烈却又慵懒的感觉似乎变得愈发鲜明了。

伸子绕过别院，来到浴室后方。哗啦、哗啦……煤渣发出响亮的声响。

"谁啊？"

"是我。"

哗啦啦……窗开了。

"姐姐！"

伸子在探出头来的艳子身旁瞥见了多计代的条纹褂子。

"小保呢？"

"他在外廊那儿长吁短叹呢，说他的仙客来要烂了……"

"母亲，行不行嘛？没关系的，我都好了，就答应我吧，母亲！"

艳子的声音传来。她平时接触的都是哥哥，所以养成了以男子第一人称的"我"自称的习惯[1]。

"不行，回头又要请细谷大夫来了。"

"艳子闹什么呢？"

"她嚷嚷着想出去玩，才刚下床两天的工夫，这个时候出去玩，肯定又要咳咳咳……真拿这哮喘娃没辙。"

伸子从那里慢悠悠地穿到用人房侧面。拉门痛快地敞开着，两位用人面对面坐在窗边做针线活。她们都低着头，缝着深褐色

---

1 日语中男子称自己时叫"僕"，中译为"我"，但女子一般不用这个说法。

配黑点花纹的铭仙绸男式和服与外褂。见到那一幕，伸子便感觉到她克制着的情绪摇摆不定起来，仿佛正冲着那些衣服迸发。那是佃的和服。用人在赶制他的衣服，迎接他的归来。为了不被她们发现，伸子拐去了客厅的院子。

从去年十二月回国到今年三月，伸子不时因为过度思念佃而落泪。但无论她如何吵闹，佃都不可能在工作告一段落前回国。这份死心，一度成为她的精神支柱。不过，佃将在四月初回国的事情终于敲定了。三月十九日，他搭乘的船从西雅图出发后，伸子更是被压抑已久的期盼折磨得死去活来。他抵达横滨之前的每一天，伸子都是在骇人的无聊、无尽的期待和萎靡的精神中度过的。如果她有足够的零花钱，能置办各种东西，热热闹闹地迎接他就好了，奈何她囊中羞涩。为了凑够佃的旅费，伸子不仅用尽了自己筹来的钱，还让父母支付了相当大的一部分。所以她开不了口说：

"给我点钱吧，我有很多东西想买。"

更何况在佐佐家，也没有一个人在为"佃将在数日后归来"而欢喜。父母晚上窃窃私语的时候，伸子无意间走进房中。两人突然沉默，问道：

"有什么事？"

每逢那种时刻，伸子都会强烈地感觉到他们虽是自己的父母，但更是一对夫妻。被疏远的悲凉情绪向她袭来。自然而然出现的道路仿佛也被堵死了。每当伸子在无限的期盼中独自思念佃时，她的心就会受尽病态狂热的折磨。

总算熬到了二日。那天是星期天。

伸子一睁眼便想：啊……就剩今天一天了！今天一天……今天一天……这一天会让我累成什么样子啊！……伸子不想被人看见，也不想和别人说话。要是佃能在她睡着的时候突然走进来，那该有多好。

伸子怀着几近郁闷的心情前往餐厅。桌上摆着一人份的餐具。多计代在一旁切着长崎蛋糕。

"……来客人了？"

"一个接一个……休息天也这样，人在家又有什么用呢……对了对了，"说着，多计代突然把自己跟前的糕点包装纸和礼品绳推到一边，"来了封电报。"

"电报？"

"肯定是船上发来的。刚才还在那儿的……"

伸子忽然感到一阵悸动，与母亲一起翻找起来。要是熬到今天却横生变故，那可如何得了。

"上面有名字吗？"

"不清楚啊……"

母亲的淡定显得很不自然，这令伸子颇感不快。她们终于在时事漫画下面找到了电报。见发报人是"佃"，伸子稍稍松了口气。

电报写道："二日下午到港。"

"二日……二日是今天？"

"是啊。"

"怪了……说是二日下午到港，可……"

伸子看了看钟，顿感一阵慌乱的迷茫。光说"下午"，也不知道是下午一点还是下午六点。

"我去问问。"

给邮船公司打电话的时候，伸子也是满面忧色。年轻的文员敷衍道：

"今天到港。"

"大概几点？是傍晚吗？"

"不，很早的，怕是这会儿已经到港口外了。要来接的话，得赶紧出发了。"

伸子打完电话，带着奇怪的表情走了回来。

"……邮船公司说，确实是今天到……"

"你那是什么表情？"多计代抬头望向呆若木鸡的伸子，苦笑道，"发什么呆呢，要去就准备起来，跟你父亲说一声啊。"

在房间里换衣服的时候，伸子有种遭遇突袭的感觉。无论有多么意外，他终究是自己日夜期盼的人。照理说，他能早到一分钟，自己都该高兴得飞上天才对……可真到了要见面的时候，伸子却感觉不到想象中的欢喜，这令她颇感意外。他终于要回来了……然而在亲眼见到他之前，她甚至难以相信心中的他，心中的那个人将要回来这件事。伸子想起了十五年前，想起了那个夏日清晨的光景。得知离家五年的父亲要从英国回来了，八岁的伸子一夜未眠。还记得那天早上，母亲在吊灯下支起镜台盘发髻，而她在母亲身后拿着蒲扇赶蚊子。母亲一言不发，与平时判若两人，感觉特别可怕……此时此刻，伸子终于理解了作为妻子的母亲在那个早晨的复杂心情。

前往樱木町的电车很空。坐在他们对面的只有一个中年酒色之徒，看着像在外国商会工作，一位三十二三岁的夫人，外加几个男人。嗒嗒，咔嗒嗒……摇晃的电车疾驰在东京与横滨之间，纷繁杂乱的风景在温暖的阳光下闪闪发光。

佐佐看着口袋里掏出的小本子。过了一会儿，伸子问道：

"现在几点了？"

"……不知道，大概两点多吧。"

他掏出表看了看。

"呵，都两点十分了……没想到路上这么花时间。"

佐佐把食指插在纸张之间，用本子轻轻敲打着被外套裹着的膝盖，眺望窗外。忽然，他扭动上半身转向伸子，用低沉而充满慈爱的声音轻语道：

"……待会儿你可别太激动了，这么多人看着……"

他将身子转回原位，用稍高些的声音补充道：

"我可真同情他。你激动起来，谁吃得消啊。"

"哎呀……父亲……"

到樱木町后，两人上了人力车。粗鲁的港口车夫昂首挺胸，如苦力般大喊着跑了起来。

科雷亚号恰好刚靠岸。

在安装舷板时，从科雷亚号探出身子的水手一声大喊。几个男人一边回答，一边在石板路上推动带轮子的楼梯。感动的、心急的、不顾旁人做何感想的混乱在人群的各处爆发。伸子挽着父亲的胳膊，在人潮中穿行，眼睛紧盯着沿上层甲板排队下船的一张张脸，试图找出其中的佃。

脸是那么多。它们互相重叠，混入帽子和外套的颜色中，近视的她根本无法一一分辨。渐渐地，便有下船的人和前来迎接的人找到了对方。男人一边挥舞帽子，一边欣喜地喊着："喂！喂！"妇人穿着印有家徽的褂子，在人群中鞠着躬。船是那么大，排队乘客的脸是那么小，好似被关在船上的囚徒。伸子心里一阵难受，一遍遍地问父亲：

"出来没有？出来没有？"

"……挤在人堆里，他怕是也不容易找到我们，去人少一点的地方吧。"

两人避开不停往前挤的人潮，站到海关仓库附近。在他们的注视下，一个男人走过一段短小的楼梯，从上层甲板来到船头的中层甲板。他穿着黑色的外套——戴着圆顶礼帽。伸子不禁把右手举过头顶拼命挥舞，整个身子都往前倾了。她对父亲说道：

"我看到了，父亲！他在那儿，那个黑的！"

他也转向他们，摘下帽子，以很大的幅度缓缓挥动。伸子的手挥得更用力，也更用心了。感动使她浑身颤抖，泪水湿了眼眶。

六

车子沿石墙转过坡道。伸子坐在父亲和佃之间，随汽车摇摇摆摆。她只觉得离家越近，心中的忧虑便越深。

佃和母亲是初次见面，他们会给对方留下什么样的印象？佃的脸色也不太好。这虽是无谓的小事，伸子却有些担心。而且他不是那种会主动抛出话题的人，这也令她忧虑不已。

在母亲的示意下，书生[1]与女佣们在门口列队相迎，每个人都带着一本正经的表情。

"你都多少年没在进门时脱过鞋了？你看着就像是会从脚上着凉的样子。在日本啊，还是免不了这些麻烦。"

佐佐把帽子递给用人，同时随口说道，像是为了打破尴尬的气氛。

佃神色僵硬，绷着脸回答道：

"不，不碍事。"

先一步跨上门口台阶的伸子暗暗祈祷："放轻松！自然点！"她祈祷得那样用力，仿佛是在朝着他的心按下信号的开关。换好衣服的多计代站在客厅门边的椅子跟前迎接他们的到来。伸子带头跟她打招呼：

"我们回来了。"

然后她把佃介绍给母亲。佐佐在一旁补充：

"这位是我内人。这位是佃君。之前也跟你说过，佃君在那边帮了我很多忙。"

"我也听说了，"多计代以厚重的威严武装高大的身躯，如此回答，"这次有幸因意外之缘与你相见。"

1　寄食于别人家，一边帮忙，一边学习的人，现已非常少见。——译者注

多计代那郑重其事的态度令佃不知所措。他回答得磕磕巴巴，语焉不详：

"岳父对我多有照顾……请多关照。"

"先坐吧……一路上累坏了吧，"佐佐对妻子说道，"听说佃君晕船晕得厉害，一大半时间是躺着熬过来的。"

"哎哟，那真是不容易。"

多计代望向佃，仿佛是希望当事人也说点什么。佃将手肘搁在椅子两边，双手交叠在胸前，对着多计代点了点头，说道：

"已经好多了。"

伸子靠着父亲的椅背，观望着这场心理层面的会面。刚进门的时候，她便通过母亲的站姿察觉到，母亲有些犹豫，不知道该如何对待佃。她是应该尊敬佃，说话时与他保持一定的距离，还是应该把他看成伸子的配偶，轻松随意地交谈？母亲似乎在两轮短暂的对话中进行了摸索。她是不是已经在佃身上感知到了不对劲，好似用舌头尝出了怪味？——不然她为什么会像那样，不时分外烦躁地挪动白袜的脚尖？那雪白的脚尖好似活物的耳朵，勾起她心中的焦虑。伸子不敢继续看下去，而是对父亲说道：

"父亲，您去换身衣服吧？多谢您陪我出门。今天啊……"

伸子对佃解释了一番，仿佛是为了调节沉闷的气氛。

"我睡了个大懒觉，起来才知道来了电报，所以是急急忙忙赶去码头的。父亲也没想到我会突然拽他出门，是不是？"

"是啊……好在今天是星期天。换成其他日子，我可抽不出空。你这阵子也得格外注意，否则怕是会神经衰弱。外国的生活一般都很规律，但这边的生活体系毫无原则可言。简直是胡来，乱七八糟……你就当是回了自己家，好好歇一阵子吧。"

"谢谢。给您添麻烦了……"

伸子领佃去了浴室。回来一看，只见多计代正站在客厅门口与丈夫低声说话，一脸亢奋的表情。

伸子刚回来，佐佐便去了书房。多计代逮住女儿，用警告的口吻说道：

"这位佃先生的脸色总是那么差的吗？那也太吓人了……"

见自己完全料中了，伸子不禁天真地笑出声来。

"因为他晕船晕了一路啊，真可怜……当然，他平时也没有'苹果似的红脸蛋'。"

"在国外待久了的人都是那样的吗？总觉得怪怪的……像是连打招呼都说不利索。"

"因为您太有威严了，所以他有些不知所措。"

佃洗了手和脸，回到客厅。当水果和红茶上桌时，伸子唤道：

"大伙儿快来，喝茶啦！"

三个弟妹一齐现身。伸子依次为佃介绍：

"和一郎，保，艳子。"

佃对着梳着童花头的艳子温柔一笑，伸出双手道：

"过来。"

"快去让人家抱抱。"

见所有人都笑着望向自己，艳子越来越难为情，不肯去佃那边，而是紧紧抓着伸子说：

"姐姐……"

伸子感觉到众人既似玩笑，又似严肃地关注着年幼的艳子到底会不会坐到佃的膝头，只盼着妹妹能与佃亲近。

"怎么啦？艳子，让人家抱抱嘛……瞧，姐姐带着你一起过去……"

伸子把小猴子似的揪着自己的艳子抱在膝头，跪着朝佃挪去。艳子突然紧紧搂住伸子的脖子，连气也顾不上喘，僵着身子，用脚抵住榻榻米，奋力反抗。因为她脸朝下趴在自己的肩膀上，伸子看不到她的表情，但想必已是满脸通红，满头冒汗，眼看着就要放声大哭了。伸子便停了下来。

"……那就算啦！改天再说。"

"这孩子很是奇怪。直到去年，她还怕豆腐，怕丝绵，连我这个爹都不待见，我真拿她没辙。"

听到这话，艳子背对着大家，在伸子怀里煞有介事地小声补充道：

"还有森官。"

伸子这才发出酣畅淋漓的笑声。艳子向来管"神官"叫"森官"。

十点多的时候，用人过来询问：

"床铺该铺在哪里？"

"这……"多计代望向伸子，"就铺在你屋里吧。"

"好。"

"那就跟往常一样……"

"请问……被褥什么的应该用哪套？"

多计代一动不动，用"这些事理应由伸子负责"的语气回答：

"不知道啊……都有哪些啊……小伸，你去看看吧，不然怎么知道。"

伸子默默随用人去了储物室，让她打开柜门。

"用那床……那床条纹的和八丈绢的。"

伸子让用人取出被褥，自己则去了盥洗室。她打开电灯，看着镜中的脸，用手掌抚平头发，只觉得既孤独，又闷闷不乐。难道这就是终于见到期盼已久的人的心情吗？周围的人太多了，很是劳神。而且比起忘乎所以的快乐，她感到了更多的郁闷。她关了灯，走出盥洗室。就在这时，她听到远方传来房门打开的声响，清清楚楚。只见佃上半身探出走廊，正低头穿着拖鞋。

"和一郎，你陪他一起去。"

"不用了，我找得到……刚才也去过……啊？不要紧的……"

佃沿着昏暗的走廊径直朝伸子走去，仿佛知道伸子就站在那里，仿佛看穿了她心中的欲望。伸子顿时忘记片刻前那个垂头丧气的自己。她的心"扑通扑通"直跳，周围的黑暗似乎也被带动了起来。她跟喜不自禁的淘气鬼似的忍着笑，悄悄躲去了角落里的书架旁。

七

一个多星期后，伸子与佃回到了他在乡下的老家，在那里待了十来天。对于伸子来说，这是一次快乐与客气参半的旅行。她见到了佃年迈的父亲、兄嫂与弟弟等亲人。虽是骨肉至亲，但毕竟分别已久。这些年，佃过着他们一无所知的生活。伸子能感觉到，他们对佃与自己很是关照。恰逢油菜花盛开的时节，金灿灿的花朵开得很高很高，连成一片，与远处的白山山脉相映生辉。在古老的村落中，狭窄的街道两旁都是立着黑板围墙的房子。当地人笃信净土真宗，村里的寺庙既是俱乐部，又是会堂。家家户户都摆着华美的佛龛。而佛龛的大小，则决定了这户人家的格调。

"在这一带啊，大家都很看重这个的。"

佛龛的门镶着金饰，左右对开，内部的楣窗上刻有红色和水蓝色装点的浮雕，表现了亲鸾上人[1]的生平事迹。伸子很是稀罕，细细打量。坐在炉旁烤火的老人总会在就寝前走到佛龛跟前，点上佛前的灯明，披上袍子，吟诵类似于《叹异抄》[2]的经文。然后嘴中轻念着"南无、南无、南无"往回走。

被篝火熏黑的天花板大椽上挂着一捆捆稻谷。人们默默望着吐出火舌的篝火，重重叠叠的人影在木地板上匍匐，在门板上摇曳着伸展收缩。生活的每个部分都似那佛龛一般，充满了古老的

1　日本佛教净土真宗初祖。
2　日本净土真宗重要圣典。——译者注

传统。

归时，东京的樱花和玉兰花都已经谢了，枫树的嫩叶舒展开来。

一天，伸子一手抓着和服下摆，一手拿着水壶在房前洒水。

连着几个大晴天，再加上她的房间周围的地表在扩建时受了一通糟蹋，干得厉害。尤其是从未被雨水淋湿过的屋檐下，土壤干燥得如黄豆粉一般。洒多少水都被吸干了。她麻利地移动水壶，只听见水珠散落在地面时，发出柔软、清脆而均匀的声响。清新的泥土香味扑面而来。伸子缓缓后退，全神贯注地洒着水。

这时，拉门开了。佃探出头来。他静静地看了会儿伸子，幽幽地说道：

"马上就好？"

"马上。不过……我现在停下也行。"

"……我想喝杯茶。"

"那你稍等一下，我这就去。"

"我想在这儿喝……"

伸子甩了甩水壶上的水，抬头望向站在门槛边的佃。

"……难道不该说'我们去那边喝'吗？"

"……"

佃以沉默表示抗议。

"吃过午饭以后就没露过面，还是过去聊聊吧。那边应该也正想喝茶呢。"

"去是可以……但一去就要坐很久……"

"你这人可真是的！总有使不尽的借口，总也不听话！"伸子在玩笑中掺了些真心，责备道，"明明无事可做，还用忙做借口，我可不认！"

佃还没有固定的工作。旅行归来后，伸子在两间相连的六帖榻榻米房里摆了两张书桌。他坐在书桌前，憋屈地弯着膝盖，写写简历，漫无目的地整理带回国的笔记。这些房间原本是给伸子一人打造的书房，虽以外廊与主屋相连，却似别院般私密。仓库跟前的宽廊与二楼的后楼梯将书房与其他房间隔开。只要像封上口袋一般关闭唯一的出入口，便只能看见前面的庭园，一整天都不会见到别人。这样的结构为伸子与佃的 tête-à-tête[1] 提供了诸多方便。然而，当两人真的开始在那里生活之后，伸子却发现这项特权令自己左右为难。因为佃本就不爱见人。再加上有伸子替他前后跑腿，他就更是只在必要的时候离开房间了——比如用三餐时，上厕所时，打电话时，或是父亲回家的时候……

去乡下之前，还发生过这么一件事。那天，他也提出想在房间里喝茶。伸子随口说道：

"那我去给你拿来。"

说着便去了餐厅。母亲正和用人商量晚餐该如何准备，见伸子来了，她便问：

"怎么了？"

"泡茶。"

1　法语，意为促膝谈心、两人单独谈话。——译者注

"……有热水吗？"多计代伸手摸了摸铁壶，"哦，温度刚好。"

在伸子准备茶杯的时候，她也备妥了茶壶。

"有好吃的蒸羊羹，要不也切一些吧。"

从母亲悠闲倒茶的态度，不难看出她很期待与伸子一起喝茶。伸子摆了三个茶杯，回房去接佃。

"你也来吧，母亲想跟我们一起喝茶，你不来可如何是好。"

她劝了又劝，佃却纹丝不动。伸子实在没办法，只好回去对母亲撒谎道：

"他说他这会儿走不开。我还是给他端过去吧……我去去就回，您等我一会儿。"

母亲不带恶意地挖苦道：

"哎哟喂……怎么跟住旅店似的，真不方便。"

伸子转身背对母亲，把茶杯放在小托盘里，心中不是滋味，仿佛他俩做了什么亏心事，仿佛他们躲在大房子的角落里闹别扭。从餐厅到房间的走廊不过数间[1]，一路上，伸子却是思绪百转。

——因为有过这样的经验，她把水壶放回原位，一边提起水桶，一边对佃说道：

"我的脚有点脏，想绕去浴室冲一冲。你先去吧。"

伸子从后门进入浴室。她一边在三合土上洗脚，一边竖起耳朵，关注着他们房间的推拉门有没有开。没有一丝声响。伸子擦

---

1 长度单位，1 间 ≈1.818 米。——译者注

了擦脚，走到仓库前说道：

"人呢？"

"我在。"

听到这话，伸子便自己开了门。

"……走吧，我弄好了。"

佃仍杵在面向庭园的门槛边，只把脸转向伸子。他的额头上现出阴郁的横纹，显得很是恼火，仿佛在控诉："你难道不懂我的心思吗？"伸子走到他面前，用低沉而严肃的语气说道：

"你听我说，住在同一屋檐下，却只在吃饭的时候才露面，这样多不好啊。既然住在一起，就处得再融洽些，好不好？所以随我来吧——在O村的家里也不是这样的，不是吗？"

他用声音表示，自己是在履行对伸子的义务。

"那就去吧。"

八

一种极其微妙的、神经性的不和谐开始逐渐蔓延到家中的角角落落。伸子也用自己的神经感受到了。

准备晚餐时，她像原来一样帮忙做饭。在此期间，佃一直待在房间里。布置好餐桌后，伸子喊道：

"大家都来吃饭吧！"

她那朝气蓬勃的声音传得好远。身在后院的保与和一郎现身了，艳子更是嚷嚷着"开饭啦！开饭啦！"，快步跑来，带出一串"呱嗒呱嗒"的脚步声。伸子也洗了手，在桌边坐下。父亲和母亲都坐定了，就差动筷子了，唯独佃还没来。艳子问道：

"母亲，我可以吃了吗？"

伸子暗暗心焦。就在这时，佃拉开正面的房门，一边走进餐厅，一边朝大家轻轻点头。其实论时间，大家也就等了一两分钟，奈何那场面好似最想引人瞩目的贵妇人在宾客齐至的舞池粉墨登场一般，令人倍感突兀。只有他成了诡异的外人——惹眼的客人。伸子能感觉到，大家在那一刻重新意识到："啊，他在……"虽然这种意识很是朦胧。

"……怎么了？怎么来这么晚。"

伸子说道。她想让佃说一句"让大家久等了"。

"大家等你好久了。"

佃跪在坐垫上，两个膝盖紧紧凑在一起。他往桌上一瞥，含糊不清地说道：

"嗯……有点事。"

然后便只对父母道了一声：

"对不起。"

"没事……怎么样？跟山崎先生约好了吗？我今天碰巧在俱乐部遇到了他，又跟他打了声招呼。"

渐渐地，餐桌上热闹起来。到了快吃完的时候，除伸子以外的每一个人都忘记了刚开饭时的小别扭。然而，类似的事情发生了不止一次。第二天，隔了一天的第四天，再后一天……同样的事情又莫名其妙地发生了。在一次次的重复中，迅速消失的淡淡感觉变得愈发清晰，在伸子心中化作令人烦恼的预感。每到饭点，多计代便会克制着烦躁说道：

"你早点叫他来吧，别老像个客人似的让大家等着。"

"好。"

"……不是说他在外国上大学的时候很是随和，很有青年风度吗？也不过来帮帮你……只有你们两个人的时候，他也是那副样子吗？"

伸子解开围裙，撇嘴挤出一个酸涩的笑容。

"那倒也不是。"

"那也行吧……"

多计代也不多说，摆弄起了桌上的花。她撕下鬼灯檠的老叶，微微仰起上半身，看看枝条的走势。直觉告诉伸子，母亲手上摆弄着花，心里想的却是别的，她还有很多话卡在胸口没说。之后，多计代也没有再说什么。

四月底的一天，伸子与表妹们应邀去朋友家做客。那是个阴天，散发出光泽的灰色天空却将地上的绿叶衬托得分外浓艳。四点多的时候，伸子去盥洗室梳妆。佃和她一起走出房间，开始收拾装在宽廊角落里的书柜。它是全家共用的，虽有"书"柜之名，却没有放一本正经的"书"，净放旧杂志了。好几年份的女性杂志被杂乱无章地塞在里面。多计代之前随口提起过，说书柜里的杂志堆倒了，卡住了一侧的玻璃门。见佃准备收拾书柜，伸子很是惊讶，忙劝道：

"她不是为了让你收拾才故意提的。让它去吧，你不用管的。

真要收拾，吩咐别人去做就是了。"

"我收拾一下也无妨吧？虽是小事，能帮到大家总是好的。"

"如果你当这是消遣，那也行……"

伸子一手握着梳到一半的头发，透过发丝望向佃。他盘腿坐在书柜跟前的地板上，已经打开了柜门，抽出布满灰尘的旧杂志分门别类。伸子早已习惯揣摩他的心情，而他的背影中，有某种让她无法挪开视线的东西。

"你是不是不开心？"

她险些问出口来，却还是把话咽了回去。如果他心情不好，自己会取消友塚之行吗？不会。伸子回到镜前，反思自己的情绪是从什么时候开始变成了这样，随即面露怜笑……她把脸凑向镜面，涂抹白粉，同时在脑海中平静而凝重地思考着。然后她感觉到，不光是她，许多已婚女子都因为这种看似琐碎简单的烦恼而变得闷闷不乐。

梳妆完毕后，伸子抖擞精神，随口对他说道：

"我走了。"

佃依然盘腿而坐。她弯下腰，碰了碰佃的脸颊，身上的腰带与和服窸窣作响。

"父亲今晚不在，你去和母亲好好聊聊吧？"

入夜后，天下起蒙蒙细雨。到了九点多，伸子惦记着家里的情况，心神不宁，便请主人叫了辆人力车。晚春的淅淅沥沥搞得人力车中湿气很重，有股温温的热气和车棚的味道。一路上有不少上坡路，费了些时间。回家一看，玄关仍不见父亲的鞋子。

"父亲呢？"

"老爷还没回来。"

伸子往里走，一心希望迎接她的是母亲与佃聊得正欢的光景。如果她一开门，便看见两张愉快的面孔转向她，说道：

"哎呀，你回来啦！我们正说着你的坏话呢。"

那该有多好啊！那是何等教人欢喜的好事啊！在漆黑的走廊里，伸子几乎不自觉地面露微笑。然而，温暖的想象立刻被冻僵了。野兽能在本能的驱使下嗅出巢穴是否安全，或是有没有危险接近，而人也对自己居住的家中的空气有着敏锐的直觉。每个房间寂静无声，还有不知从哪里飘来的，站在走廊上都能感觉到的阵阵凉意，令伸子警觉起来。她轻轻开门，说道：

"我回来了。"

佃不在那里。弟弟们也不在。夜深人静中，唯有母亲一人。伸子下意识地在房间里四处张望，仿佛在寻找那个身影。

"被雨困住了吧？"

多计代放下杂志，看了看钟。

"不，主人安排了人力车……父亲还没回来呀？"

"今晚怕是要迟些，还是那群玩陶器的……"

她的视线是那样沉着，带着观察的意味。她看着坐在那里解开外套系绳的伸子，说道：

"去换身衣服吧。"

伸子老实起身，匆匆回到自己的房间，打开房门。佃坐在书桌前。

"我回来了。"

"回来啦。"

他背对着进屋的伸子，答话时头也不回。他的表现也不自然。肯定发生过什么。伸子察觉到，母亲和佃之间有不快在涌动。她是那样茫然，仿佛有结实的、冰凉的、靠自己的力量是推不动也拉不动的山崖从左右两边夹住了她。

换了衣服，伸子又去了趟母亲那边。多计代似是等她许久了，一开口便是难以克制的直截了当。

"这个佃先生真是太不正常了。"

在母亲心中积压已久的东西终于喷涌而出。

"啊？……怎么了？"

多计代盯着伸子。

"他跟你说了吧？"

"没有。"

"是这样的……"

多计代虽然开了个头，却摆出一副连说都懒得说的表情。

"我也觉得翻来覆去说这些太没大人样了，心里也是真的不舒服……但是不从头说起，你怕是也听不明白……你刚出门没多久的时候，我心想他一个人待着怪冷清的，就叫他过来喝茶了。小保跟艳子他们都不在，倒是个好机会，我本打算跟他单独聊聊的。你也知道，我到现在还不太了解他，也一直没有机会和他心平气和地谈一谈……其实吧，我也是想毫无保留地和他交流一下对你的意见。毕竟他嘴上喊我'母亲'，相处起来却跟陌生人似的客气，双方都不会好受的。"

"是啊。"

"我这人就是死心眼，本以为佃先生肯定能理解我，拿出坦率的态度来——但我错了。"

多计代脸上浮现出新的怒意，连耳垂都涨红了。

"那人真的不行！"

"为什么？"

"你还问我为什么……他也太冷淡了……一点都不懂得感激。再不学无术的人，只要我真心相待，那也是会以诚心相报的，可他呢？就会往后缩。一个劲儿地说，只要是为了你，他什么都愿意做，他有牺牲自己的觉悟……我也没有一上来就让他牺牲啊，我又不是疯子……我只是盼着你能过得好，他也能过得舒心，所以才想和他谈一谈……可他那副样子，让我怎么谈啊？"

伸子既了解母亲的脾气，也知道佃的性情，非常理解母亲的不满。母亲是觉得："我是真心诚意想跟你谈，可你却！"一片真心无处可用，心中自然烦躁。伸子很同情母亲，但她也不觉得这一切都是佃的错。她以中立的态度说道：

"他向来不善言辞……而且您要和他聊我，他也……换谁遇到那种情况，都会不知所措的。毕竟眼下也没有什么具体的问题要聊……"

母亲慷慨激昂的言语毫不留情，穷追猛打。面对难以捉摸的抽象要求，佃肯定也以他一贯的激昂反反复复地诉说自己愿意牺牲，愿意努力。想到这里，伸子只觉得可悲可叹。

"话是这么说……还有，快用晚餐的时候，有人打电话找他。也怪我多嘴，见他聊了很久，我就随口问了一句，'是谁打来的啊'。他居然说，是浅草的亲戚。我压根没听说过他在那儿还有亲戚，那又是平民老百姓住的地方，我便说了句：'咦？怎么会有亲戚住那么奇怪的地方啊？'结果他一听就恼火了，脸色都变了，还跟我说，"岳母是不是觉得我在做什么奇奇怪怪的事情"！我真是莫名其妙，可他非要摆出一张事情非同小可的面孔。仔细想想……他是完全曲解了我的话……"

伸子有种眉根被拉拉扯扯的感觉，边听边别过头去，用手托腮。

"……我就说，你该为有这样的念头感到耻辱……"

当伸子再次回房时，他仍坐在书桌前，左右两边都摆着摊开的书本。

那倔强的后颈似乎在对她诉说："我知道你听说了什么。你能理解我的，对吗？……不过你想怎么想就怎么想吧。我是不会为自己辩解的。"

她不忍把母亲告诉她的再说一遍，带着这样的心情待在房里也难受得很，于是她来到仓库前的走廊，捧着胳膊，左右摇晃着身子来回踱步。高高的天花板上亮着十烛[1]的电灯，照亮了下方的木地板。正面是仓库的纱门。反复擦拭过的走廊硬邦邦的，在袜底打滑。她吃了一惊，心想夜晚的地板竟是这样滑的吗？伸子

1　亮度单位，1烛≈1坎德拉。——译者注

太寂寞了。她就那么踱着，身子晃得愈发厉害。

<h2 style="text-align:center">九</h2>

浴室中水汽弥漫。伸子折起衣服的下摆，帮大盆中的艳子洗澡。肥皂溶化后的香气与水蒸气的湿热渗进衣服，让人很不舒服。艳子让大号海绵吸饱热水，再用双手挤出水来，浇在自己的肚子上，笑得可欢了。

"姐姐，你看呀，你看呀，热水都渗进肚脐眼啦！快看，快看！"

多计代在浴缸里泡着。她不时对胡闹过头的艳子说一句"别吵了"，又跟伸子有一搭没一搭地聊着。至于内容，自是对佃的评头论足。那晚伸子出门时，母亲与佃闹了些不愉快。自那以后，母亲似乎对他不再客气了，也失去了对他的最后一丝敬意。与佃说话时，或是在谈起他的时候，母亲总会用某种特殊的口吻，其中混杂着轻蔑与施恩的意思。此时此刻，她用长梳撩起两鬓湿漉漉的短发，说道：

"虽说人无完人，总得相互忍让……可是看他那样子，我是越来越怀疑了。他都三十……三十几了？三十五六吧？反正他活到这么大年纪还是清清白白的，总有些……"

"转身，转身。"

伸子让艳子背对着她们，然后面露苦涩道：

"现在就别说这些了……"

多计代舀了些热水出来洗了把脸，在擦手的时候用紊乱的声音说道：

"细细想来，你也真是个十足的女人。一动心，就什么都看不到了……你们两个人在一起的时候，我都能看出你爱他更多，真教人心疼……你要是不介意，那当然最好……"

过了一会儿，她又自言自语似的喃喃道：

"我也不可能一直陪着你……不过你要是执意跟他过糟糕的日子，那我也只能算了，只能告诉自己那就是你的命。"

大体上，佐佐家的生活与佃的性情存在诸多难以相容的部分。到了伸子的父亲那一代，佐佐家迎来了物质层面的繁荣，无论是对外还是对内，用"勃兴时代"来形容也不为过。家中的气氛富有活力，同时也是排外的，带有征服的色彩，充满了不甚知性的原始生命力。人人谈天说地，吃饱睡足。只有佃的肠胃经常出问题，食欲不似其他人那般旺盛。哪怕是这样一件小事，似乎也在强调他是这个家庭中的异类。

而多计代的举手投足都代表着这个家庭的氛围。见佃没有把自己当成值得惧怕的敌人，却也没有被同化，仍是一个彻头彻尾的异类，她一定感到十分恼火。她越发烦躁，对伸子说出各种露骨的刻薄话。如果伸子到了傍晚时分还待在房间里，她便会听见母亲的声音。

"这么忙的时候，她在干什么呢……艳子，去叫你姐姐过来！"

"姐姐，母亲叫你呢——"

"来了来了。"

多计代站着等伸子出来，然后说道：

"不管你有什么事要忙，好歹也得过来搭把手吧。多出一张嘴，厨房里要忙的事情自然也就多了，你老摆客人的架子可不行。"

然而，伸子无法像单身时那样，简简单单回一句：

"瞧您说的！明明一点都不忙！"

佃从母亲身边夺走了伸子，而伸子也任由他夺走了自己。母亲这是在发泄对佃的烦闷，以及对伸子的不舍。她打量着布置餐桌的伸子，说道：

"佃先生每天都在做些什么啊？他真能去大学吗？"

"说是从下周开始……"

"那就好……毕竟那么大年纪了，要是没份正经差事，外人问起来可如何是好……你还得让他好好谢谢你父亲——他工作那么忙，前些天还特意为了这件事抽空去了趟津村先生家……"

佃要去大学上班了，在津村博士的研究室当客座研究员。以后大概能发挥专长当个讲师什么的，但光靠这份工作无法维持生计。他托在美国认识的人给他介绍工作。为此，他白天需要跑东跑西，也没法安心待在伸子的房间里，到了傍晚，才与佐佐相继归来。佐佐一把年纪，工作又繁重，他还没叫苦叫累，佃却不停地嚷嚷"累死了"。这令伸子倍感寒苦。

晚餐后，他会与其他人同席片刻。但过不了多久，他便一定会说：

"我先告辞了……还有一些事情要忙……"

然后独自退回仓库跟前的房间。要想在佐佐家有规律地学习确实不易。因为一家之主不是爱读书的人，所以在晚餐后到就寝前的那段时间里，家中尽是欢快的嘈杂。伸子可以理解佃无法与大家一起谈笑的心境。可他本可以默默离开，却不知为何非要生硬地说上一句：

"我先告辞了。"

仿佛是在宣布，唯有他还有格外重要的事情要做。在他独自背对众人，"哗啦啦"拉开房门，走出去以后再关门的过程中，原本悠闲地聊着天的人也都感觉到了某种凝重，好像自己受了责备似的，不禁沉默片刻……长达数秒的微妙停顿，让伸子分外揪心。所以她会率先打破沉默。

"哎，大家听我说，你们听过这个笑话吗？"

一天，警官抓到了一个小偷。他把人带到警亭毒打了一顿，骂道：

"不知羞耻的蠢货！你的良心呢！"

"你说什么，警官？"

"我问你的良心呢！每个人都有良心，所以才不能干坏事啊，你这个白痴！"

"呃……实不相瞒，我父母在十年前的地震里被压死了。"[1]

"什么嘛！哈哈哈……"

哈哈哈……伸子一边与众人欢笑，一边为小心翼翼圆场的自

---

1 日语中，"良心"和"両親（父母）"的发音是一样的。

己而恼火。多么无聊的文字游戏，多么无聊的自己。伸子很清楚，佃虽没有心情与大家开怀谈笑，但他端坐在房间的书桌前也绝不是为了做什么大不了的工作。不是用陈腐的词句重新翻译波斯语的诗歌，就是把笔伸进墨水罐里蘸一蘸，再写一份简历。

十

　　包围他们的情感旋涡是如此复杂而强烈，以致伸子是一日痛苦过一日。她的性情是单纯而热烈的，所以她对来自母亲与佃的每一阵刺激都给出了全心全意的反应。撞到那头弹回来，撞到这头又弹回来……伸子越来越想静下心来做些工作了。自佃回国以后，没来得及梳理的感动与各种经历在她心中翻滚着，乱作一团。一天，她对他说道：

　　"我想稍微静下心来，学点东西。"

　　"挺好的，想学就学吧。"

　　"我得搬家……不过……"

　　"……"

　　佃用写满怀疑与不安的眼神看着伸子。

　　"哦，不是的，只搬桌子啦……要是桌子还摆在这儿，进进出出的时候难免会互相影响，所以我想搬回原来的房间去。"

　　佃沉默片刻，然后握住伸子的手问道：

　　"你真的只是为了学习才搬的吗？"

　　"那是当然。"

但伸子也在那一刹那感觉到，自己心底的某处闪过一丝疑问，微小如孑孓——当真只是为了学习吗？……伸子用更加快活的语气向他保证：

"当然是为了学习，所以能帮我一下吗？"

"嗯，没问题。"

两人都穿着斜纹哔叽料子的衣服。书桌是伸子的祖父留下的，以橡木打造。他们抬起书桌的两头，沿着院子搬到客厅的侧面。

"会不会太暗了？"

"但这里挺好的，不是吗……"

佐佐家的房子原为茶人所建，只有客厅和玄关还保留着当初的风貌，古色古香的小花园也是其中的一部分。那个面朝花园的房间蒙尘多年，连柱子都破了。书桌就放在刚打扫过的老旧榻榻米上。伸子坐在书桌前，佃则靠在门框上。

"到了春天，那棵松树下面会有款冬冒出来。"

"……咦？"

"嗯？"

"有蜥蜴。"

他们说着话，望着初夏的阳光落在花园的苔藓上，照亮带刷子印的白板壁。

当伸子坐在这间屋子里的时候，童年的记忆接连涌上心头。

夏天独自玩耍时，她曾随手翻开放在踏脚石上的方形瓦片。只见底下的干燥泥土松松垮垮，还鼓了起来。更惊人的是，那里有很多形似米粒的东西。蚂蚁叼着米粒，急得四处乱窜。她似乎听得到蚂蚁逃跑时发出的沙沙声响。

这突如其来的一幕让伸子吓了一跳。但看着看着，她又觉得滑稽，便用竹签挑翻了另一片瓦片。下面是空的。再来一片。有了！有了！她享受着看到米粒的那一刻带来的感官刺激，在热浪中翻开了一片又一片的碎瓦。

伸子回忆起那些蚂蚁蛋，心中很是怀恋。雀跃的少女情怀，似乎成了她再也无法体会的透明激荡。

虽然纸张摊开在面前，但在那样的心境下，伸子不知该如何梳理当下的混乱情绪。她在现实生活中都无法处理好它们。作为素材，就更是超出了伸子的能力范围。

佃留在仓库前的房间，伸子守着那个小房间，多计代则待在正中间的餐厅。三人避开那动辄引爆争吵，缭绕上升的险恶旋涡，分开过了几天。

"在吗？"

一天下午，多计代束着头发，弯腰钻过推拉门，走进伸子的房间。

"这边的通风倒还不错……"

"因为有那扇壁板窗户吧。"

多计代像是到了别人家似的，四处张望了一番，说道：

"佃是傍晚回来吗？"

"应该是吧，他没跟我打过招呼……"

"那就不着急了……"她调整了语气，停顿片刻后说道，"这几天我也再三考虑过了。"

"……"

"……咦，你怎么是一副事不关己的表情啊。"

伸子忍不住趁势说道：

"什么事啊？"

"怎么了，要是你嫌烦，我不说就是了。"

"您也真是的，到底什么事啊？"

"还不是你俩的事啊……他不是家中长子吧？"

伸子很是疑惑，望向母亲问道：

"不是，您为什么问这个？"

"那他就是能入赘的了？"

"这……"

"难道不是吗？只要家里有继承人，老二往后就都无所谓了啊。实话告诉你吧，我跟你父亲也商量过了，如果你无论如何都不想跟他分开，那就干脆让佃入赘我们家，如何？"

伸子瞠目结舌。

"为什么？……这也太奇怪了，家里明明有和一郎和小保在……"

"那是自然，本来也不是为了家里，提这个……还不是为了你们啊。"

伸子不明白母亲到底是什么意思。虽然想不明白，却在本能的驱使下产生了强烈的戒心。

"您说为了我们，可……我们会自食其力的啊。"

伸子说道。多计代却是一副恨铁不成钢的样子，斩钉截铁道：

"所以我才说你不懂人情世故啊。你想想，就好比去大学工作的事情，要不是因为你父亲的介绍和关系，津村先生怎么会二话不说收下他？要是他跟佐佐家没关系，天知道他是什么来历，又有谁会对一个没有背景的'佃'示好？"

母亲的性格就是如此。要是她给出了十分的情意，就会先一遍遍大声地说："我给了你十分的情意！都照实收下吧！"否则她就不会以十分的善意相报。伸子觉得这种性子着实可悲。她的嗓门太大了，惹得伸子不禁在心中高呼：是啊，那又如何！此时此刻，她也怀着苦涩的心情，以沉默回应母亲。

"而且你根本不懂，在社会上跟人打交道的时候，如果他报出的姓氏是'佐佐'，而不是名不见经传的'佃'，威信不知能增加多少。只要他能改姓，那他的身价也好歹能提高一些。"

伸子不由得怒气上涌，没好气地说道：

"那样的身价不要也罢！他就叫佃也没什么不好。人的价值……绝不取决于那种东西！"

"你现在是被蒙蔽了双眼，所以才觉得他优秀，"多计代放慢语速，字字扎心，"要不然，他也不过是个拿不出手的家伙。"

"拿不出手就拿不出手。让他入赘……这也太……"

伸子为佃和自己受到的屈辱羞红了脸。她稍稍平复了自己的心情，对母亲解释道：

"您根本不懂我的心思。我都跟您说过多少遍了，我们要过的生活和您那代人的生活，有着从本质上完全不同的目的……更何况，要是把眼界放宽些，佐佐也不过是个没人认得的姓氏。报佐佐有用的，不过是您平时接触得到的小世界……"

"反正我也只知道小世界里的生活。但我告诉你，这一次，事实会证明我说得没错。"

"那我就更不赞成了。"

"哎呀，你先跟他好好说说看，"多计代面带讥笑，"就算你不赞成，佃也肯定会同意的。"

关于那件事，伸子没有对佃提过一个字。

几天后的一个晚上。几个人在外廊说话时，多计代突然又提起了这个问题。佃也在场。

"怎么样？那天跟你说的，你都告诉佃先生了吧？"

伸子很是不悦地回答：

"我没说。"

"……"

一旁的佃问道：

"说什么？"

"……"

见状，多计代便道：

"为将来做打算啊。我们也不可能一直陪着你们，所以我跟你岳父也商量了一下——这也是没办法的事啊，小伸。"

饶是母亲，也没能立刻说出口。伸子从中感觉出了善意。她说：

"我都说了，这事就算了吧。"

"怎么能算了！"

月光遍洒庭园。八角金盘和梧桐的宽大叶片散发着湿润的光亮。另一头的树荫下，树枝深处漆黑异常，将园子衬托得比以往任何时候都更有气势。伸子抱着膝盖看着那幅景象，聚精会神地听着母亲和佃的问答。佃肯定会拒绝的。肯定会拒绝的……

"我们就是这么想的……"多计代说罢，示意佃表态，"不过伸子的性子你是知道的，我跟她一提，她就像是受了奇耻大辱似的，那叫一个生气。"

伸子全神贯注地等着佃的回答，耳朵简直都要往后翻了。

"……"

"怎么样，我们也是为了你好，这样对你绝没有坏处。"

"容我考虑一下，改日再回复您。"

伸子猛地转身，几乎是喊了出来：

"这种事……还用考虑吗！你根本就不想那样不是吗！"

见佃不吭声，多计代说道：

"你别插嘴，佃先生肯定有自己的主意。"

母亲冷嘲热讽却又分外平静的话语，令伸子产生了绝望的焦虑。多计代本就对佃百般为难，这次她更是连伸子都不放过，想把他们牢牢绑在自己的手上。伸子心想，要是真让母亲得逞了，那一切都完了。伸子感受到的不是想方设法不让自己离开的母爱，而是某种生存根基受到威胁的恐惧。而令她深感不安的是，佃并没有像她所预料的那样，当即一口回绝，付之一笑。

佃起身走开。伸子紧随其后。

"亲爱的，这个问题真的需要考虑吗？"

她就那么站着，仰望身材高大的他。

"我……我可不愿意。"

"……"

"真那么做了，我们就绝对过不了自己想要的生活了。"

"所以我才说要考虑一下。"

"那你是出于礼节才那么说的？"

"……"

"到底怎么样？你快跟我通个气啊。到底同不同意？肯定是不同意吧？"

"这……可……如果那样能让你幸福，我……反正我整个人都已经献给你了。"

十一

佃的回答没体现出几分真心，却有种逼着对方感谢自己的感觉。这令伸子心中阴云密布。

他那含糊其词的回答，让伸子不由得想起了母亲对佃的严厉点评，受尽焦虑的折磨。"反正我整个人都已经献给你了"——她还没有那么幼稚，幼稚到对这套说辞照单全收，却感觉不到它背后的挖苦。与此同时，她也惊恐万分，不敢把它想成佃的虚伪托词。而且理性告诉她，佃的回答有着非常复杂的性质。言外之意，他好像并不是很抵触入赘这件事——不仅如此，也许他甚至觉得入赘也无妨，只是顾忌伸子的感受，不得不给出模棱两可的回答……

最令伸子失望的是，佃的回答正如母亲所料。母亲必定在心里念叨："瞧我当初是怎么跟你说的！"而这也意味着，母亲当初的推测得到了佐证，即"佃在为人处世方面奸诈狡猾，是为了利用伸子才把她拖进了婚姻"。为了他们的爱情，伸子实在不忍心这么想。为了佃的名誉，为了自己的名誉，为了母亲，为了人心深处的纯洁真爱，伸子下定决心，无论如何都不能促成此事。

多计代本就多疑。看到自己的猜测成真时，她甚至会产生某种自豪感，进而强化她那不正确的人生观。万一（伸子使尽浑身力气，只盼着那是真的"万一"）佃是抱着不纯洁的目的与她结婚，那就不该让这样的人轻易横行于世。她不惜与父母冲突，不惜反抗周围的人，只为了让这份爱情名正言顺。难道她付出的努力，只是佃利用她的愚蠢，引导她努力去爱的结果吗？这教她如何接受得了！

那天晚上，伸子沉浸在病态的悲哀之中。她心想，要是佃的态度能再痛快一点，那该有多好啊。她哭了。在生活中孤立无援的感觉让她泪流满面。

后来，多计代时常问起：

"怎么样啊？"

"不行……就当您从来都没提过吧。"

同时，伸子也在催逼佃。

"尽快给个明确的回复吧。还是拒绝为好，你也很清楚不是吗？"

多计代一有机会便逮住佃，让他表态，无论伸子是否在场。

"你口口声声说'为了伸子什么都愿意做'，总不会食言吧？从外国寄来的信都还在呢……"

佃的面色与眼神一变，仿佛浑身的汗毛都倒立了。

"您总有一天会明白我的一片真心，"他却只是几近颤抖地说道，"为了她，我什么都愿意忍。"

但他并没有明说自己会不会入赘佐佐家。不知为何，佃在这件事上非常谨慎，也非常固执，始终没有表态。多计代逐渐失去了耐心，以至于每次见到伸子都要提上一提。一天，伸子终于不堪折磨，明确表示：

"说什么都不行！就算佃答应，我也坚决不同意。我不管佃的动机是什么，可他要是答应了，换来的就是无尽的烦恼。我绝对不做会把所有人的生活弄得一团糟的事情！"

倘若事情真发展到了这个地步，伸子的情绪定会像她所说的那样崩溃。多计代却像是被人打了似的勃然大怒。她掉着眼泪说道：

"你也太不懂事了，不懂父母的一片苦心！这样折磨父母有什么意思啊？嫁出去的女儿，泼出去的水。等我死了，你跟佐佐家就更是一点关系都没有了。只求你别死得太难看，让我们更加难堪！"

伸子也哭着说道：

"母亲，杉树苗长大了，也得栽到别处去不是吗？人也是一样的啊……再过几年，您一定会明白我为什么会如此坚持的。我的固执也不是一点道理都不讲的啊！"

一旁的弟妹相继离开了房间。

在此期间，母亲却瞒着伸子，为办理佃入籍佐佐家的法律手续做起了准备。一天，伸子正坐在书桌前的时候，用人过来通报：

"夫人有请。"

"什么事啊？"

只见多计代满脸怒容，一副气得无心做事的样子。

她开口便道：

"佃这人真是太可怕了。"

"您何出此言啊？"

"何出此言？他怕是早就知道自己没法入赘吧？"

伸子一头雾水，沉默不语。

"前些天，你父亲在开会的时候遇到了井田先生，请他参谋参谋让佃入赘的事情。结果昨天人家回复了，说法律规定户主不能入赘别家。"

佃是冈本家的次子，却继承了远亲佃家的姓氏。

"还真是，我都忘了。"

"哼，这下你可安心了，我们却是颜面扫地啊。佃先生怕是正等着看我们的笑话呢。"

"瞧您说的，他肯定也是没想到。"

"是吗？……难讲。不过他真不愧是在美国待了十五年的人，手段就是高明。他知道只要自己明确说出一个'不'字，就没法再以儿子的姿态待在这里了。"

"唉！唉！"伸子故意大声叹气，"太可怜了！就好像他是为了被人说三道四才出生的一样。"

最后，她好不容易挤出一抹笑，说道：

"生而为人，勿为伸子之夫。"

入籍一事彻底改变了多计代对佃的态度。她让佃尽快离开佐佐家，以证明他没有任何算计。

"我知道你心里不舒服，其实我也是一忍再忍。最好你们明天就搬走。"

女儿到底还是被人抢走了。多计代似乎只能用泪水和辱骂来宣泄这份绝望。自负的性情不容许她柔弱地表现出自己的悲哀，受人同情。她咒骂着，仿佛是要用凶猛的激情将自己燃尽。

"只要我还有一口气，你怕是都觉得碍事，但艳子还小，就让我多活两年吧。眼睁睁看着我折寿，你心里肯定痛快得很。"

唉。唉。伸子哭了，她不知道该如何表达对母亲的爱。自少女时代起，她和母亲之间一直以不同于寻常母女的激情紧密相连。这些年来，她们是那样爱着对方，又是那样恨着对方。对伸子而言，身为女人的母亲时而是一位完美的家长，时而是她的亲密好友，时而又是她的竞争对手。总之，母亲从各个角度对伸子的存在发动了活跃而强烈的打击。站在伸子的角度看，母亲也是需要她付出全力去避免的人生态度的对照——她意识到了自己和母亲在性格上的差异，对母亲的生活态度持批判精神。简而言之，她用尽了所有的力气，才把自己塑造成了一个没有走上母亲那条路的女人。寻常的女儿会将母亲与怀恋、安心联系在一起，而存在于伸子与母亲之间的是燃烧生活催生出的异样闪光，与之截然相反。伸子正要通过那道门，进入下一个人生阶段。此时此刻，她又该如何向母亲诉说那填满了她的灵魂、满载着痛苦与光辉的回忆猬集？落泪之余，伸子又想到，她们母女之间的爱是多么不寻常啊。她们爱得如此深沉，若要分离，就必须像这样用尽全力相互伤害，挥拳动脚，趁势离开对方，否则便是难舍难分……

面对妻子和女儿的情感格斗，性格中少了几分激情，更偏平和的佐佐无从介入。他一面安抚妻子，一面对伸子由衷地哀叹：

"家里的冲突总是因你而起，你为什么不能再 tender heart 一点，接受别人的爱呢？和和气气地过日子不好吗……嗯？放下折磨自己，也折磨别人的主义吧。"

伸子怀着难以名状的悲哀，好不容易才挤出一句话：

"那不是主义不主义的问题啊，父亲。"

佐佐也因为心痛动了气。他发怒的方式十分单纯，尽显务实派本色。最终，他如此吼道：

"给我滚出去！既然你不要父母，那我也抛弃一个孩子就是了。滚，永远都别回来！"

第四章

一

他们搬出去了。新家位于吉祥寺前，在诊所的砖墙和茶叶铺板墙之间的小巷深处。穿过吉祥寺去父母家，只需十五分钟左右。

搬家时，恰逢盛夏八月。为了找房子，伸子每天到处跑，累得发了烧，只得卧床休息。搬家当天，她也是在床榻上看着人力车夫捧着书箱，沿着院子朝外走去。

车夫走后，伸子起了床，摇摇晃晃地整了整身上的衣服。二楼外廊的长椅上，是母亲孤独的身影。在屋檐边繁茂的梧桐绿叶反射的光亮中，她闷闷不乐地躺着。蒲扇按在胸口，一动不动。伸子爬上后侧的楼梯，默默站在她身旁。母亲也沉默不语。过了许久，多计代没有看女儿，却开口问道：

"搬完了？"

"差不多了。"

说完便又是一阵沉默。再这么下去就没完没了了，于是伸子说道：

"那……"

多计代露出痛苦的表情，面容仿佛都扭曲了。见状，伸子也是撕心裂肺地疼。

"……我走了。"

她实在说不出其他诀别之辞。母亲的泪水显然快要夺眶而出，伸子也不忍心再多瞧一眼。她留下一声抽泣，迈着沉重的步子下楼去了。那抽泣声既像清嗓子的轻咳，又像是欲言又止的前奏。当她双腿发力，一步一步往下走的时候，泪珠也从她的双眼滴落了。到了楼下，她用头蹭着栏杆的柱子，怀着无比难受的心情，哭了一会儿。真不可思议，分开生活本是理所当然，更何况这是双方都想要的结果。离开她从小住到大的家，竟会是如此悲哀，如此痛苦，真实的别离感竟穿透了她的灵魂。她甚至感觉到，老屋的柱子仿佛也突然惊醒了，正注视着即将离去的她。伸子觉得，从这一刻起，在此度过的童年和少女时代的全部记忆，都将和这栋房子一起被她抛在脑后。她将独自离去。但记忆会伴随着当时的新鲜感与多样性，永远活在这里，留在这里。永别了！神奇的、明亮的、黑暗的童年生活。永别了，这一切。

新家朝西，立于山崖尽头。只朝一侧敞开的外廊好似小盒子的开口。一到下午，西照的阳光便会透过外廊照进屋里。毒辣的阳光竭尽全力，连房间的墙壁都不放过。不过也正因为如此，房子的通风似乎不错，伸子并不觉得太热。这样的小房子，这样的西晒。伸子觉得稀罕，坐着沐浴那并不灼人，却很灿烂的夏日斜光。那一年，出租房奇缺。囊中羞涩的他们几乎掏空了口袋，好不容易才租到了这处不健康的住所。

搬家的混乱渐渐平息。每天早上八点左右，佃要么去大学做研究，要么去那段时间刚入职的私立大学。从他出门到傍晚四点半、五点，家中唯有伸子一人。漫长而明媚的夏日，时光悠然。

八帖大的房间与六帖大的房间以推拉门隔开。一日下午，伸子靠在那扇敞开的推拉门上，弹奏夏威夷四弦琴。

和往常一样，西晒在榻榻米的三分之一处跃动着，教人眼花缭乱。伸子将粗劣的乐谱摊在膝前，盘腿而坐，对着谱子练一首带很多降号的民谣。

Hao，hae，haae……Hao，hae，haae……伸子本该弹出三重音的迭奏，手指却无论如何都不能像乐谱插图中那位脖子上挂着大花环，弹奏着四弦琴的夏威夷年轻人那样灵活。总有那么一两个音拨不到位，要么就是按压的力度不均匀，以至于要紧的音没响。伸子点头打着节拍，反复尝试。一二三，一二三……她每天连个说话的人都没有，所以总想像这样发出点自己的声音来，哪怕是跟着乐器哼两声也好。

Hao，hae，haae……

多蹩脚啊。会弹三味线的人肯定是一学就会。伸子埋头练着，脑子里却冒出了这样的念头。不仅如此，她竟在不知不觉中细细听起了邻居家的动静。两栋房子的结构近似于大杂院，伸子的住处和邻居家只隔了一块墙板。虽然还没见过，但她知道隔壁住着一家中国人和一家日本人。貌似有个男孩（中国人）在洗澡，"哗啦啦"的水声不绝于耳。

"少爷！来，乖乖的。"

她听见了料理家务的日本女人的声音。表面温柔，背后却带着不耐烦与漠不关心。她还听见母亲用客气的中文教育儿子。伸子意识到，自己奏响的乐声是何等单调。那中文也平静得过分……在愈发灿烂灼热的西晒中，漫无目的的忧愁将她笼罩。也许说"笼罩"并不贴切，只怪西晒太强烈了，仿佛连她心中的忧愁都要蒸发了。

他们有了独立的住处，佃也有了工作，生活终于如期开始了……伸子却无法让自己习惯那种生活。就好比某人参加了一场晚宴。每一道菜肴当然都如金边菜单所写的那样，由身着燕尾服的服务员端上桌。没有不速之客，也不缺主宾。从干杯到演讲，每一项议程都按既定方案推进，无一疏漏。然而，在他从头坐到尾的过程中，当他化身晚宴如期进行的见证人时，会发现自己在整场宴会中感觉不到任何的趣味与意义，突然陷入诡异的焦虑之中，不由得四处张望。当他意识到周遭的每一个人都没有自己所感觉到的忧虑时，他能得到安慰吗？还是恰恰相反，愈发觉得自己格格不入？

伸子的处境也是如此。名为"妻子"的座位并不适合她。至于为什么不适合，用三言两语解释清楚恐怕很难，甚至是不可能。原因恐怕是深层次的，在于微妙而细腻的情绪。但伸子唯一确信的是，生活的周转是那样狭隘与沉重，缺乏活力十足的弹性。我们的生活才刚刚开始。我的爱人，让我们满怀希望地步入新生活吧！然而在不知不觉中，生活就像牧场的栅栏一样围住了他们。围栏中的丈夫格外笨重，纹丝不动。而围栏中的伸子也不得不终日面对这样的丈夫。

佃似乎完全没有这种感觉。前一天晚上，他在床榻上蜷缩着预习入门拉丁语读本，口中念着"军队溃败。我等获胜，俘获敌将五人云云"。到了早晨，他便揣着那读本上班去了。毫无疑问，他明天早上也会去上班。伸子找不到机会向他倾诉自己的情绪。而且，她也会时不时反思他们所经历的情感生活。从相识到今日，他们经历了太多的波澜。与周遭抗争，牢牢抓住这份爱的热忱，还有保护他与自己的努力。这一切的一切，让伸子的心长期处于紧张和应激的状态。现在这些东西都没了，所以她才泄了劲儿？自己是不是变成了亚马孙战士，忘记了和平相处之法？伸子有时也会这么想。但这些念头无助于抹去"自己与眼前的生活格格不入"的感觉……

伸子将四弦琴塞进包里，站起身来。

二

伸子锁上厨房，出门去了。房前的大街上，电车行驶在尘土中，嘎吱作响，甚是吵闹。在吉祥寺山门前的石板路上，三个少女边唱歌边拍球，让球从腿下钻过。伸子从钟楼旁拐进后街，再斜穿过一条乱七八糟的大马路，就是一片宁静的宅邸区。她打算在散步时顺便见一见母亲和艳子他们。

家里请了泥水匠维修院门。小学徒正搅拌着木槽中的灰泥，防止凝固。艳子牵着书生的手，注意力都被那光景吸引了去。伸子远远看到那一幕，不禁笑了。书生见伸子来了，对艳子说了些什么。艳子突然抬起头，见伸子沿街缓缓走来，便扑向她喊道：

"哇，姐姐！"

"母亲呢？"

"在家呢！姐姐，你怎么才来呀，上次明明答应我过两天就来的！"

"嗯……"

伸子扶着艳子跨过草席和木板。艳子边走边揪着伸子的衣角，目不转睛地盯着她的手，笑了。

"哈哈，被你瞧见啦，小机灵鬼。"

"嗯，我都猜到啦。因为姐姐那天说过的。"

"但这个不是哦，"伸子装糊涂道，"只是旧报纸而已。"

"姐姐骗人！我知道的，我看得清清楚楚，就是《儿童国》！"

门口摆着一双女式木屐，伸子便从木门绕去了院子。西式房间的窗口摆着盆栽的芦笋。透过芦笋，可以看到客人那小巧精致的束发后影。七月那会儿，为了"让不让佃入赘佐佐家"一事与父母爆发冲突时，伸子曾站在那扇窗前汗流浃背，泪流满面。自己当时说过的狠话还记得清清楚楚。她有一种强烈的感觉。那件事已经过去了，生活已经呈现出了不同的面貌，正有条不紊地运行着。

就在伸子陪艳子玩垃圾捉迷藏[1]的时候，送客归来的母亲把头探出窗外，对她喊道：

1　ゴミかくし，与日本普通捉迷藏的规则类似，但捉人者找的不是人，而是人藏起来的垃圾。——译者注

"上楼来。"

上楼一看,只见两间房之间的推拉门敞开着,大房间里铺着绯色的毛毡,上面放着一个大托盘,托盘里摆着画笔、笔洗、颜料盘等物件。多计代正在毛毡上裁剪花纸。见状,伸子说道:

"咦?您在学画?泉老师终于答应来了?"

"嗯。还是老样子,乱七八糟的事情太多,总也定不下来,好不容易才说定。今天已经是第二堂课了。这个年纪才开始学,总归是学不出什么花头的,能像模像样画两张花纸就该谢天谢地了。"

母亲产生了学画的念头,这让伸子觉得分外可爱。

"那也很好啊!能找到让自己专心投入的东西,就该大呼万岁了!让我看看?上次的……最先画的那张……"

"毕竟都好多年没提起过画笔了,两眼一抹黑。要是从遇见小苹老师的时候练起,如今怎么着也是'小某某'了。"

多计代开怀大笑,一副自我享受的气势。多么无忧无虑的笑。练习画画竟能对一个人的心态产生如此之大的影响,伸子颇感兴奋。她曾建议母亲试着研究研究和歌。没想到母亲与和歌无缘,却练起了画画。年少上学时,多计代曾受过野口小苹[1]的悉心点拨,就此与画结缘。多计代给她看了一张和大号方形纸笺差不多大的彩纸,上面画着竹子。

"怎么样?"她一边问,一边从旁探头俯视,"脑子里知道

1　明治、大正时期的女画家。——译者注

该这么画，可真到了下笔的时候，笔就不听话了。”

“哈哈哈，您这话说得就跟学了十年、二十年的人似的，哈哈哈……还‘笔不听话’呢，您也太难为画笔了。”

“你又笑话我！反正你最厉害了——这倒是玩笑话。”

多计代拿出泉老师的画给伸子看，还做了一番点评。

“你觉得呢？是不是太没气魄了啊？我不喜欢行家气太重的、束手束脚的画。”

伸子发现多宝格下面多了一个陌生的螺钿中式小柜，点缀着大胆的石榴图案。镶嵌的贝壳有着深沉厚重的色泽，整体华丽而大气。

“真好看，什么时候买的呀？”

多计代一手搭着毛毡，一手拿笔蘸墨，似是要誊清那幅竹子。她含糊地回了一句：“啊？”

然后说道：“哪个？哦，那个啊，好看吧？又是你父亲败家买的，说是给我放画具用。”

父亲在夜里装出若无其事的样子，让人把装有柜子的大包裹搬进这个房间的光景立时浮现在伸子眼前。

“父亲还是一如既往的 faithful husband 呀……您可得好好待他，不然要遭天谴的。”

“……最近我也有同感，”多计代歪着头，打量着自己笔下的细竹枝条，缓缓说道，“他近来着实是个好父亲，我都有些可怜他了……尽管脾气还是臭得要命……”

“他本就是个好丈夫不是吗？”

"他年轻的时候啊，那叫一个难相处！小伸你是不知道……不过别看他那副样子，其实他是个心思很纯的人，所以我们才能走到今天。否则……这些年见过各种各样的男人，感触就更深了……他当年可绝对比佃纯真多了。"

伸子看着画逐渐成形，听母亲像个寻常女人那样吹嘘自己的丈夫。母亲欢快的语气让她颇感愉快。但她依然品出了那么一点点的，极其微小的落寞。伸子只觉得自己变成了姐姐，正体贴地听着妹妹天真无邪地炫耀自家的丈夫。

"……怎么说呢，因为父亲深爱着您，所以您才能在各方面表现得强势呀。因为脚下的地基是扎实的，所以才敢放心大胆地在上面蹦跶……难道不是这样吗？"

"天知道……也许吧。"

两人在楼下用了茶。正聊着空也[1]的时候，伸子忽觉喉咙发痒，便皱起眉头清了清嗓子。见状，正要抬手举起茶杯的多计代停了下来，目不转睛地盯着伸子。

"天哪，简直一模一样！"

伸子没有多想，反问道：

"什么一模一样？"

"你清嗓子的动作啊。佃清嗓子的时候，也会用那种特别装模作样的动作。"

伸子撇撇嘴，挤出一个苦涩而勉强的微笑。

1　平安中期的僧人。——译者注

"……瞧您说的，不过是碰巧看着像罢了。"

"才不是碰巧，就是一模一样的，因为……"

伸子是听都不愿听，但还是用平静的口吻说道：

"您别那么神经兮兮地检查我的一举一动好不好，我都是无心的。"

和一郎近来迷上了摄影。伸子回家时，带了一张他拍的静物照。

晚饭时，伸子对佃说道：

"我今天中午去了趟动坂，有了一个新发现。"

佃似乎并不感兴趣，随口说道：

"哦？什么发现？"

"我对母亲有了新的看法。因为从小养成的习惯，我之前可能太看重母亲的所言与所为了。"

伸子讲述了母亲今天给她留下的印象，讲述了母亲内心的单纯与正直。

"所以她才会冷不丁地、率直地、不矫揉造作地表现出各种各样的东西……无论那是温柔还是刻薄。一定是这样的。她不会提前计划好自己要怎么说，自己要那样做。你说是不是？"

从动坂回来的路上，伸子一直在琢磨这些，感觉自己好像找到了一条通往和平的道路。对她而言，与母亲的交涉是难以承受的重负。但今日之行，似乎让她发现了有助于简化思路的新视角，这令她甚至有种豁然开朗的感觉。如果佃也能想通这一点，心态定会大不相同。所以伸子怀着愉快的期待讲出了自己的看法。然而，他并没有从不以为然的状态中走出来。他一边用牙签，一边眉头紧锁，抬头斜睨着伸子回答：

"我是不会对她评头论足的。"

"这哪里是评头论足，不过是交流看法。反正我们不可能一辈子都不跟他们来往，那还是更明智地理解他们为好。这样对双方都好……心怀善意，但有着更高明的心态……"

"……到了该懂的时候，自然就会懂了。"

说这话的时候，他露出了某种特别的——不那么高贵的表情，同时掰起了手指关节，发出"嘎巴嘎巴"的响声。伸子挪开视线，面露烦闷。佃向来不喜欢热闹的人情话题，这让伸子颇感沮丧。但是更让她不舒服的是，当他不感兴趣、不耐烦的时候，总喜欢掰手指那扁平粗犷的关节。这是他最近养成的习惯。每每听到骨头发出的响声，伸子都倍感郁闷。

（太可怕了。他也喜欢掰响手指。卡列宁[1]也总是坐在书桌前掰手指，一脸的冷漠和厌恶。他像卡列宁吗？所以呢？）

此时此刻，伸子伸出一只手，险些在冲动的驱使下喊出"别掰了"。但某种说不清道不明的东西阻止了她，让她保持沉默。他会再掰一次吗？……伸子怀着疏离、阴暗、仿佛是在等待痛苦一般的心情，注视着他的手。他却浑然不觉，站了起来，然后走到书桌前，拆起了从上班的地方带回来的包袱。

1　《安娜·卡列尼娜》中的人物。——译者注

伸子想起在母亲那里看到的中式小柜，说道：

"我今天在母亲那儿看到了一个螺钿小柜，没想到白蝶贝也有颜色那般好看的，乍一看就好像嵌了大块的蛋白石似的。母亲说要拿它放画具。"

"哦，那肯定很贵吧。"

"嗯……常见的不都是浅蓝色或者浅粉色吗？可那螺钿完全不一样，光泽要复杂得多……就像火焰一样。"

佃却摆出自己与话题无关的样子，将桌上的铅笔、钢笔推到一边，颇为突兀地说：

"你看过那个了吗？"

"嗯。"

"怎么样？"

伸子回答：

"唔……我先给你拿来吧。"

佃打算写一本关于自己专业的小书，正在做前期准备。内容是通俗的波斯文学概论。而伸子恰好是此书的目标受众，外行。于是佃便选了她当读者代表。伸子从自己书桌的抽屉里拿出一份两寸[1]来厚的稿件。"哗啦哗啦……"佃翻着书页，动作中透着对自己的作品抱有的亲近感。

"你有什么意见吗？"

伸子不想打击他的积极性。佃好不容易才提笔写就这样一份

1　日本度量衡制中，1寸 ≈3.03 厘米。

稿子，她也为此不胜喜悦。

"也许称不上意见吧，只是我觉得有一点可以再改进些。"

"哪一点？"

"里头不是夹着几张纸吗？有些地方解释得不太够。没有知识储备的人看了，总感觉缺了点什么。而且……怎么说呢，还有种没把材料写透的感觉……"

佃用辩解的口吻说道：

"这种书跟小说什么的没法比，读起来肯定枯燥。毕竟是在工作之余写的……光是整理资料都费了好一番功夫。"

"是啊，所以才更应该写好，"伸子一边慰劳，一边觉察到自内心深处迸发的某种东西，"站在工作的角度看，比起在学校教书，这才是你该走的正道，所以你才更应把它打造成不必你出言辩白的好书。"

他们聊了一会儿稿子的事情。昨天下午和今天早上，伸子在看稿的时候发现，自己完全没有因为稿子出自丈夫之手就变成一位宽容的批评者。也许因为掺杂了几分贪心，她反而变得更敏感、更难以取悦了。每每读到佃像大多数凡庸小册子的作者那样，满不在乎地使用大量的陈词滥调，或是语句拐弯抹角，没有清晰的思路与情感，伸子便是既悲哀又烦躁。

"不行，不行，这算什么？"

为了不让炸飞礼仪与一切的怒气爆发，伸子不得不一遍遍提醒自己，这是草稿，这是丈夫首次尝试写书。与此同时，她也对自己产生了怀疑。遇到这种情况时，心地善良的人不会产生这样的心情吗？只怪自己贪慕虚荣，心地狭隘，才会在阅读这般特殊的、缺乏文艺感的文字时苦不堪言吗？

佃也有他的主张，所以两人多次陷入凝重的沉默。当讨论告一段落时，伸子松了一口气，说道：

"呼，总算弄完了！一章一章啃下来，真不容易。"

她伸手盖上红墨水。

"要不要再聊会儿，喘口气？"

"可以是可以……但你应该已经在动坂聊够了吧。"

"哪里够了，跟你聊和跟别人聊能一样吗……你就没遇上什么稀罕事？"

"这……要不这样吧，"佃似是想到了一个好主意，"一样要聊，那就边聊边写这个吧……反正也不是需要动脑子的事情，是吧？"

他从桌上抽出一本压在下面的棕皮小本。伸子瞧了一眼，摆出一副吃不消的样子，玩笑道：

"哇哦——生死簿？"

她在玩笑中透了几分真心。

"真好玩。哎哟，是零钱账簿啊……没劲。"

佃平静地在本子上写好日期，用教训的口吻对撒娇的伸子说道：

"几年后回过头来翻一翻，就能想起当年是怎么过日子的了，很有意思的。今天……买面包花了十五钱……多贺君的欢送会费花了三元。你呢？"

伸子扫兴地回答：

"……就给艳子买了本《儿童国》。"

伸子的房间有三张榻榻米大，朝北，装了两扇磨砂玻璃窗。最上面的那块玻璃是透明的，她总能在同样的光线中看到茶叶铺的库房，脏兮兮的铁皮墙顶，还有自家的破旧屋檐，却无法透过它看到天空。磨砂玻璃上留有前任租户家孩子的潦草涂鸦，以粗头铅笔写成，字越写越大——$5 \times 82 \div 1.1 + 000$。

三

他们家没有像样的访客。

也许是因为佃没有在日本接受高等教育，他几乎不认识几个称得上"朋友"的人。

佃经常在夜里去自家附近散步。伸子总是陪着他。他们分批买了些罗汉松和丝柏回家，把它们摆在西晒的山崖边与光秃秃的格栅两边。那一带望得到远处的小石川台树梢，家家户户挤在一起，没有像样的树木生长的余地。许是在那小巷中，郁郁葱葱的罗汉松格外吸引孩子们的注意。每到下午小学放学的时候，便会有一群男生莫名聚在那两棵不足四尺的树周围，嚷嚷着：

"喂，这是什么树？"

"松树。"

"不对，才不是松树呢。松树的叶子会扎手的！"

好容易安静了一会儿，却听见其中一人突然喊了起来：

"天啊！天啊！别啊！"

另一个人则小声怯怯地说：

"会挨骂的！"

如果佃在家，伸子便格外难受。每次听到孩子们的声音，他就会露出分外严厉的神情，仿佛他面对的不是孩童，而是大人。他会悄悄提着木屐绕去院子，蹑手蹑脚地走到木板围栏的小门。再轻轻打开门闩，不发出一丝声响，突然现身，一言不发地走向孩子们。窃窃私语的孩子们顿时被他吓得四散而逃。狭窄的巷子里回荡着杂乱的脚步声，诉说着孩子们发自内心的恐惧。次数多了，伸子便不再觉得滑稽，反而生出了某种异样的寂寥与悲凉。

"没办法啊，孩子们是觉得稀罕……还是挪进院子为好。"

佃很是亢奋，语气中透着神经质的烦躁：

"竟敢拔人家好不容易种的树，岂有此理。我绝不挪树。"

伸子能感受到他那固执的占有欲。

出门散步时，伸子更想买书，而非盆栽。她经常逛二手书店。发现中意的书时，她就会把它抽出来，拿给丈夫看。

"瞧。"

而佃会拿起书，左瞧瞧，右看看，反问她：

"非买不可吗？"

他的语气让伸子垂头丧气。她只得作罢，把书放回原处。

"……那下次再说吧。"

伸子知道，无论她是买还是不买，心里都不会痛快。作为一对夫妇开始共同生活之后，她发现佃明明经历过并不宽裕的生活，却不知道该如何熟悉那样的生活，也不知道该如何大胆而快活地左右那样的生活，这让她颇感意外。

伸子大部分时间都在家。看看书，或是听大杂院的女眷在山崖下的井边聊天。漫长的一天终于过去。她只盼着佃的归来。一见到他，她就想像洪水决堤般说个不停，也希望他能多说几句话。然而，佃似乎对伸子感兴趣的话题全无兴致，听得也不认真。能让他讲得起劲的，往往是在工作单位发生的事，还有同事的传闻。他会压低嗓门，言外之意，"这事我只告诉你"。

"今天我有事找干事，去了他的办公室两三次，结果堤君低声问我，'你找干事有什么事啊'。"

"哦，然后呢？"

"我就随口告诉他，'嗯，有点事要找他商量'……每个人都神经质得可怜。管他是干事还是别人，我都不当回事，该商量就商量，所以大家觉得很意外吧。"

佃脸上竟有几分得意之色。

伸子笑道：

"就跟果戈理似的。"

但丈夫显然也在其中扮演着小上班族的角色，他却没有愤愤不平，这让她感到哀愁。

秋意渐浓。月光洒入院中，也照亮了山崖下鳞次栉比的屋顶。地板下的虫鸣整夜不停。下霜后，每到天还未亮的早上六点左右，去工厂上班的人在结冻的路面上踩出的木齿声，便会回响在伸子的枕边。

伸子感到忧伤的渣滓在心中日积月累。她每天都是那样饥渴。虽然她的艺术修养并没有高到值得夸耀的地步，然而对一个正处在内涵发展黄金期的年轻女性来说，艺术氛围就像食物一样必要，而这正是他们家所缺乏的。这使伸子深受折磨。在美国的那些年，佃见惯了美国女人的生活，所以伸子想睡多久就可以睡多久。日常采购之类的琐事，他也愿意亲自出马。他甚至不会让伸子孤零零地待在厨房里，这一点的确很好。可是，就算她能让头脑得到充分的睡眠，如海绵般吸收书本上的知识，用心感受，她又能和谁分享呢！近来，生活变得愈发规律了。而佃似乎也已卸下了一个个心理包袱。他的文学止步于数年前储备的莎士比亚与培根问题[1]。哪怕是杂志，他怕是都没看过一本以上。不过他还是能发挥教师的本能，巧妙地躲过伸子的突击。这是何等诡异的孤独。伸子被可怕而又绝望的寂寥所笼罩，有时甚至因此号啕大哭。

"天哪，为什么我这么寂寞？为什么？……就不能再想想办法吗？"

佃困惑地皱起眉头，把伸子抱在怀里，轻抚她的后背，把脸凑过去，反复轻声安抚道：

"别哭得那么伤心啊，会好起来的……会习惯的。"

而他口中的"习惯"，正是伸子无比惧怕的。人就像圈养的

1　有说法称莎士比亚是培根的笔名，因为在那个年代，作为贵族和王室大臣的培根是不允许关注民间剧作的，稍有不慎便会被人抨击为"低俗"或"不入流"。——译者注

野兽，无论置身于怎样的环境，最终都将习惯。这个事实是如此可悲，如此可怕。有朝一日，我也会习惯这种生活吗？若干年后，我也会失去爱好，失去激情，沦为一个与自己的理想截然不同的人，却对此一无所知，浑浑噩噩过一辈子？伸子为那不经意间逝去的生活而惋惜，在焦虑中苦苦煎熬……

她在三月的某日去了动坂。亲戚家的孩子刚巧也在，很是热闹。和一郎招呼大家站在一起，拍了照片。之后，他又找到伸子说道：

"今天光线不错，我再给姐姐单独拍一张？"

"好啊。"

伸子本就不喜欢去照相馆请陌生的摄影师拍照。听到弟弟的提议，她便产生了好奇。最近的自己在镜头下会是什么模样？

"那就帮我拍一张吧……拍得模模糊糊的，跟幽灵似的可不行哦。"

"放心！这么好的天，拍不坏的。"

伸子和弟弟一起绕去客厅的院子。然后，她站在了桂花树前。

几天后再上门，照片已经洗好了。

"刚晾好了，应该差不多了。"

伸子与和一郎一起去了他的工作室。那是个在洗衣房后面隔出来的小房间，照片就晾在摆着各种药剂的小窗口。

"哇，这么多张。都是那天拍的？"

"不，还有后来我和艳子去参观大学讲堂时拍的。因为那天还拍剩了几张胶片。"

"让我瞧瞧……"

"这是在大学拍的。"

那是一张抓拍的照片，艳子正与哥哥打闹，笑着朝镜头走来。手脚的动作富有律动，甚是优美。

"这是前些天拍的。小元稍微动了一下，所以糊了。姐姐单独拍的更好。"

"是吗？"

他递给伸子一张洗成褐色调的照片。作为一张相纸，它是很精美的。然而，伸子才瞧了那张照片一眼，就产生了一种奇怪的感觉。照片上的人明明是自己，她却无法坦然接受。那人双手相握，头正对着镜头，脸上却充满了与自己的想象有所不同的东西。我的眉毛上面真有如此浓重的竖影吗？而且还是足足两道。好一张苍老、复杂、严肃的面孔。好一张丑陋的面孔。唯有嘴角挂着刻意的微笑，试图将面容伪装得平静而安详。

"我的脸真是这样的？"

伸子真想如此发问。

她细细打量自己的脸。

见姐姐沉默不语，和一郎还以为她是对照片不满意，辩解道：

"整体的颜色还可以再浓一点，要不我再洗一张吧？"

"这张就挺好的，谢谢你。"

伸子又看了看照片，说道：

"亏你……能拍得这么清楚。"

四

　　高地的绿叶正浓，穿透它们的日光又是如此和煦。在山崖上的家中，生活还是那样单调，狭隘地旋转着，毫无表情。尽管伸子不可抗拒地被卷入了它的节奏之中，但她每时每刻都是不乐意的，并没有停止反抗。唯有当两人坐在外廊，不说不笑，呆呆地望着屋外的树木时，伸子的心境才是平和的。就好像两条狗趴在阳光下，伸出前腿，把下巴搁在腿上打盹一般。但这种睡梦般的安宁总也无法持久。每次都是伸子先对他们的生活状态生出莫名的不足感。莫非这就是两年前满怀激情开启新生活的男女的末路？

　　美好的婚姻生活——当然，当初定下的主题并未完全消失。只要伸子提起自己所感受到的焦虑，他便会立刻重提这一主题，试图让她放心。可是最近，它已经越来越靠不住了。丈夫认为他只要嘴上说几句爱情誓言，喊几句"我爱你"，就能万事大吉，伸子却只觉得乏味。就算他爱她，她也得吃饭。同样地，就算他爱她，她仍然需要充满活力地生存。在每天的细碎小事中，他们全然不向对方诉说自己的心情。每当伸子不堪承受，潸然泪下，他又突然热切地诉说自己是多么爱她，为何她不明白。伸子一筹莫展，只得如此说道：

　　"亲爱的，这些都来自每一天的感觉，无法用言语表达的感觉。你似乎是误以为，一旦认定自己爱了，那么认定得有多固执，爱就有多强烈。"

"唉，你又讽刺我！你愿意这么想就这么想吧。"

因此，当伸子觉得两人只是像狗一样坐在一起未免太过寂寞时，她也只能唤出一声"亲爱的"，却总也说不出更多的话来。佃对此也毫不生疑——平和的家庭生活，难道就是如此吗？

伸子越来越受不了这种如陷泥沼的生活氛围了。

外面的世界正值五月。明媚又热闹的五月。我的心原本也是这样的，不是吗？

随着初夏的空气开始弥漫，她对旅行的渴望也愈发强烈了。说到出游，伸子只能想到一个地方。那就是东北的乡下。她的祖母独自生活在那里。只要是去那儿，佃也定会点头。她以"想专心工作"为由，征得了佃的许可。

恰逢农忙时节，东北本线的快速列车很空。

伸子在晒不到太阳的一侧找了个舒服的位置。刚上车时，心境还很混乱。不过随着列车驶出脏乱拥挤的大都市，开阔的乡间景色渐渐出现在窗外，伸子感觉到了某种说不出的豁然开朗，宁静丝丝渗入心田。电线杆、人与森林掠过田野。那幅景象也让伸子产生了孩童般的愉悦。恰到好处的震动和车轮富有规律的声响，让她的神经平静下来，但伸子好像在心中品出了更多的欢喜。欢喜，快乐。那不单单是出趟远门望着不同于平时的风景所带来的乐趣。她终于卸下了死死压住自己身体的东西。啊！她一身轻松地环顾四周，享受着那一刹那的舒畅。伸子贪婪地品味着那种心境。如此无拘无束！如此无尽的自由！浑身上下充满力量的畅快。

对伸子而言，沿线的风景是儿时便已相识的知己。列车离那须野原越来越近了。放眼望去，尽是披上嫩叶的矮树林。它们如绿波一般在列车的两侧掀起浪花，沙沙作响。在地平线的另一头，大气格外清澈。日光群山巍峨，头顶灿烂的积雪。她是那样感动，要不是四周有人，真想尽情向那山峦伸出双臂。她感觉自己又恢复了生机，以双腿坚定地站在窗前，好似站在一匹勇猛奔腾的骏马上。当伸子凝望远方的山巅时，车厢的摇摆和大自然的交感如声波般错综交织，带有音乐色彩的节奏涌向全身。

咻、咻、咔、咔……

（但那片山峦——）忽然，叠句自记忆深处浮现，勾住她的思绪。

咻、咻、咔、咔……但那片山峦——

咻、咻、咔、咔……但那片山峦——

——但那片山峦——

伸子惊讶于自己的亢奋，自己对田野和山川竟是如此怀念。而且她竟会如此贪婪地享受着自己的自由。伸子并不想带丈夫一起来，与他分享这份喜悦和鲜活的自然印象。她的心境恰恰相反。正因为可以独享眼前的山峦与矮树林，她才如此欣喜。不受任何人的阻碍，全身心地去看、去品、去感受。正是这份快意，让她感到久违的自由失而复得。

五

屋里只有一面镜子。一面有裂纹的旧水银镜挂在水池边的柱子上。自从到了乡下，伸子每天早上洗脸时都要仔仔细细照一照镜子。如果在天色或光线的作用下，刚起床不久的额头显得一片晴朗，她便喜不自禁，仿佛那是能让她以正确的心态过好那一天的吉兆。要是额头在某些因素的作用下蒙上阴霾，她就会郁闷好一阵子。她一遍又一遍地揉搓着，不知道那些皱纹会不会伴随她一生。

祖母与女佣、丰姨同住。丰姨与祖母原本非亲非故，如今却胜似远亲。伸子每天都要和祖母走出房子，修剪院中的树木。柊树与用作树篱的丝柏放肆地吐出新芽。修剪那些树木，就像是为放养了一个冬天的马修剪乱糟糟的毛发。伸子一边用修整树枝的剪子修剪，一边和祖母谈天说地。

"接下来可就忙了。还得摘茶……可是做茶的男人是一年比一年少了，给钱都没人来。到了明年，说不定就不做茶了。"

"要是做得不开心，那不做也罢。反正累死累活做出来也挣不了多少钱，不是吗？"

坐在外廊上剥核桃的丰姨开口了：

"可把老夫人愁坏了，我在一旁看着都心疼。"

"随他去吧，您都一把年纪了，完全可以只做开心的事情。"

祖母用剪子夹住一根略粗的树枝，虚弱的手臂使足了劲，总算是剪断了。她回答道：

"总不能像没人住的空房子似的撂着不管吧。"

"您干脆来东京住，到时候就什么都不用管了……住处都给您安排好了，很雅致的小房子。改天跟我一起回去吧。"

"……哦。"

祖母一边想着，一边让丰姨拿出木纸编的宽檐帽。

"太阳真毒，晒得我这秃顶都发烫……你俩住过去得了。"

伸子后退一步，打量着自己修剪的枫树枝条。

"住去哪儿？给您准备的住处？"

"是啊，那样你们就不用像个傻瓜似的交房租了，不比让我住进去更顶用啊。"

"那怎么行，明明是为您建的房子……"

"就说是我让你住的还不行吗？"

伸子快活地笑道：

"您的好意我心领啦。我怕被人骂。"

"我这样的乡下老太婆搬过去住，肯定要被人笑话的……我就是个十足的乡下人，从小到大学的都是该怎么挣钱，大字不会写一个，现在回想起来啊，真是懊悔都来不及了。"

祖母回起居室招待客人去了。丰姨对坐在外廊上的伸子说道：

"是该让老夫人搬过去一起住……可惜她不乐意啊。您也多劝劝她吧。说来也怪，只要是您说的，她就愿意听了。"

"我这次过来之前，家里人也叮嘱过的，让我带她回去……"

丰姨加强语气道：

"拜托了……只要我还住在这里，自会尽力服侍，可……我也……"

她的脸色微微一变，视线挪到了笸箩里。

"不知道还能在这里待多久。"

丰姨一直在小学当老师。后来她结了婚，但丈夫在两年前去世了。

"有人给你说亲了？"

"嗯……是的……我也得为今后打算……"

过了一会儿，丰姨问伸子道：

"您大概还要待几天？"

"唔……"伸子摆着双腿，露出没精打采的笑容，"没想好呢，一直待到想走为止吧。"

丰姨用女人特有的神情偷瞄了伸子一眼。

"……佃先生开明，伸子小姐可真幸福。"

"……"

"……亏他肯自己留下，明明是个男人。他给您来信了吗？"

五天多前，他给伸子寄了一封信，表示她想留多久就能留多久，他期盼着自己的爱被理解的时刻，让他等多久都毫无怨言。收到这封信的时候，伸子感到的是气愤与寂寞，而非欣喜。他当然知道伸子无心工作，身在远方但心系着他，却对此只字未提，而是装腔作势地表现了自己的坚忍。自那以后，伸子再也没有给他写过一封详细的信。

两三天后的一个夜晚。矮树篱外传来女人高亢的喊声：

"伸子小姐！伸子小姐！那不是伸子小姐吗！"

当时，伸子正在为大家朗读从东京寄来的报纸。外面一片漆黑，头顶又亮着电灯，所以她看不见来人是谁。

"哪位？"

"这么晚了，会是谁啊？"

祖母向外张望，喃喃自语。

"是我，飞田。我能进来吗？"

"……请便。"

飞田名叫三保，是本村人，嫁了个东京的公司职员。伸子和她不熟。真要说起来，三保算是伸子不太喜欢的类型。她是什么时候回村的？为什么要上门来？伸子本以为三保是独自前来，却听到她一边在中门¹脱木屐，一边对某人说道：

"你也进来吧。怎么了？不要紧的啦！"

伸子起身望去。三保正要登上台阶，只见两个衣着朴素的女人伫立在她身后的黑暗中。她们反复推辞，说天色已晚，还是不打扰了。最后，三个人还是都进了屋。那两个女人是三保的妹妹和她的朋友，都是年近三十。三保穿着花哨的大岛绸和服，聒噪地寒暄起来。

"我是昨天很晚才到的。今天和她俩聊了一天，刚要去大神宫散步，小玉却一脸傻样地说，'伸子小姐来了'。真是个小傻瓜，要是她早点告诉我，我无论如何都要先过来一趟的。这不，

1　位于玄关与厨房之间的出入口。——译者注

我就急急忙忙过来了。乡下人办事就是不周到，笨得要命。话说你是什么时候来的呀？住几天啦？"

"嗯……已经住了十多天。"

三保的滔滔不绝听得伸子想往后躲。

"你在写什么东西吧？"

"瞧你说的，怎么会呀！不过是游手好闲混混日子。"

"我平时也挺忙的，幸好孩子他爸说了，我想做什么都随我，所以我这些天一直在练书法，还要学插花、做家务，中间还得抽空生个孩子，哈哈哈哈哈，忙死人了，哈哈哈哈哈。"

三保的妹妹梳着丸髻，性子貌似比较内向，寡言少语。她苦笑着说了句：

"哎哟……"

"可不是吗？嘿……飞田都不肯放我走呀。"

三保的歇斯底里，大家都看在眼里。她像是中了邪似的，自顾自地说着。抹着厚厚白粉的脸上，两眼放光。伸子总算是明白了她的两个同伴起初为什么不愿意进屋，此刻又为什么一脸烦躁地坐在那里，一会儿看看伸子，一会儿又看看三保。她不会是精神不太正常吧？伸子稍觉不安。

"……你最近身体好吗？"

"怎么会好啊，我跟你说，我刚受了一场大罪。"

三保表示，她因为妇科病做了手术，刚出院就回了村子。

"跟孩子他爸在一起吧……你懂的，难免要……"

三保的精神状态不太对劲，三句话不离床榻之事，惹得伸子无话可说。两个同伴似乎也在为这一点烦心，连连劝道：

"……我们也该告辞了吧？"

"改日找个白天再来慢慢聊吧，都到老夫人该就寝的时候了。"

"好吧……伸子小姐要住到几时呀？"

伸子的回答与之前回答丰姨时一样。三保却一声惊呼：

"天哪！瞧你说的！怎么会有做妻子的撇下丈夫不管，说这种话啊！……再说了，把他一个人留在那边多危险啊。亏他忍得住，换了我家那口子……"

"我们走吧，姐姐。"

都走到门口了，三保还说个不停。过了一会儿，祖母用很是腻烦的语气说道：

"那个女人想干什么啊！"

伸子被祖母滑稽的语气逗乐了。不过她心中也生出了疑念：寻常夫妇是否真如三保所说？她全然没有感觉到，夫妇分别远行会伴随着三保所说的那种危险。

睡下之后，伸子仍在琢磨。佃的性格无法勾起她的焦虑与嫉妒，这反而让她满足。她甚至觉得，佃之所以品行端正，正因为他很少被人的趣味与可爱所吸引。

六

丰姨常去一里¹之外的镇上购物。每次去，她都会问伸子需不需要她带些东西回来。伸子托她买了一件男式单衣，请人按佃的尺寸改好，再寄回去给他。丰姨每次出门，祖母都会压低嗓门，和一起拉家常、做针线活的街坊家婆婆们说道：

"她不光是去买东西，肯定还要去新町绕一圈。"

"是吗……不过阿丰看着可年轻了，说她只有三十出头也有人信……肯定能很快找到好归宿的。"

祖母用苍老而颤抖的手指捏着针，一边穿针引线，一边用老妇人特有的刻薄口吻说道：

"如果我是她，可不会四十好几了还想着嫁人。这年头的人啊，哪怕上了年纪都没法一个人过了吗……"

"可不是嘛……呵呵呵呵。"

丰姨对自己的将来深感焦虑，以至于迫不及待地想找个人结婚，就像是买养老保险似的。见她那副样子，伸子是既心焦又悲哀。她周围又净是挤眉弄眼、在人后说三道四的无知老太婆，这样的境遇也让伸子深感同情。她对祖母说道：

"您也不可能护着她一辈子，还是少啰唆得好。每个人都能找到属于自己的幸福。"

听到这话，祖母却莫名闹起了别扭，述怀道：

1　里，日本长度单位。1里≈3.9公里。

"……我大概是天生苦命吧。年轻的时候，你祖父做什么生意都不顺，穷得叮当响。上了年纪吧，又遭儿子嫌弃……唯一的盼头就是见你几面。"

说着说着，她就哭了起来。

丰姨和伸子玩着蹩脚的五子棋，讲述心中的焦虑。没过多久，她就不去新町了，去镇上买东西的次数也少了。后来，她告诉伸子，有人介绍了一位牙医给她，但她跟人家见了一面，主动拒绝了这门亲事。伸子仿佛看到了活生生的标本，体现了女性的生活各不相同，却是一样的不顺心。不管是她的祖母还是丰姨，都没有过上自己想要的生活。即便如此，她们还是活着。活在阴沉的蠢动中。伸子觉得自己很有出息，因为她没有向生活的挫折投降。看着她们，伸子便意识到自己打从心底里不想过这样的生活，同时感觉到有一股热情在胸口涌动——我要扫除障碍，顽强面对人生，开辟属于自己的理想生活。家中这几代人，至少出一个能愉快地回忆自己一生的女人也无伤大雅吧？

六月中旬，和一郎到了征兵的年纪，前来接受检查。关系融洽的姐弟不多，他们却是一对。能与阔别已久的弟弟在乡下同住几日，伸子很是高兴。和一郎近年得过胸膜炎，体检结果可能是乙类或丙类，所以他这次下乡的心态也分外轻松。祖母的衣柜抽屉里，有个古旧的风月糕点盒，里面装着老照片。有伸子的百日照，也有她稍大一些时与和一郎一起拍的。照片中的和一郎头戴天鹅绒水兵帽，由乳母扶着。旁边的伸子摆出姐姐的架势，一本正经地站着。祖母面带微笑，打量着早已长大的两人。

"咦，还有这样的照片啊……当年不是常有人贩子出没吗？可吓人了……有一次送了阿吉回来，我在坡道的转角背上你，撒腿跑回了家不是？"

"是啊，真滑稽。不过那次真把我吓坏了。姐姐跑得那叫一个拼命。"

"下次该是和一郎背姐姐了。"

"……她这么大个头，让我背啊？我哪吃得消。"

"哈哈哈哈。"

祖母不在的时候，他们会说更多的知心话。和一郎正是摸索恋爱的年纪。憧憬、焦虑和激情时不时猛烈地震撼着他的精神。他以充满信任的平静与朝气蓬勃的坦诚，对姐姐讲述自己详细的心理状态，还有预科学校同学间那种特殊的、与他的兴趣完全不相符的、病态的恋爱氛围。对伸子来说，这个话题属于和她无缘的世界，所以她产生了浓厚的兴趣。但更让她感动的是和一郎的心性。他仍保留着始于童年的心态，只对她直截了当地倾诉那些事情，甚至有几分仰仗她这个姐姐的意思。这份信任，反而让伸子生出了力不能及的感觉。

和一郎吐出樱桃核，远远地扔进院子，就像是在往海里扔小石子。

"……姐姐肯定不像我们这样吧。"

"你觉得我很懂那些事，在那方面很稳重？"

"嗯。"

"……因为我已经结婚了？"

"也不只是因为这个。"

"如果你是因为我结了婚才那么想，那你就错了……婚姻不是结论，而是一份考题，而且还相当难做……"

伸子不自觉地露出带有暗示意味的微笑。和一郎表情复杂，似是看到了什么炫目的玩意儿。

"真是奇了怪了。班上的男生只要说一句话，我就知道他们大概在想什么了……女孩子的心思却一点都捉摸不透，说变就变，动不动就眼睛流水……"

和一郎的措辞让伸子倍感怜爱。

"就像五彩缤纷的空气似的？"

"嗯，差不多……而且女孩子之间的聊天也让我受不了。在一旁听着……只觉得无聊透顶……搞得我都替她们担心。"

伸子顿了顿，问道：

"那位小姐……你经常给她拍照的那位……你跟她怎么样了？还在一起玩吗？"

"啊……那人不行，"和一郎用淡淡的口吻明确回答，"前些天，她不是来家里玩过秋千吗？我总觉得她有些不太好的品性……姐姐，你觉得呢？我不喜欢她向上翻眼珠看人的样子，太阴郁了。"

伸子心想，原本多愁善感的弟弟竟在不知不觉中迈出了坚实的步子，有了几分能在社会上生存的样子。

"……你还挺稳重的嘛，比我强。"

"哪有。"

"真的！……虽说性子是天生的，可像我这样动不动就陷入幻想，也很难说是好是坏，"伸子幽幽地补充道，像是在自言自语，"我也看得到人家的缺点，可一旦因为某种机缘喜欢上了，我就会想'一码归一码'，认定自己看不顺眼的地方肯定会消失的……可实际上，那些东西根本不会消失。与其以后失望，还不如像你这样，打从一开始就不看什么海市蜃楼，倒还更好些。"

躺下之后，和一郎又问伸子对另一个女孩有何看法。那个女孩她也认识。不知为何，伸子感觉到弟弟此时的兴趣是在那个女孩身上，有些难以回答。在她的印象中，这位小姐虽然与和一郎刚才提起的那位好似"五彩缤纷的空气"的少女不一样，却也没有鲜活可爱之处。换言之，她觉得那姑娘生得太过普通了。隔壁房间开着电灯，浅浅的光亮透过房间之间的楣窗照在天花板上。

"你问我怎么样……我只觉得她很普通吧……不过我当年因为别人的评论吃尽了苦头，所以不想对人家评头论足。"

伸子也考虑过这个问题。自从和佃开始交往，她不知被迫听了多少反对佃的言论。说那些话的人肯定是为了让她对佃死心，但事情并没有如他们所愿。那些话起了反作用。伸子心想，如果和一郎遇到了恋爱方面的问题，至少自己要保持善意的沉默，除非他真的需要自己开口。她的弟弟会遇到怎样的爱情，步入怎样的婚姻？成年后的他又会如何看待姐姐的恋爱与婚姻？伸子突感好奇，含着笑问了问：

"如果要结婚的话，你会选什么样的人呀？"

"唔……不知道。我们还没有想到这么实际的问题。"

"反正万事急不得。"

"嗯，"和一郎一本正经地回答，"我也这么想。"

片刻后，他略显尴尬，却又深感兴趣地问道：

"佃先生又是抱着什么样的心情结婚的啊……"

"问得好啊。"

出于某些微妙的情愫，伸子没有多说，但这其实正是她心中疑问的一部分。佃是怀着怎样的心情结婚的，又打算如何引导他们的婚姻？伸子捉摸不透。好比他肯像这样放任伸子来乡下长住，是因为他宠着伸子，无论她如何对待自己都毫无怨言吗？还是因为他的心态很从容，觉得只要让伸子做她想做的事情，时间久了她就会腻，就会回来？伸子觉得两者皆有，却不知道他如此待她是想与她一起创造什么样的生活。想到最后，伸子总是一头雾水。她说不清楚，但她能感觉到自己想要实现的生活的核心是什么。如果他有那个东西，没有什么会比感觉更快。它定能从某处直达伸子的心底，将她从失望中拯救出来。

伸子苦思冥想。最好的证据就是，在他还没有说出一句"我爱你"之前，她就已经感受到了他的爱，不是吗？

仿佛是在嘲笑他们一般，伸子这些天还产生了这样的想法——也许这些都是自己胡思乱想出来的，是在自己折磨自己。他并没有什么复杂的想法。完全没有……正如他自己说的那样，他一无所有。

幻灭之痛愈发清晰。伸子脑海中出现了越来越多侮蔑自己和他的念头。但她很清楚，自己的心并没有把那些当真。要是有人在她耳边说出类似的话，哪怕只有那些话一半难听，她也会和那个人断绝关系。无论怎样，他都已经是她的一部分了。哪怕只是轻轻戳他一下，伸子也不可能感觉不到丝毫的痛苦和煎熬。

过了一会儿，伸子好像听到了和一郎的声音。她以为弟弟早就睡着了。她轻声问了一句：

"还没睡呢？"

和一郎没有回答，只是喃喃着听不清的胡话。原来他是在说梦话。伸子在黑暗中笑了笑。弟弟睡觉的时候，常会用舌头发出吃奶似的声音。她怀着平静下来的心情侧耳听着，却听见和一郎突然清清楚楚地长叹一声：

"唉——"

伸子下意识地用一条胳膊撑起上半身，细细打量他的脸。那声梦中的叹息未免也太真实了。即便如此，他依然睡着。"唉……"他又发出一声短促的叹息，然后用低沉而迫切的语气说道：

"唉，我好痛苦……我好痛苦。"

说这话的时候，他摆在胸口的双手指尖细细扇动着。伸子感觉自己无意间看到了他那年轻灵魂的裂痕，顿感又爱又痛。她小心翼翼地帮弟弟放下压在胸口的手，一次放下一只，生怕吵醒他。他的手是那么大，那么温暖，那么沉重。他仍在梦中，对此一无所知。

和一郎走后，寂静的生活又回来了。伸子想家了。傍晚时分，带着焦味的雾霭低沉地笼罩着村子。伸子站在外廊，隔着广阔的耕地，远眺山脚下的小镇亮起星星点点的灯光。一想到包裹东京街头的人群、推搡，交通工具伴随着尖锐的噪音来来往往的光景，她便能感觉到其中的温暖气息和生活的喧嚣，真想立刻叫辆人力车来。她是那样心神不宁，直到挡雨窗关上，夜幕完全降临。十烛的电灯将泛着黑光的起居室板门照得闪闪发光，乡下那教人犯困的漫漫长夜平静了她的心绪。祖母、丰姨、用人都没回头看自己的影子，一声不吭地绕着线，擦着针上的锈迹。滴答滴答，滴答滴答……时间从她们身上流淌而过。

生命之流那寂静而充实的感觉常令伸子动容。在这样的夜晚，她的丈夫会独自坐在书桌前做些什么？她觉得，他的身边应该也有同样的静寂降临。

在经历过大大小小无数次内心纠葛后，伸子渐渐产生了这样的想法。佃也有他的容身之所。世上有无数默默无闻的男人。如果他也是其中之一，那又有何妨？如果她不能从他那里得到自己所期望的东西，那也是她的错，不是吗？伸子在自己的小灯下思考着。如果他自己对现在的生活很满意，她又何来干涉的权力？他并不为自己缺乏个性所苦。作为将研究波斯的书籍带到日本的中间人，他的存在也许并非全无意义。要不是伸子在身后推他赶他，他定能活在立身的希望、日常的习惯与坚忍的美德中，也定是幸福的。

每每想到佃在动坂的家中不得不面对多计代的激情，不得不面对伸子那猛烈撼动着他的情绪，伸子心中五味杂陈。当时他定是一筹莫展。他就像一只胆小的狗，突然加入了一个陌生的群体，前前后后都有狗对着他狂吠。

可从今往后，伸子又该如何面对自己？他的那种幸福并不是伸子所需要的幸福。难道她应该在一旁看着丈夫心满意足地享用那份幸福，自己却不动筷子，笑而不语吗？伸子很想吃，也有强烈的饥饿感，没法忍着不吃。她意识到，自己必须在他身边寻找或创造自己想要的。只要她提出要求，丈夫定会分一口给她。但她吃不下，她想要更干净的东西。

伸子为自己心中有过的种种误会与幼稚的梦想哭了，为当年那份年轻、幼稚而沉迷的信念哭了。她简直不敢相信那不过是两年前的事情。不过她一边哭，一边隐约感觉到了人生归根结底的真实，这让她有了新的勇气。会消失的东西，就尽管让它消失吧。会留下的东西，自然是会留下的。No sentimentalism.[1]——然而，她到底还是和自己一直以来勉强勾勒出来的"丈夫"永别了。

她想建一栋宽敞、透亮的心灵宫殿，大到容下"丈夫"这样一位客人也不至于拥挤。只要自己有真正的活力，又有谁敢断言它不可能被建造出来！伸子怜悯地笑着自己的矛盾，却又重新燃起了希望之火。她心想，佃又不是树根，也许他总有一天会随着自己的努力而逐渐改变。伸子无法否认，无论是勇敢面对的决心，还是坚信自己的努力绝非徒劳的信念，到头来还是要靠那最后到来的一丁点希望，才能焕发生命。

伸子给佃寄了一封信。她告诉他，她想回家了，让他留个门。如此一来，哪怕他不在家，自己也进得去。佃则表示，她计划

1　不要多愁善感。——译者注

回家那天夜里，他是要出门的，让她将归期往后挪两天。伸子站在厨房门口，刚收到回信便看完了。只觉得一股能量从身体内部喷涌而出，驱使她将明信片撕得粉碎。她不愿意将定下的归期延后两日。

七

那年夏天，伸子拿起许久未动的笔，写了一部短篇小说。从春天开始构思的长篇作品却因内部的种种不足而搁浅了。结婚后，无法工作的问题一直是她心头的重压。不过，在乡下的那段日子，她的心境发生了一些转变，总算集中精力写出了一篇四五十页稿纸的文章。对伸子而言，比起作品的质量，"写成了"这件事本身更值得庆贺。能够工作，就证明了她对自己和自己周围的生活都好歹有了一个精神上的立足点，不是吗？在精神上不依赖丈夫，自力更生——在乡下的那些天里，她在哀叹与勇气相纠缠的感动中定下了今后的活法。只要有这样一处立足之地，这个活法似乎也不是完全不可能实现的了。而伸子写的正是自己在走到这个阶段之前的混乱和动荡不安的心情。作品发表在某政治杂志的副刊上。那本刊物在文坛并没有多么举足轻重的地位。

杂志社寄来了登有伸子作品的那一期。那天，伸子坐在书桌前重读变成铅字的作品，想出了神。这时，房子正面的格子门开了。白天独自在家的时候，每每听到格子门发出"哗啦啦"的响声，伸子便会感觉到几乎能将四周的空气都带动起来的不安。因为会这样开门进来的，必定是开口讨饭、强买强卖的贩子。她正要打开推拉门，却看清了站在门口水泥地上的人。

"哎哟！"

伸子高兴地站起来，音色都变了。

"你也真是的！我还当是谁呢！"

来人竟是和一郎。

"日安。我只是想像个真正的客人一样从正门走走看。"

"快进来吧。"

"多谢……"

见他有些犹豫，伸子很是莫名。

"怎么了？赶时间吗？还是担心摩托车？"

"那倒不是，只是我今天是来接你的。"

"……那你也可以进来坐坐啊。"

和一郎进了屋，却是一副心神不宁的样子。他问道：

"你很忙吗？不能来吗？"

"也不是不能去，可……家里找我什么事？"

她不喜欢被人呼来喝去。就算她本就打算出门，要是有人突然奉命上门接人，让她立刻过去一趟，心里终究是不乐意的。

"母亲说，她有话要跟你说。"

"有话要说"是多计代的惯用伎俩，所以无论是说话的和一郎还是听话的伸子，都不禁觉得滑稽，笑了出来。

"可不是有话要说嘛。"

"不过她今天像是动了真格。"

"为了什么啊？"

和一郎语气生硬，仿佛此事颇为难以启齿。

"她看了你这次写的东西，说要找你提提意见。"

"哦……"

伸子暗暗琢磨了一番，终于想到了一处可能使母亲不悦的地方。在作品中，女主角的母亲在言辞中对女婿表现出了某种近似于反感与敌意的情绪，也就三言两语。如果母亲要提意见，只可能是针对那个部分。

"那我们走吧。"

伸子起身收拾了一下。她心想，最好在事情还没有变得太复杂之前把话说清楚，让双方心里都痛快些。她同情必定会被波及的父亲，也很同情和一郎。伸子将交代去处的字条和钥匙寄放在邻居家，然后便出门去了。

多计代见伸子随随便便就来了，神色一如往常，便道：

"……进来吧。"

听那口气，她心里貌似已经生出了芥蒂。

"您好。"

母亲没有自己泡茶，却叫用人来招呼伸子。

"那边好像有几块长崎蛋糕……你想吃就吃吧。"

伸子感觉到，母亲并非在深思熟虑后产生了不快，有的只是情绪化的恼火，而且她还郑重其事地告诉自己，"我绝不主动放下"。

"听说您有话要跟我说？"

"……你心里有数。"

"……和一郎只是粗略提了一下，没跟我细讲……我还什么都不知道呢。"

"你写的东西，你最清楚不过了。你写那篇东西到底是什么意思？"

伸子强忍着尴尬，细细解释自己的创作动机。可多计代没有心平气和听完便道：

"你当然有的是歪理了。"

"不是歪理，都是我的真心话啊。"

"实话告诉你，昨晚泽谷先生来用晚餐了。他问我有没有看你新写的东西，我说我根本不知道有这回事。结果他说，'她把你写进去啦'。我就知道肯定不会是什么好话，却还是立刻差人去买回来看了看……我哪一点对不起你了？你犯得着把那些事情写成铅字，让我出那般的洋相吗？"

伸子很不愉快，也把同情心抛到了九霄云外。母亲向来没有站在第三方的视角审视自身心态的习惯，哪怕问题只出在两个字组成的形容词上，只要她觉得那文章把她的心理状态描写成了很糟糕的样子，而且事实也是如此，那她就更不舒服了。伸子觉得这也是在所难免。正因为如此，伸子才会明知母亲不悦，却还费尽唇舌解释自己写下那篇小说时的真实心境，希望得到她的谅解。然而，母亲的话让她倍感索寞。泽谷的挑拨也教她不爽，这绝不是知识分子阶级的青年该有的样子。而一点就着的母亲更让伸子恼火。她沉默不语，啜了口茶。

"……我到底是你的母亲，若是把我当成垫脚石，你就会好过一点，让我受什么委屈我都忍得了。穿着鞋踩我，我都心甘情愿。可这事的性质不一样。我们家本就已经被人指指点点的了，你又何必主动写出来，就像是在招呼人家'你们快来看'似的，"她用女人特有的恶毒口吻补充道，"还是说，这么写对你有什么好处不成？"

如果面对的不是自己的母亲，天知道伸子会说出什么话来。她厉声打断道：

"您别这样！您要是再这么阴阳怪气下去，我们就没法谈了。"

多计代望向伸子的脸，用弱了几分的口吻坚持自己的主张：

"……难道我说的不对吗？"

在跌宕起伏的亢奋心情的驱使下，她滔滔不绝地讲起了因为伸子与佃的关系她吃了多少苦，还对伸子的作品大肆攻击，说什么她的艺术开始肉眼可见地堕落了。那些强词夺理的话没能打动伸子的心。她带着错乱的心绪回家去了。

六天后，动坂再次派人迎接。那天是星期六。来人表示，"今晚请务必与佃一同前来"。前些天叫伸子去谈话的时候，多计代便说过"迟早要叫佃来谈一谈"。想必这次邀请也是冲着那篇文章而来。伸子实在不愿意把佃牵扯进自己写的东西所造成的混乱中。她觉得对不起佃，更无法接受许多人毫不客气地闯入她的内心世界。她本以为那是只属于自己的世界。佃肯定也看过了，却没有对她提过一句。

刚到动坂，两人就被带去了二楼。练画用的红毛毡等物件已被收拾干净，只剩角落里的螺钿小柜在远处的灯火下闪闪发光。母亲也上楼来了，坐在了壁龛跟前的坐垫上。唯有那个坐垫没和其他坐垫放在一起。伸子不禁对这种从周围施压的做法产生了抵触。闲聊了一两句后，多计代如此说道：

"我特地找你们过来，其实也不为了别的……上次唠叨了半天，没谈出个所以然就放伸子回去了。那天过后，我一直都在琢磨，琢磨得晚上都睡不踏实。想必你也听伸子说过了。这次找你过来，也是想听你发表一下意见。"

"这次是因为家里派人来接，所以佃才来的，但我觉得这件事是母亲和我之间的问题，不关佃的事啊。"

"我可不这么认为……佃先生，你也看过了吧？你怎么看？"

伸子不忍心看丈夫回答时的脸色，便将视线转向昏暗走廊的苇门。

"……如您所知，在写作方面，我给了她绝对的自由……"

丈夫的解释明明对自己有利，可不知为何，伸子没能透过这宽大的回答感觉到真实，却只感觉到了丈夫的狡猾。她觉得这种滑不溜秋、模棱两可的回答是丈夫的一贯遁词，有时也会用在她身上。自己坐着的地方似乎在逐渐下沉。她想写什么都行——我给了她这种自由。所以她写的东西充其量不过是写出来的东西。无论那里头有怎样的痛苦和泪水，那都是她的文字，与自己和对方的生活完全无关——呵，多么冰凉刺骨的宽容！这些念头在伸子脑海中打转。与此同时，多计代继续往下讲：

"话是这么说……可是我琢磨了这些天，总觉得伸子之所以会写那些事情，怕是有什么原因的……哪怕没那么严重，那肯定也是受了某种感化。平心而论，难道不是这样吗？"

佃一脸莫名地反问道：

"您这话是什么意思？"

多计代没有回答佃，而是对伸子说道：

"你说是不是啊，伸子？你扪心自问……你好歹也是个文字工作者，这点事情总归是心里有数的吧？"

伸子已经对这样的问答生出了难以名状的厌恶。那些话教人不快，似乎触及不到她的心底，几乎没有一句是必要的，母亲却是一句接一句，她到底想怎样？

"您到底想说什么？"

多计代用激烈的眼神看着伸子。

"既然是你让我说的，那我说出来也无妨……只是怕佃先生听了不舒服。"

"您倒是说啊！"

"我心里想的，说出来不过是一句话。那篇文章……也许不是全部吧，至少关于我的那部分，我总觉得你只可能是受了佃先生的暗中唆使才会写成那般的。"

"……"

"如何？"

"……"

多计代端正姿势道：

"其实这也不是我一个人的意见。大家都这么说……"

"……"

夜色中，光亮与每个人闭口不言的沉默荡漾在宽大的榻榻米上。伸子是既不伤心，也不生气。她的情绪早已冲破这一层次。她清楚地感觉到，自己的心被伤透了。

多计代说道：

"你不吭声，我怎么知道你是怎么想的呢？"

伸子仿佛僵住了，一个字都说不出来。

"……如果是我误会了，我愿意道歉。"

过了一会儿，伸子用沙哑的声音清了清嗓子，告诉丈夫：

"……亲爱的，请你出去一下。"

母亲岂会向佃道歉。伸子心想，佃不可能仅仅因为成了她的丈夫就忍受得了这般屈辱。

"出去一下吧。"

佃捧着胳膊沉吟道：

"嗯……"

就在他迟迟无法决断的时候，多计代说道：

"还没谈完呢，岂容你自作主张。"

"……可是母亲，您不是会让步的人，对吗？"

"我不让步，因为我没有让步的理由。没有一个人会像你这样，认定自己绝不会有错！"

多计代越是激动就越固执，一遍遍逼伸子向她道歉。她还要

伸子发誓，从今以后不写任何与家庭有关的东西。这是伸子万万
做不到的。哪怕她此刻以道歉和誓言敷衍母亲，有朝一日也一定
会食言。而且伸子也不能像母亲强调的那样，认为自己有错。在
她看来，"过意不去"和"做了错事"有着本质性的区别。更何
况，她的心胸也不够宽大，无法在面对多计代蛮横抛出的种种恶
言时告诉自己，"那毕竟是我的母亲，还是让一步吧"。

"看来你是无论如何都不肯妥协了？"

"说几句好听的敷衍您也没有意义……"

"那就没办法了。你我二人是势不两立了。既然如此……"
多计代再一次明确宣布，"以后就不要再来往了。这样对双方都
好，佃先生肯定也乐意……"

她好不容易说完最后一句，扭过头去，下巴和嘴唇不住地颤
抖。看着母亲灰心丧气的样子，伸子愈发觉得她可怜了。她认为
母亲之所以说出那般决绝的话，并非酝酿多时的想法使然。母亲
以为那是深思熟虑的结果，但伸子觉得那只可能是她那追求强烈
的情绪刺激、容易激动的性情导致的。也许一切都在她的意料之
外，奈何汹涌而来的情绪让她做出了那样的断言。母亲是否真的
明白自己的那番话意味着什么？伸子几乎是被逐出了家门（不知
为何，她对此毫无实感），但比起这件事，看到母亲情绪失控的
模样才更让她难以忍受。伸子甚至觉得，母亲是一个不幸的人。
她温柔地说道：

"您也不必一下子把话说那么绝。"

多计代似乎觉得伸子的反应是对她的侮辱，顿时泪如雨下。

"你是不是认定我狠不下心来？我也是有决心的，少瞧不起我了。话都说出口了……哪怕我再想你，哪怕我快死了，也不会求你来的！"

空虚般的寂静弥漫开来。这时，佃突然郑重其事地双手点地，对多计代施礼道：

"……事已至此，别无他法……请您多保重身体……"

伸子只觉得一切都是如此难以置信，如此刻意，又如此诡异。明明是鸡毛蒜皮的小事，却阴差阳错闹得不可开交，甚至无比悲壮，直教人心神不宁。与此同时，心里又有种说不出来的空寂，好似灯火熄灭了一般……伸子呆坐在原地，沉浸在这诡异的心境之中。而母亲则将双手牢牢捧在胸前，看着前方，一动不动……

佃起身催促伸子告辞：

"那……我们先告辞吧……时候也不早了……"

佃刻意压低的声音，还有把她当成自己所有物的眼神，都让伸子心生厌烦。倒错的情绪油然而生。她在形式上被母亲狠狠推开，此刻却反而理解了母亲的心思。

正要下楼时，伸子险些在楼梯口摔倒。佃抓住她的手臂，扶住了她，力气大到都把她抓疼了。

八

伸子醒来的时候，佃已经起床了，身在外廊。那是一个秋意正浓的早晨，高处传来干枯的梧桐叶沙沙作响的声音。伸子觉得浑身无力——连将身体从褥子上抬起来的力气都不见了。她继续躺着，远眺高地方向的秋空。天空是何等清透。那样的天空，她可见过？清新有力的九月之风自碧空吹来，穿过她睡觉的房间。风儿是那样自由，也正因为自由，带上了几分渗入灵魂的哀伤，令伸子不禁闭上眼睛。

从昨夜一点多回家到今天早晨，伸子几乎一言未发。临睡前，佃边换衣服边道：

"唉……没办法，一个人终究不能侍奉两位神明。"

"……你也不是我的神。"

躺下后，伸子迟迟无法入眠，心中尽是诡异的寂寥。要是母亲知道伸子对佃这位丈夫和他们二人的生活怀有怎样的情绪，她就不会说出那番话了。伸子出于种种原因无法明言，其实他们没有任何值得母亲嫉妒或愤慨的东西……在这样的思绪中，她不知不觉睡着了。再次睁眼后，前夜的寂寥却未消散。阳光透过眼睑照了进来，而那份寂寥也同时深深渗入了心底。

"……你醒了？"

佃走过来，见伸子躺着没动，便探了探她的额头。

"身子不舒服？"

"我没事。"

"要请医生来吗？"

"没事的，真的不用……只是有点累着了。"

伸子躺了一整天。

两三天后，伸子康复了。她的心境也带着某种新的元素恢复了。那是前所未有的舒畅与轻快，外加难以排遣的寂寞。从乡下回来之后，她一直怀揣着想要靠自己挺直腰板往前走的欲望与决意，而新的心境与之联系在了一起。伸子开始创作下一部小作品了。她感觉这件乍看不幸的事情也是值得感谢的，毕竟它帮自己抖擞了精神，也为她注入了心平气和的活力。从那晚起，他们连动坂的"动"字都没提过一次。

次月初。伸子竟在门口听到了和一郎的声音。一看到他那张朝气蓬勃的脸，伸子便欣喜地说道：

"哟！近来如何？"

语气活像个男孩子。

"姐姐呢？"

"如你所见。"

和一郎看了看伸子的脸色，环视了一圈她为了学习摊得乱七八糟的房间。

"那就好。"

说完，他才坐了下来。他们愉快地闲聊了三个多小时。和一郎告诉她，他最终决定在明年春天就读某专科学校。

"我总觉得无论是谁，都不该刚刚初中毕业就兴高采烈地参加升学考试。因为大多数人都不知道自己喜欢做什么工作，心态也没摆正……"

临走时，和一郎背对着伸子穿鞋，随口说道：

"母亲昨天晚上跟我说，'你最近好像都没去看过你姐姐'。"

当月中旬，丰姨意外来访。祖母终于来到了为她安排好的住所，丰姨便陪她来了东京。

"老夫人也想来看您，只是今天还没缓过来……"

丰姨一边说话，一边细细打量伸子，然后话锋一转：

"见她强颜欢笑，我反而心疼得要命……"

那张善良的、布满细纹的脸一下子红了。只见她以衣袖掩面，哭了起来。

"明明都是讲道理的人，唉，怎会闹成这样……我听说了以后，心里也堵得慌啊。"

见丰姨这般恳切哀叹，伸子是既过意不去，又尴尬。为了安慰她，伸子甚至挤出了笑容。

"没什么大不了的，连你都哭成这样，教我如何是好啊。会有办法的，你就放心吧。"

"请一定要和好啊，到底是亲生的母女，怎能闹成这样？"丰姨真心实意道，"在夫人看来，佃先生肯定有这样那样的缺点，可她又何必为了这个连您也一起……虽说夫人性子刚烈，会闹成这样也许是在所难免……"

母亲似乎没有对丰姨她们如实道出冲突的原因。

伸子解释道：

"佃本与此事无关，只是被牵连了。是我写的东西惹母亲生气了。"

隔了一天，艳子在书生的陪同下上门做客。保为花坛带来了花苗。弟妹们来访的次数比之前频繁得多。伸子感到这背后定有母亲的一番心意。等他们回到家里，母亲定会如此问道：

"怎么样？姐姐在家吗？玩得开心吗？"

想必保会用他的方式作答，艳子也会用那个年纪的女孩所特有的口吻回答。然后母亲一定会接着问：

"姐姐在做什么呢？"

最后，她说不定还会问上一句"佃先生在吗？"或者"佃先生在做什么？"。看似无意，其实格外关注。

毕竟对方没有刻意留心，她也不便问得太细，无论问多少次，怕是都听不够。伸子时常在弟妹们回家后幻想这样的情景。

佃似乎很厌烦艳子和保的来访。

"跟我们一起玩好不好？跟姐姐两个人玩好没劲呀，好不好嘛？"

当艳子搂着他的脖子撒娇时，他总会僵着身子表示拒绝。

"不行，我现在很忙。"

下班一看，家里多了几个孩子。他许是厌倦了和人打交道，会表现出抵触也是在所难免，只是伸子不忍心看到孩子们一脸惊恐地放开他，便对他说道：

"我知道你心里不舒服，可孩子们不知情，还以为一切都和以前一样……与其现在拿小家伙们撒气，还不如当时就堂堂正正反驳母亲呢。"

佃似是对自己遭受的冤枉深感惊讶，反问道：

"我何时拿他们撒过气？"

"亲爱的，就算你不让动坂的人进我们家的门，我也无话可说。可你既然允许他们来……"

佃从不公然主张自己的情绪，哪怕那是非常正当的情绪。比如伸子要是问他"你是不是生气了"，他总会回答"没有"。伸子必须为他剖析现状，让他不得不坦陈自己的感受。佃既不同意也不否认，等伸子说到最后，才幽怨地说道：

"那都是你的猜测。我只能告诉你，那并非我的真实感受。"

"那你到底是怎么想的？你说啊，到底是哪里说错了？"

"……你明知道我说不清楚。我相信你总有一天会明白的。真正爱我的人应该不会不懂的。"

每次遇到这种情况，伸子都要用力揉搓自己的额头。"唉，可怜的家伙！别再添皱纹了！"那一刻，她很想吹吹口哨。奈何她吹不响。

九

进入十一月后，出于种种原因，伸子的心情时常失衡。

自那时起，她与动坂的关系一直都没有改变。来访的只有弟妹，祖母偶尔也会露个面。毕竟从九月至今不过两个多月，没有变化也是理所当然。但让伸子感到苦恼的是，十二月即将到来。按照日本的家庭习惯，伸子的父母家也和其他家庭一样，十二月底的除夕夜是一年里最热闹的日子。而在那喜庆的日子里，伸子扮演的总是女主人的角色。连她自己都不记得这项传统始于何时。趁着大家忙忙碌碌的时候，伸子会用鲜花、烛灯和礼物装饰餐桌。

"来！都进来吧！"

　　最后她会一声大喊，打开紧闭多时的房门。那一刻的欣喜真是无以言表！孩子气的新鲜感，总能让她开心得忘乎所以。全家上下都会与她一样个个兴高采烈。可是今年，家中的角角落落都找不到这种简单的快乐。等待着她的，定是一个压抑的除夕夜。伸子心想，要是父母和弟妹们不在东京就好了，要么他们自己干脆离开东京算了。

　　一日，伸子在院子的角落里摆弄着一棵菊花。花是从夜市买来的，种在泥盆里，不过纯白色的花朵散发出了十一月特有的芬芳。就在她用剪刀修剪枯萎的花朵时，巷子里传来了人力车的铃声。伸子打开板墙的门，探头望去。只见祖母走下了人力车。伸子招手道：

　　"祖母，我在这边，这边！"

　　然后又对车夫说道：

　　"我会送她回家的，你可以走了。"

　　祖母很是稀罕地环视四周，踩着草鞋走进院子。

　　"呵，栅栏门竟开在这里……今天我本想出门买些东西，但我又不会挑，便决定不买了，来你这儿喝杯茶算了。"

　　伸子笑了。祖母吩咐家里叫人力车的时候，肯定没说她要来找伸子，而是说她要去本乡大街瞧瞧和服料子。哪怕已经到了伸子家，她还要说一遍这本没有必要说的借口。

　　"清茶而已，您想喝多少都是一句话的事情。今天要不要假装赏个菊呀？"

　　伸子在外廊摆好坐垫，端来了茶。

请祖母坐下后，她在一旁假装自己正在观赏一片宏伟的花坛，说道：

"多美的景致啊。放眼望去，千百朵白菊争奇斗艳！"

祖母深吸一口烟，一副津津有味的样子，又抖了抖烟灰，咯咯一笑，戏谑道：

"……我的眼睛许是不中用了，只能看到一棵菊花。"

"祖母，别说破呀！假装有很多花嘛！还有很多很多呢！"

阿清在一旁赔笑，硕大的白瓷假牙"嘎达嘎达"直响。

"夫人说话真有意思，呵呵呵呵……"

每次有人对自己"夫人"长"夫人"短，伸子都会有种不舒服的感觉，似是在被人用指尖郑重地戳她身上的某处。祖母心情很好，说起了国技馆的菊花人偶。片刻后，她说怕脚受凉，便进屋去了。

"我年轻的时候，哪个女人比得过我啊，现在却只能等死了……穿根针比缝衣服还费时间。"

祖母还说，大伙提议在明年正月头上为她庆祝八十大寿，但她觉得那是浪费钱。

"您就让他们办嘛。大家也乐得为您做寿，您就答应吧。我也要给您庆祝庆祝。"

"虽是一片好心……"

祖母环顾四周，压低嗓门，用颤抖的声音说着，免得被走去别处的阿清听见：

"……如今你们闹得这般僵，哪怕是给我做寿，我也开心不起来……你来得了吗？"

伸子一筹莫展，只得模棱两可地沉吟道：

"唔……"

"也不知是怎么的，真没意思。"

许是因为平时没人陪阿清说话，祖母每次来访，她都会陪老人家聊上好一会儿。她说，自己没有儿子，只有女儿。

"派不上一点用场，都便宜别人家了。"

祖母回答，她本有三个儿子，如今却只剩下了伸子的父亲。还聊起了算上外孙，自己已有多少个孙辈。

"孙子孙女是不少，但只有这个是从小看大的，最是疼爱，"说着，她望向伸子，"本想着已经一只脚跨进棺材了，可说不定还能抱上曾孙呢……"

祖母高兴地吃着干点，若有所思，随即一脸严肃地喃喃道：

"……你这身子，不会只是看着强健，其实很虚弱吧……"

"这话从何说起啊？我身体好着呢。"

"那怎会怀不上？"祖母的语气带着老一辈特有的直白，"如今的年轻人不都是一结婚就生孩子的吗？"

"瞧您说的，这有什么大不了的。"

"我这不是怕你身子弱吗……话说回来，佃先生的脸色总是难看得很，莫不是他没种？"

伸子动了气，打断了祖母的话：

"您就别说了。"

她难受极了，泪水几乎夺眶而出。她受不了有人问起孩子的事情，无论何时，也无论那人是谁。祖母那口气，就好像她是家里养的牛羊似的，这更让她苦不堪言。她本想立刻转移话题，一旁的阿清却面带怪异的笑，朝祖母伸长脖子，扯着嗓子，仿佛在跟耳朵不灵光的人说话。

"老夫人不必担心，过不了多久就有好消息啦……嗯。"

说罢，她侧目瞥向伸子，那笑容仿佛在说，"我心里一清二楚"。好一个恶心的婆娘！明知我不乐意提。伸子很清楚阿清缘何做出这番预言。她是在以女人特有的伶俐暗示，她知道伸子的月事迟了足足半个月。祖母漫不经心地应了一句：

"哦……"

在祖母裹上头巾，坐人力车回家后，伸子仍无法从不愉快的心情中解脱。不必阿清多言，伸子已然对自己身体的细微变化变得非常神经质了。最近几日，动物本能会有的焦虑感不时向她袭来。伸子本就十分惧怕成为母亲，要是在她对生活充满疑问的时候，拥有了一个可能有权将她困在这种生活中的孩子，天知道会发生什么。

室内的昏暗愈发浓重。伸子倚靠着柱子，陷入沉思。在结婚前，她再三叮嘱过佃——她绝不想成为一个母亲。此刻再对内心深处做一番探索，她甚至觉得自己当时是受了某种微妙的女性直觉的驱使。伸子以理性为这一决定附加的理由是"她的事业"。然而此时此刻，让她心神不宁的厌恶和焦虑却没有那么理智，而是出于本能。她的某种本能正在尖叫，正在控诉无限的焦虑。哪怕她把佃视作值得敬爱的丈夫，也会有这般黑暗的恐惧吗？也许是在她以佃为夫君的那一刹那，自己的女性直觉就看穿了他不配为父，进而拒绝了他。所以她才会拉起那样的警戒线，不是吗？

我不愿意生那个男人的孩子，却让他做了我的丈夫……

出于这般复杂的情绪，伸子在当晚两人独处时，轻声向丈夫问道：

"亲爱的，你想不想要个孩子？"

佃把手指用作梳子，挠了挠头，又理了理头发。他打量着脱落的头发，大声回答：

"要孩子作甚，吵得要命。"

接着，他用双手挠头，任由头皮屑落在盘起的双腿上。

"怎么掉了这么多……"

第五章

一

三月下旬分外热闹。上野举办了博览会，据说英国王储也要来访。

裹住身心的融融春光遍洒外廊，照进屋里。

佃的老父亲已是年近古稀。他眯着眼睛望着阳光说道：

"明明都是日本，天气却差了这么多……出发的那天晚上，那边还下着暴风雪……东京却已是春光明媚了。"

"……今天的天气格外好……"

伸子低下直面阳光的头，回头望向身边的老人。

"哇，您的胡子好亮！"

老人低头看了看自己的胸口，张开手指从里侧捋了捋白髯。长长的胡须在春光下散发出清透的光芒，好似一根根中式挂面。

"您平时用什么洗呀？"

"有人告诉我，最好用蛋清洗，刚开始留的时候又起劲，便坚持洗了一阵子。但像我这般爱出门的人啊，什么法子都不管用。胡子也怕太阳晒，要不了多久就又变成难看的颜色了……"

……好悠闲……伸子有种和自家祖父一起晒太阳的错觉，心情很好。

佃开门进屋道：

"我去打个电话。"

"哦。"

"需要帮你办什么事吗？"

"唔……反正我过会儿也得出门……"

见佃穿着厚厚的黑斗篷，裹着毛线围巾，伸子笑道：

"穿这么多出门会热的。"

"不会的。那我去去就来。"

从阳光充足的房间走到阴暗的四帖半小屋，眼睛一时间都看不清东西。就在伸子收拾晾好的衣服时，佃办完事回来了。老人独自坐在八帖大房间里看报。佃没有朝父亲走去，而是边说"我回来了"，边走到伸子身后。

"怎么去了这么久，是去邮局了吗？"

"和往常一样，小年轻又半天算不清楚账。"

"除了打电话，你还办了别的事？"

伸子转身看着丈夫。他的脸上似乎带着某种模模糊糊的情绪。

"怎么了？去跟公公打声招呼吧。"

佃一圈一圈解下围巾，说道：

"我打了个电话去公司。"

他口中的"公司"，指的是伸子父亲的公司。

"有什么事吗？"

"周五傍晚，我想带父亲去一趟，所以想问问岳父是否方便。"

伸子像是被人突然袭击了似的，神色一变。

"然后呢？"

"岳父说，应该是可以的，但要明天才能给我明确的答复，让我到时候再打电话过去。"

"……"

伸子不难想象，按父亲的性子，他也只能给出这样的回答。

不过话说回来，为什么佃不在打电话之前和她商量一下呢？毕竟这是年迈的父亲在他们搬家之后首次过来小住，佃不想让他知道自去年秋天以来和佐佐家闹出的种种不愉快，伸子也能理解他的这份心思。他想让父亲在回乡之前正常地见亲家一面，这也是人之常情。问题是，自去年断绝联系以来，佃直至今日都未取得过他们的谅解。多亏祖母动之以情，百般劝说，入春后，伸子总算可以一个人偶尔回家一趟了。双方的关系十分扭曲。在没有达成和解的情况下，冷不丁打一通电话过去通知对方，说想带着老人上门去，而且这通知难免会给人强加于人的印象。伸子总觉得佃的态度缺了点什么。

在钩状外廊的另一头，老爷子在阳光下烤着后背，专心听着两人的谈话。伸子想说的话，只堪堪说出了一半：

"要是你提前跟我说一声就好了……光这样肯定是不行的。"

他默默与伸子对视，但最终似乎还是死了心：

"罢了……明天再打电话问问便知道了。"

说完，他便走去了隔壁房间。父子俩的谈话声传来。

"今天我们去上野逛逛吧？"

"人肯定不少吧。不过，恐怕也没有人少的时候……"老人干咳了一声，"伸子已经去过了吗？"

"还没有……她大概也不太喜欢去那种地方。"

"那就一起去吧，难得天气这么好……"

伸子随他们一起前往博览会参观。青山御所的土堤上开着蒲公英，护城河边的樱花开了八分，正是最美的时候。电车上有不少戴着同款花钗、裹着同款手巾的人，似是乡下来的游客。

到了会场，老爷子似乎对全国各地的木材和农产品产生了浓厚的兴趣。

"同样是搞农业，但一切都与我年轻时大不相同了。水稻都开发出这么多品种了，都打着熟得快、产量高的旗号……可是越是熟得快、产量高的品种，味道就越差啊……"

伸子和戴着老式毛皮帽、穿着夹层大衣的白须老人慢慢逛着，看看各种木材，还有系着红丝带的坛子里装的麦粒样品，只觉得既稀奇又有趣。佃却很心急，走在老爷子和伸子前面，动不动就把两人甩在后头。两人唯恐走散，便也快步跟上。

"这边也要看吗？……似乎和那边差不多。"

佃如此说道，差点停下。

老爷子客气地说道：

"算了吧，看多少都是大同小异。"

说着便走了过去。

"如果来得及的话，我想趁今天把第二会场也逛了。"

见老人振作精神加快脚步，明明有想看的东西，却硬说没意思，过而不入，伸子心疼不已。她想让老爷子慢慢逛，逛个尽兴，如此一来，回村以后才能讲给乡亲们听。她握紧用作拐杖的洋伞，对紧跟着佃，试图在人潮中穿行的老人说道：

"我们慢慢走吧，迷路了也不碍事……走得太赶容易累着。"

一行人在池塘边拐进万国街。舞台上的布景是椰树摇曳的海岸风光，两个身上只穿了草裙的女人上台表演。她们都有一头黑色卷毛，显得十分彪悍。头戴花环，胸前也挂着类似的花饰。一个黑人男乐手坐在她们身边，裹着白色长裤的一条腿将地板踩得"咚咚"作响，他用班卓琴和四弦琴演奏着带有南洋风情的性感音乐。女人们则站成一排，随着音乐拍手跺脚，摆动手臂，扭动身体，抖动身上的每一块肌肉。胖的那个似已年过三十，动作幅度格外大。即使隔着很远，也能看到草裙上凸出的大肚子随着音乐的节奏上下晃动，左右摇摆。舞台边缘竖着一块牌子，上面写着"埃及肚皮舞"。

"好奇怪的舞蹈啊……"

伸子笑了。虽说有些粗野，但舞者用肚子等部位做出了种种奇怪的动作，显得颇有孩子气，她觉得很是滑稽。

佃默默看了一会儿，但最终还是苦涩地嘀咕了一句：

"……太下流了。"

哪怕面对数百名观众，台上的半裸舞女依然表现自如，跳得狂放不羁，仿佛她们此刻就在家乡的海边。只听见她们唱了两三句歌，互相打闹了片刻，却又像是突然想起了自己的工作似的，认真地、卖力地扭起了肚皮和腰肢。

七点左右，三人回到家中，筋疲力尽。

二

伸子只换下了裑子，便进厨房忙活起来。

就在她洗碗的时候，院门开了。好像有人走到了厨房的侧窗下。

"晚上好……"

伸子打开磨砂玻璃门，向外看去。来自一侧的灯光照亮了女人的侧脸。

"晚上好。"

"呃……我来自对面的山下家……方才佐佐家来过电话。我说您不在家，对方便让我转告您，让您回了家了立刻回电。"

哦，原来这姑娘是山下家的用人。

"这样啊！多谢你了。有劳你百忙之中特地过来通报。"

对伸子而言，这个消息可谓意料之外，情理之中。自从早上得知佃给父亲的公司打过电话，她就料到了会有这一出。动坂那边肯定会联系她的。今天不来，那就一定是明天。参观博览会的时候，她也怀着凝重的心情琢磨过这件事。

"听说动坂那边来过电话。"

伸子边说边往八帖的大房间走去。老爷子与丈夫之间，摆着一张摊开的东京地图。两颗脑袋凑在一起，佃似乎在为他介绍某个位于郊外的地方。他保持手指按住地图的姿势，抬起头来。

"什么？"

"就刚才……他们让我到家后立刻回个电话……"

他若无其事地随口回答：

"那你就去回个电话吧。"

一听到他的声音，伸子心里便有些莫名的不舒服。

老爷子摘下眼镜，看看这个，又瞧瞧那个。

"这么晚了，到底有什么事啊？"

"不知道……"

伸子穿木屐的时候，听到佃很不耐烦地草草解释了一下，然后就把话题扯回了地图上。

接电话的是多计代。来电的意图正如伸子所料。

"你父亲回家之后，我才听说了那件事。我真的很想和你谈谈，你现在过来一趟可好？"

伸子拿着听筒，困惑不已。

"时候也不早了，而且我今天陪着他们逛了博览会，累得够呛，明天去不行吗？"

母亲在电话那头重复了伸子的回答，看来父亲也在电话边上。

"也不是不行，但我明天要去参加葬礼，没有时间。而且离周五……是周五吧？离周五也没几天了。如果不能在那之前说个清楚，你怕是也不痛快……"

"那我就去吧……但恐怕会晚一些。"

伸子快步穿过冷清昏暗的后街，回到自己家。一打开门，老人便一脸严肃、忧心忡忡地问道：

"出什么事了？有人病倒了？"

伸子一时想不出合适的说辞。

"不，没人生病……只是我现在……"她在老人跟前双手轻轻触地，弯腰施礼道，"得立刻去一趟动坂……"

也听不出这句话是说给哪个人听的。

"哦，"佃的语气透着一股不自然的冷漠，仿佛一切都在他的掌握之中，"那就趁天还不冷，赶紧去吧。"

"真是辛苦你了，这么晚还要……"

伸子能感觉到老人此刻满腹狐疑，很是莫名，只是出于客气，不敢问出口罢了。而伸子不得不佯装不知，心中很是苦涩。

"……我肯定要很晚才能回来，到了时候就歇下吧。"

伸子来到他们的房间，再次穿上挂在衣架上的褂子，还从柜子里拿出了一件毛织外套。她特意花了很长时间才戴上手套，一心盼着丈夫能过来一趟。想到自己不得不瞒着老人，明明已是筋疲力尽却还要孤零零搭电车出门，还有要去动坂谈的那件事，她便心灰意冷。她盼着佃能到这个房间来，在她出门前说一句鼓励她的话，或是给她一个鼓励的眼神。到了裹上围巾就能走的时候，伸子站在房间正中央呆愣着。佃许是怕父亲误会他们说悄悄话，左等右等都没有要过来的迹象。

"你过来一下！"伸子朗声呼唤丈夫，"电车票在哪儿？"

她的希望落了空。丈夫并没有过来，而是留在八帖的大房间回答：

"跟平时一样，在外套口袋里吧。"

外套挂在玄关的折钉上。无奈之下，伸子只好走去玄关。

"……那我走了。"

"大概什么时候回来？"

"毕竟现在才去……但我应该会回来的，不管谈到多晚。"

三

伸子离开动坂时已经十二点了。家里帮着叫了人力车。夜深人静，商店都打烊了，电车道两旁的房子仿佛也突然矮了一截。人力车慢慢跑着。一路上，伸子偶尔和车夫交谈几句。

从动坂坐人力车到赤坂，路途着实遥远。在摇摇晃晃的车上坐着，白天的疲劳渐渐袭来，伸子累得只想闭上眼睛。再次睁眼时，人力车似乎快到牛込见附了。松树……松树……放眼望去，尽是粗壮的松树干。灯笼在闪烁。噗！噗！橡胶车轮轻轻弹起小石子……

伸子随人力车摇晃着，同时回忆起父母说过的话，还有别的林林总总。

父母的主张合情合理。佃知道父亲年事已高，不想让老人家失望，这确是人之常情。可之前发生的那些事要如何收场？既然之前没有谈妥，那就应该以某种方式做个了结。父母的意见是，要是他认为自说自话打一通电话就能解决问题，那就是大错特错。伸子也赞同这一点。

如果佃没有瞒着她偷偷打那通电话，她还能想想办法，保住他的颜面。直到现在，伸子也不明白丈夫为什么不跟她打一声招呼就做出那种事来，这让她感到很不舒服。

"不光是这一次，佃先生做什么事都不是堂堂正正的……你别怪我翻旧账，你们搬家那次也是的，为什么他总拿你当走卒啊？其实那次啊，我们也很不愉快。佃先生自己不来，可一有需要，就会派你出面利用我们不是吗？今晚也是的，看到你这么晚还大老远跑过来当老好人，我们又怎么忍心拒绝呢？"

"你们搬家那次"是这么回事。他们在片町那栋西晒能照到墙上的房子里住到了二月。一天，他们通过告示栏得知赤坂有一处交通便利、价格实惠的出租屋。因为房子离佃的工作地点也很近，伸子他们立刻动身看房。房子离电车站不过一町[1]多远，却坐落于幽静的后街，看着有些年头了，相当破旧，围墙上爬满了藤蔓。不过狭小的空地上种了枫树和玫瑰，有种典雅的氛围，于是他们便决定租下来。而这意味着他们急需找人帮忙搬家，并安排木匠修缮。当天夜里，伸子征求丈夫的意见：

"怎么办？需不需要找辆卡车？"

"唔……可是找不熟悉的商家，要价恐怕会很高……动坂应该有常用的车吧？"

"那肯定是有的。"

"你能问问吗？打电话。"

"今晚？"

"事不宜迟。"

佃带伸子去了不远处的电话亭，自己在亭外等候。

"啊，母亲？我今天突然找到了一处好房子……"

伸子就这样让家里帮着安排了搬家公司与其他事宜。只要是伸子的请求，动坂都会答应。见她挂了电话出来，佃便走过来问道：

"怎么样？"

"他们答应了。"

佃似乎很满意。

"所以还是让你打为好……"

母亲说的便是这件事。但伸子也清楚地记得自己说出"他们答应了"这几个字时的满足感，所以她并不认为错在佃一人身上。如果她再有骨气些，就一定会说"别去求动坂好不好"。如此一来，便能挽救佃的信誉，奈何伸子也一样懒惰，也没当回事，虽觉不妥，却还是跟家里开了口。当母亲提起这件事时，伸子又是羞愧，又气自己不争气。

"那次也有我的责任……我应该告诉他，不能求你们帮忙。"

"那是当然。你跟佃差了整整十五岁，他又是个顶天立地的男人。你总不能替他在外头做的每一件事负责吧。"

此时此刻，人力车正缓缓爬着御所旁的昏暗坡道，契合了伸子那沉重而迟钝的自我反省。伸子黯然神伤，因为她清楚地认识到，自己实在是沉不住气。她在理想中以为自己保持着潇洒的生活态度，实际遇事时却优柔寡断。佃很懒，她也很懒。他们是一对相似的夫妻。她越想越气自己。

嘎噔。车夫忽然放下了车把，伸子回过神来。她给了车夫小费，锁上院门。只有门灯和栅栏外的灯亮着，整栋房子和街坊四邻都已沉入黑暗。夜半的黑暗中充满了寂静。伸子悄悄走上玄关，借着外头照进来的昏暗灯光脱下外套。这时，一束光穿过右手边的拉门缝隙照了过来。佃似乎是醒了。伸子反手轻轻关上门，绕过被褥边角，坐在丈夫的枕边，低语道：

"我回来了。"

佃枕着枕头，脸颊带着暖色，似是刚从熟睡中醒来。

"回来了……怎么样？"

"你明天忙吗？"

"问这个作甚？"

"动坂的意见跟我料想的一样。光有那通电话，他们觉得你是强加于人，不愿答应……他们说，难得亲家上门，应该在那之前跟你见上一面，把话都说清楚……你明天能不能去一趟，和我一起？"

"是要我道歉吗？"

佃的声音是那么低，似是伤了心。他吊起上眼皮，抬头望向伸子。伸子生怕吵醒老人，痛苦地把头压低，用尽可能小的声音说话。她拼命摇头，蹙眉道：

"不是的，我不是让你去道歉，只是见一面，谈一谈，让大家都……痛快些啊。这样才更自然些。不欢而散半年多了，这会儿突然见面，你肯定也没法跟他们自然地交谈，不是吗？"

伸子把嘴唇贴在丈夫的耳边，轻声说道：

"他们也理解你的感受。"

佃头仰在白色的枕头上，默默注视着天花板。片刻后，他保持面朝上的姿势，嘴唇动也不动地说道：

"如果这样能让你高兴，那我就去吧。为了你，我什么都愿意做。"

伸子露出喉咙被什么东西哽住的表情，俯视丈夫朝着正上方的脸。痛苦的昏乱席卷了她。佃的习惯，抑或是思维方式是多么奇怪。前年夏天还住在动坂的时候，双方也曾为了要不要让佃入赘争执不休。当时，佃无论是对伸子，还是对伸子的父母，都是翻来覆去一句话："只要能让伸子幸福，我什么都愿意做。"正是这句话，将伸子折磨得苦不堪言。

"你听我说，你摆出这样的态度，根本不会让一切变得更好。我的幸福，就是你勇敢地拒绝他们啊！"

佃却如此回答：

"唉，求你别哭了，我是这么爱你啊，伸子！伸子！"

他会整晚整晚地诉说爱的誓言，整晚整晚地安抚伸子，却始终没有在第二天早上立刻给伸子的父母一个直截了当的答案。这让伸子痛苦到歇斯底里。拖着拖着，入赘问题不了了之。当时心乱如麻的痛苦再次浮现在脑海中。同样的情况又要出现了吗？伸子惧怕不已。

"我的幸福……听着好奇怪啊，"她发出苦闷的、带着讽刺意味的叹息，"不管我幸福不幸福，这都是理所当然的不是吗？说白了就是你乱了顺序，所以现在才要重新按顺序来，就这么简单。"

"……"

佃依旧面带不悦地仰着头。

"如果你不愿意，那也不勉强，我是无所谓的，"伸子急切地低语道，"你是完全没有必要道歉的。本就是动坂那边先提的无理要求。干脆一五一十告诉公公，别去了，好不好？这样说不定更有骨气些……"

佃依旧沉默着，看着天花板。

"你也别老盯着那边看啊……为什么不吭声啊！"

"我都说了，如果你希望我去，那我就去。"

"我不要你这样。"

"为什么？"

"还不是因为……你以为一通电话打过去，就能万事大吉了吗？你以为那样他们就会一口答应了吗？实话告诉我！"

"……"

坐人力车回家的时候，伸子满脑子都是对自己的斥责，以及佃的奇怪心态对她的长久折磨。双重的悲愤，逼得她说道：

"其实你不是那么想的，对吗？既然如此，那这一趟就是迟早都得走的，不是吗？不是为了我的幸福，而是出于实际的需要。这样也好，别逼着我感恩。"

"……你让我去，我就听你的，仅此而已。"

"我几时让你去了，我明明是在告诉你，你要是不愿意妥协让步，干脆就别去动坂了。如果你实在想让公公看到两边和和气气的样子，让他放心，那就别无选择，只能硬着头皮去。总共就这两条路可选。你到底想选哪边！"

"……"

"……你真的很奇怪，"伸子眼里渗出苦汁般的泪水，"你就不能再坦率一点吗？你这副样子，比犯了错还让我难受。"

"我都说了，我会去的。"

"我根本不在乎你去不去，只是气你这副腔调。像你这样，无论什么事都必须是为别人做的人，简直太少见了。"

第二天早上向老人道早安时，伸子觉得尴尬，只得努力假装一切如常。老爷子则本着老人家的智慧，表现出一如既往的温和。但老人家睡得都浅，他不可能没有被吵醒，也不可能没听到伸子在与他相隔一间储藏室的房间里说了很多话，还掉了眼泪。

那天，伸子没有再提起去不去动坂的事情。到了一点多，佃开口说道：

"我们今天要去一趟动坂，您自己去明治神宫逛逛可好？"

"哦……真有人病倒了？"

"家母有些不舒服……不过不是很严重。"

"那就好……弁庆桥那边应该是景色正好的时候。我年轻时常在那一带转悠，熟得很。我就去那边逛逛好了，别担心。你们也不必赶时间。"

"好，"佃催促伸子，"头发还用重新梳吗？"

两人在动坂待到傍晚。佐佐也回来了，刚好在场。对伸子来说，这是一场难熬的作陪。众人围着圆桌，佐佐坐在宽大的安乐椅上，对面坐着母亲，佃坐在两人之间，磕磕巴巴地说着话。然而在一旁听着的伸子只觉得他们三人的心全无融合的迹象。佐佐天生不喜欢麻烦的争论和冲突。他的意思是，既然结了缘，那就最好让事情圆满收场。也正因为如此，他只会说一些平和、符合常识的话。当然，多计代也很清楚她到头来只得妥协，但丈夫佐佐那温暾水一般的态度让她颇感恼火，佃又是一副模棱两可的样子，搞得她很是不快。无法动真格发怒的烦躁堵在她心里，眼看着她随时都有可能再次与佃爆发小摩擦。

"多计代也想趁这个机会好好谈谈，以后和和气气来往，我也是一样的意思。"

"如果岳母愿意回心转意，那当然是最好不过。"

"我不觉得自己有什么错，所以也不存在什么'回心转意'，"多计代带着火气说道，"你说你想带你父亲一起来，那肯定得先好好谈一谈，所以我才会请你来。"

佐佐插嘴圆场：

"哎呀，都是一家人了，那就得尽可能消除误会，和平相处……要是又争论起来，那就没完没了了。"

那感觉是如此悲哀，仿佛在看一部用失焦的镜头投映的电影。眼看着三颗心逐渐靠近，好不容易要重叠成清晰的影像了，轮廓却突然颤抖起来，各自散开，化作三重模糊的光影。

谈话并没有在愉快的谅解中结束。翻来覆去的几句话生出了倦怠，逼得他们不得不硬性中断。

佃的老父亲将按原计划，在周五登门做客，与众人共进晚餐。

去动坂的时候，伸子已经不太快活了，回程的心情更是沉重。事事不顺的感觉沉甸甸地压在她的心头。她总觉得，无论是冲突还是和解，佃、自己与父母的关系都不会有丝毫的改善，这究竟是为什么？一个疙瘩都没解开。善也好，恶也罢，都没有发展到极致，而是被一种伸子无法解释的模糊玩意儿盖住了。老爷子还没有回家。佃换上了便服，一屁股坐在书桌前的椅子上，好一副逍遥自在的样子。他用全身伸了个懒腰，对身后的伸子说道：

"呼，总算是谈完了。我说起亡母的时候，你父亲哭了，但你母亲没有……你父亲确实落泪了。"

他似乎是在慢慢回忆那一幕，好似在享受余味一般。那特殊的语气先是引起了伸子的注意，随即激起了她的恐惧。

"……"

伸子本想开口说些什么，却只是默默吸气。莫非，他说起那些事的时候，心里其实是非常冷静的，还有余力去观察那些话的效果？他当时明明泣不成声道，自己五岁时就没了亲娘，只想好好敬爱伸子的父母，也受他们的疼爱，以此填平那无尽的寂寞，奈何相处并不融洽，没有比这更教人遗憾的事情了。原来如此……伸子真想大声笑给他看看，狠狠将他击垮。惊涛骇浪般的自暴自弃席卷了她。佐佐和伸子都如他所料，被那可怜的述怀深深打动。哪怕是多计代，也在听完之后稍稍放缓了语气，拖着拖着便说出了"那就这么办吧"。

四

伸子几乎每天都要陪老爷子和丈夫出门游览。他们还去了泉岳寺[1]。寺里就像博物馆一样，有一座大号玻璃柜，摆着义士的旧衣、书信等。

伸子打量着大石内藏之助[2]用过的扇子，心中突然生出一个尖锐的疑问："就这样下去真的好吗？"痛苦将她折磨得几乎失去意识。佃似乎全然没有察觉到，他从佐佐家回来后说出的那番话在伸子心里留下了多么致命的影响。自那时起，她愈发明显地感觉到，佃与自己的生活已经出现了裂痕，无时无刻不受焦虑的煎熬。"就这样下去真的好吗？"这样的疑问好似回荡在空中的呢喃，屡屡在意想不到的时候揪住她的心。每次产生这样的感觉，她都会在两三次喘息间陷入内心的紧张，不记得自己身处何地，又在做些什么。

当她独处时，疑问便会叫得更响亮。它向伸子发动攻击，要求她立即给出回应。伸子的理性已经有了答案。可又有一股完全相反的力量在阻止她说出来，甚至不让她对自己明言。然而，伸子终究是对"作为佃的妻子活下去"这件事生出了新的恐惧。光是想象这种状态将持续终身，她都恐惧不已。

晚春的午后，刮起风，尘土飞扬。隔壁家关着挡雨窗，屋檐

1　忠臣藏事件中的赤穗义士葬于此寺。——译者注

2　义士首领。——译者注

下晾着一小块红布。每每有温暖而干燥的风吹过，红布片便会随着细竹竿一起抖动。只有狭小的院子和屋檐下晒不到太阳，万籁俱寂。伸子托腮坐在书桌前，看着这一幕，沉浸在难以抉择的痛苦之中。佃与老人各有各的去处，家里只有她一个。

"打扰了——有人在家吗？"

这时，横田突然来访。

"真是稀客呀！快请进！"

横田是个有些奇怪的人。他的妹妹嫁给了一个在伸子父亲的公司上班的年轻人。一次，小夫妻带着兄长横田来做客，把他介绍了伸子。当时他们还住在驹込。自那时起，横田便会偶尔上门坐坐，聊上几个小时。他说自己会很多种外语，总惦记着翻译而不是创作，这让他颇感头疼。只见他站在玄关角落，一边脱长披风，一边因为耳朵有些背，歪着脑袋，弓着背问伸子：

"就你一个人在家？佃先生呢？"

"他今天出门去了，不过很快就会回来。"

"假期应该还没结束吧？"

"嗯，只是近期殿下会去学校访问，所以他得去商量一下。"

"哦，"横田使劲点头，"这样啊。"

说罢，他又兀自点了点头。这是他的习惯。他频频瞥向伸子的书桌，问道：

"你最近在写什么东西吗？"

"没有……你呢？忙吗？"

"成天忙些乱七八糟的，总也没时间动笔。"

"那……有在翻译什么有趣的东西吗？"

"没什么特别有趣的……光看倒也是既有趣又开心，可真要翻译吧，就不觉得怎么样了。"

他发出与体格相比略显虚弱的笑声。

"最近在翻译什么呀？"

"《即兴诗人》[1]……我有原本的第一版……但很麻烦啊，得对照德语的翻译……"

"他有本自传……肯定很有趣，你看过没？"

"嗯，是有一本来着……"

他看见身旁的小桌上放着一本书，还包着丸善书店的书皮。

"那是什么书？"

伸子笑了。

"你可真是眼尖。"

聊了几句之后，他如此问道：

"成了家，是不是就很难专心工作了？"

"……你们男人呢？"

"唔……我也不知道，毕竟也没有经验。不过……负担会变重这一点确实吃力，但大家都说成了家就稳定了。"

横田的老毛病又犯了，兀自连连点头。

"那也是因为和单身的时候相比，有妻子前前后后照顾吧？所以心态会更从容些。毕竟女人的立场什么的和男人正相反。"

---

1 安徒生的长篇小说。

"听你这口气……这有什么不好的吗？"

伸子对自己说出的话产生了莫名的责任感。

"我也不能一口咬定说这样绝对不行……只是，怎么说呢，男人哪怕是成了丈夫，他无论走到哪里，都还是那个人，不是吗？可是做妻子的，除了天性之外，似乎还需要具备某种妻子的属性。'为人妻'会让女人的适应能力发展到极致，这不是很危险吗？……女人会在生活中渐渐失去'自我'，这不是很可怕吗？"

伸子半开玩笑地说着，却在心中感觉到了广大女性的孤独。

"……好难啊。"

"……每个人都知道这很难，可是真成了家，情况就更复杂了。所以大家才说，也许保持单身更好……可是让我为了事业放弃恋爱，那日子也太枯燥了，我可受不了。其实无论男女，都很少有人能过上自己觉得自然、自由的生活吧？毕竟那是需要勇气的。"

"对……没错。太憋屈了，尤其是在日本……你说得一点没错。"

聊着聊着，佃回来了。伸子去玄关迎接。

"横田先生来了。"

"哦，是吗？"

佃径直走进横田所在的房间。

"欢迎。"

"哟——你回来之前我就来了。怎么样？听说你最近很忙。"

佃深深地坐在椅子上，扭着上半身，撑起一侧的胳膊，摆出搂住椅背的姿势说道：

"多谢关心……还是成天穷忙，人都瘦了……你倒是富态得很啊。"

伸子端着新泡的茶走进屋里，只觉得佃话里带刺，听着伤人。

"看来我们都是占便宜的性格，挺好……"

横田没有出声，只是张着嘴仰起头，露出仿佛在笑的表情。谈话戛然而止。要是不摆出一个需要讨论的话题，场面恐怕会很尴尬。横田皱着眉头，把手伸进胸口掏了掏，拿出一张折过的稿纸。

"如果你有空，我想请教你一下。就是这个……"

"什么东西……是希腊语？"

"我也猜到是希腊语，但不太确定。"

"好像是一首诗……是从哪里引用的吗？"

横田回头看了一眼伸子，笑道：

"西方学者动不动就搬出罗马和希腊的东西，真要命。"

"着急要吗？"

"不，不着急。"

"那就放我这儿吧。"

谈话又中断了，气氛再一次尴尬起来。

"那就拜托了。"

没过多久，横田就告辞了。

伸子送走了他，回到房间。只见佃一手拿着横田留下的纸，站着看了一会儿，然后便随手将它放在了手头的书架上，一脸的满不在乎。伸子觉得不太舒服。

"把它放在那种地方，要不要紧啊？"

"无妨。"

听他的口气，就好像伸子对此事的关注都引起了他的不快。

"他是什么时候来的？"

"你问这个作甚？"

刻意的反问几乎是自动从伸子的双唇溜出来的。

"还不是因为……我觉得他又打扰你了嘛，又没什么要紧的事情。"

伸子面露讥讽，摇了摇肩膀，心里生出带着恶意的念头。佃怕是从没有愉快地接待过伸子的任何一位朋友。他一现身，客人便会收拾东西，准备告辞。哪怕来的是女性朋友也一样。此时此刻，他的心境显然也很平静——他再一次搬出不可思议的、责任不在伸子的理由，没有如实表现出自己的感受，而是摆出了一套"我是在为你着想"的虚情假意。

"他完全没打扰我啊，我们聊得很开心，挺好的。"

她突然咬牙切齿道，似是将他一把推开。

佃以沉默表示反感，换衣服去了。伸子无法在此时离开他，跟了过去。这并非出于爱情，而是因为恼怒、厌恶和憎恨。其实，她对横田的感情要复杂得多。他动不动就往书桌那边看，还拐弯抹角地打探，伸子也有些看不惯。即便如此，丈夫的口吻还是夺走了她的平静。他明知道伸子就在那里，却像是没看见似的，脱下衣服，挂进衣柜。看着他耳后那倔强粗大的骨头，伸子只觉得有种盲目的冲动涌上心头。天哪，瞧他那副无所谓的样子！要是我能折磨他，往死里折磨，逼他说出真心话来，那该有多痛快啊。我想见一见不再若无其事的他，不再态度暧昧的他！我想要那样的他！——我不认输，哪怕被打翻在地，我也决不退缩。炙热的激情，蒙住了伸子的心眼。她能感觉到两股猛烈的力量在体内对抗，仿佛要将她撕裂。有个声音在拼命劝她，算了吧，快出去吧。另一种声音却对此视而不见，大手一挥，一门心思想要吵上一吵，与他争辩一番。粗暴的情绪几乎要将自己和他粉碎，逼得她想放声高呼"你活该"。佃换好衣服，便拿出了他一贯的机智，一句话也不跟她说，看也不看她，默默离开了储物室。伸子突然感到了难以名状的空虚。对自己和他的伤感将她压垮。她就站在那里，啜泣起来。

不久后，佃的老父亲回来了。

伸子走进厨房，开始煮鱼。在狭小的厨房中，被火气烤得闷热的空气将伸子痛苦的心包裹起来，教她愈发难受。

此刻，伸子还有一种别样的悲伤。如果争吵发生在一年前，她还会不会像现在这般心怀厌恶和黑暗，固执地守着孤独闹别扭？她定会忍不住向佃道歉，哪怕只为了自己没能大方地接受他的话。她定会蹑手蹑脚溜到丈夫身边，开朗地举手敬礼道：

"抱歉，抱歉！"

事后，他们至少会比争吵前更神清气爽些。

即使是现在，伸子也很清楚自己是多么狂妄。她也知道，使她大受刺激的并非直接原因，而是积郁的苦楚。

　　但她就是无法像过去那样，和佃谈起那些感受，再向他道歉。如果她去找他，和他诉说这些事，佃就会像早有预料一样，听取伸子的告白，仿佛她的自省和后悔都是理所当然。他不会对自己的心鞭挞一下，却会像无辜的羔羊一般，为她送上祝福。

　　想到这里，怒气不禁涌上心头。佃的伪善心态，几乎要让伸子窒息了。

　　煤气的火焰在锅下摇曳。伸子盯着火苗，陷入沉思。她的身体开始为这一男一女的生活中的恐怖而颤抖。

　　逐渐呈现在她面前的道路是什么？那难道不是一个女人逐渐抛弃人性的道路吗？哪怕她因为生活中的种种痛苦、苦闷与恼火，做出种种看似任性自私的事情，沦落成一个破罐子破摔的顽劣女人，佃仍会继续扮演一个在外人看来无懈可击的、大度的、耐心的丈夫。

　　伸子流下了绝望和恐惧的泪水，真想一头钻进地里。那是漫长、无声而悲哀的泪水。

五

　　英国王储的来访，得到了广大民众的热烈欢迎。马场跟前搭起了壮观的迎宾门。夜幕降临时，来来往往的人群与护城河边的松枝仿佛都被弧光灯衬托出了不同于往常的模样。佃的老父亲也去看了热闹，带了几件在乡下用得上的纪念品踏上了归途。

　　把窗户大敞大开，春泥与嫩叶的气味便会随着夜晚的空气灌进明亮的房间。

老人走后，夜晚似乎变得更加漫长了。每逢这样的长夜，佃便会盘腿坐在房间中央，拆外国寄来的书籍包裹。而伸子就待在他身边，帮着收拾散乱的绳子和包装纸。四周鸦雀无声，唯有她折叠厚重的包装纸时发出的响声，听着硬撅撅的。

"那边桌上有张发货单，帮我拿来。"

伸子将它取了过来。他拿起暂时堆放在桌上的书，对照发货单逐一核对。伸子目不转睛地盯着他看，唤道：

"……喂。"

她是鼓足了勇气才唤了这一声。佃却专注于手头的工作，漫不经心地回答：

"怎么了？"

"我有事想和你商量。"

"什么事？"

"你说……夫妻的生活就只有这样的形式吗？"

"这……我不知道你问这话是何意，但应该是吧。"

"就不能再自由一些吗？"

佃拿起书，警惕地望向伸子的脸。

"为什么？……你需要别的形式吗？"

"我……我最近一直在想，我们是不是可以试着分开住一段时间。"

"我觉得完全没有必要。"

他用斩钉截铁的口气说道。

"所以我这不是在跟你商量吗？我考虑了很久，想等公公回去了，再和你慢慢商量。"

"分开住一段时间也未尝不可"——早在以前，伸子便屡屡冒出这样的念头。最近，她甚至觉得唯有尝试这个法子，才有可能开拓出新的生活。经验告诉她，他们夫妇在生活态度方面存在种种不同，而抽象的批评与主张并无法让现实生活产生丝毫的变化。作为生活的伴侣，佃就不是那种人。他以其独特的消极，强有力地走在他的人生路上。

伸子不可能在与他一起生活的同时保证自己的心情不受他的影响。

之前在乡下的时候，她告诉自己，他在这个世界上也有一席之地，可要是继续生活在一起，这份平和的温暖恐怕也无法维持下去。

站在一个人的角度看，佃做出了许多让她羞愧、为她所不齿的行为。仅仅因为他是自己的丈夫，就成为他的帮凶，这是伸子难以容忍的。为了不被他的思维方式和人生态度骗进去，她势必站在了批判的立场上。而在她开始批判的那一刻，她便残酷而露骨地看到了一个朝着和自己正相反的方向走去的男人。

那个男人是她的丈夫。他和自己之间有情欲的交流。然而，美好的爱情与想要好好生活的拉锯战，以及建立在其上的希望，都无望得到满足——在这种状态下，伸子是过不下去的。更何况，她此刻已对佃的诚意失去了信心，夫妻间的承诺又有什么权威可言？又何必因为他们是夫妇，就勉强维持生活在一起的形式呢？

也许各过各的，充分发挥各自的长处，他和自己都能活得更自然些，不是吗？伸子料到丈夫会反对，却还是提出了这个想法。

"当然，这是个例外的法子。但人要是生了病，也得搬去别处疗养，还要住院不是吗？我们的婚姻也病了啊。"

每每谈及不愉快的事情，佃的额头总会出现两道横纹。此刻，它们也深深刻在他的额上。

"我不懂……我最开始就跟你说过无数次了，你是自由的。你有完完全全的自由，所以你想做什么都可以……可我不行。"

伸子解释了自己的想法。她告诉他，虽是分居，但她并不打算搬回动坂，也不会在经济上给佃造成任何的负担。

"我是真心觉得，如果我们各自过上对自己的内心更为诚实的生活，这种奇怪的、充满谎言的生活方式就能多多少少变得更痛快些。你就不这样想吗？我们的生活真的很糟糕，充满了欺瞒。"

佃盯着伸子，那眼神就像是有人揍了他的脸颊似的。

"我们犯了什么罪？至少我可以保证，我用一颗清白无辜的心爱着你，过着日子。无论上帝何时召唤我，我都问心无愧。"

"可……所以我才说我们的生活充满了欺瞒。比方说，我们……"

伸子不禁犹豫了一下，似是害怕自己将要说出口的话。但她很快便加快语速，继续说道：

"我们在心里……已经冲突许久了。你肯定也很清楚这一点。可你却装出一无所知的样子，就好像在我开口之前，你什么都不知道似的，不是吗？为什么？我……就讨厌这样的你……甚至觉得可恨。可我虽有这样的感觉，近来却也不敢跟你直说……情况越来越复杂了。就这么一天天拖下去，若无其事地扮演丈夫和妻子，我真是惭愧到了极点。"

佃已然顾不上书了。他捧起胳膊，嘴唇微微颤抖，用压抑的声音说道：

"……我明明用一片真心爱着你，却让你如此痛苦，我也很过意不去……但分居是绝对不行的。"

伸子抱着尴尬的怀疑，听丈夫滔滔不绝地说出"真心"和"爱"之类的字眼。她问：

"为什么绝对不行？我们还是夫妻，只是换一种生活方式，变回两个学生，试着从头来过啊！"

"不行！你想想，我好歹是在课堂上教书的人，要是分居了，你让我怎么见人？……难得大家都觉得我们收获了理想的婚姻。"

"这话不对，"伸子急切地否定了丈夫的说法，"我不这么想。首先，我们的生活并不是为了'别人怎么看我们'而存在的。其次，两个人就这么过下去，才是真的没脸见人。如果我们之间的关系真有称得上理想的成分，哪怕只有一丁点，那我们就可以继续过我们的生活，而不必拘泥于形式。你听我说，我们并不是为了像其他夫妻那样缠在一起而生活的啊！"

在漫长的沉默后，佃以伸子意料之外的冷静，用安慰般的口吻反问她：

"……那我问你，你是否坚信着，在分居一段时间之后，我们之间的关系一定会好转？"

伸子无法回答他"是"。佃的意思是，他们的关系可能会变好——也可能会变得更糟。但如果这么做可以让两人回归天性，那总归是有好处的，不是吗？对婚姻生活中的习俗、蒙昧和各种乱象来一场大扫除。哪怕是觉得自己一辈子都无法摆脱这种关系的念头，都会让她对佃产生反感与憎恶。这样的立场对双方都没有好处，也让伸子难以忍受。

佃的意见恰恰相反。越是不协调，越是有看不顺眼的地方，就越是要一起生活。他们必须日夜相伴，互相纠正，这样才算夫妇。

听丈夫说出这番话，伸子感到胸口一阵灼热。她脸色一变，用几乎要扑上去的眼神看着他。

"那我问你，你可曾拿出男子汉的气概，坦诚回答过我的问题？你可曾老老实实承认过自己的错误，哪怕只是在自己心里？"

伸子盯着他看，泪水自那双眨也不眨的眼睛滚落。

"我们生活中的地狱，就来自这一点！你总是那般冷淡，那般狡猾，逼得我动气，甚至说出冒犯你的话，做出冒犯你的事。事后为此向你道歉时，你却是一副若无其事的样子，就好像背后的原因都出在我身上似的。你只会说空话——空话。你觉得这样就能过上真正和美的生活了吗？"

伸子用衣袖擦了擦脸。

"……只怪我太傻了。以前都只敢在心里想想，下次一定要说个清楚，下次一定要说个清楚。可这一回，我是真的受够了！"

佃眉头紧锁，摇着头，一副痛心疾首的模样。

"请你相信我的一片真心。"

"我不敢相信……这阵子，我是真的没法相信了。"

"唉，我猜也是，不然你怎会……"

短短几分钟，却漫长得像是一个小时。沉默过后，佃又回到了最初的问题：

"那么……你是无论如何都要分居吗？"

伸子觉得他的声音里有火花，下意识地心头一凛。她抬头看着丈夫，眼眶湿润。他脸色苍白，带着疲惫的表情，扭头等待伸子的回应。伸子能清楚地感觉到，自己的一句话，将从丈夫的内心深处激发出某种决定命运的反响。

"我觉得还是分开比较好。"

伸子的语气是如此凝重，好似她正在泥泞中行走。听到这话，佃在椅子上动了动，似乎在说，"也罢"。

"那就没办法了……既然不能继续生活在一起……那就分手吧。"

"……"

他托着腮，手撑着藤椅的扶手。这回，轮到他盯着默不作声的伸子了。

"就这么办吧，也只能这样了……我会舍弃一切，回乡下去。我也非常、非常遗憾，但别无他法。"

在不可抗力的驱使下，伸子感觉到自己的心向前迈出了一步。

"这跟那是两码事。"

"为什么？怎么是两码事了？对我来说都是一样的。所以我才说你根本就不懂。早知要闹到这个地步，为什么，为什么……"

佃突然抓住伸子的手，连同自己的手一起举到头顶，胡乱挠起了头发，同时剧烈呜咽道：

"为什么当初没有一直做朋友啊！"

六

丈夫满脸是泪，面容扭曲而苍白，头发都贴在额头上，好似溺水身亡的人。还有他的声音。两三天过去了，可伸子一想起当时的情景，仍会毛骨悚然。不仅如此，她还心神不宁，浑身不自在。她仿佛瞥见了可怕的真相，又仿佛被迫看了一出不像是戏的戏——佃要为这份怀疑负责。伸子本以为，男人不同于女人，只能流下真诚的泪水。佃却在动坂的父母面前故作感伤。他在那天流下的眼泪，给伸子留下了深刻的印象。

争吵次日早晨，佃在她起床前把不应季的樱草花插在杯子里，留在书桌上。伸子透过那朵花读出了类似的感觉。樱草来自后院的竹篱下，是由上一批租户留下的草根长出来的，开着浅粉色的小花。可人的花朵像是在对她做表情似的，伸子不想看到它，但又不好意思把它挪开，就这样怀着矛盾的心情，看了它许久许久。

总之，伸子全身都能感觉到佃的紧握，仿佛是遭了鬼压床一般。无论根源为何，他就是不想放开她，不想解除他对她的占有。

伸子也不是不能理解他的苦闷。自从他们结婚后，他岂止是没有享过福。在旁人看来，伸子是个非常自私任性的妻子。她把丈夫留在家里，自己出门远行，还爱睡懒觉。一旦成为妻子，日常生活中的这些琐碎的自由仿佛都被贴上了"大特权"的标签，这让伸子产生了莫名的忧郁。而丈夫又觉得，只要给她这些自由，她就不应该再抱怨什么了。他有一种不顾他人的、灵魂层面的孤独。哪怕撇开这些不谈，他终究因为这段婚姻受到了许许多多教人难以忍受的批评。人们都说，佃打从一开始就不爱伸子，只是为了让自己更有社会地位才欺骗了伸子。对他来说，要是此刻与伸子分居，让世人看到他的家庭生活彻底失败了，从而印证了那些扣在他头上的传言，那是何等的痛苦。他想向世人展示一段成功的婚姻，哪怕只是徒有形式也好。如此一来，便能反驳世人的冷嘲热讽，对他们说："瞧见没有！"——哪怕事情已经过去了，他也想让那些人清楚地认识到，他们是真心爱着对方。

可悲的是，伸子捕捉到的是"他想要让别人知道他们之间有真爱"这一次生欲望。真爱本该像太阳一样难以捉摸，却能让人时刻感到明亮与温暖，为碰触到它的每一颗心注入生命。然而比起真爱的表露，伸子更多地感觉到了中年男人务实的执着。他不愿让伸子和自己创造的生活分崩离析，一定要让它圆满成功。这也是他唯一能让伸子清清楚楚感觉到，且不带任何怀疑的真情。

一有机会，伸子便试图重启那不了了之的对话，试着从各方面分析。

"……我们对自己的认识是不是有些差错呢？你总说你只为我而活，可我们两个人的生命力都如此脆弱吗？我一开始就说过，我热爱生活本身。我觉得，如果你是一个心智脆弱、生命力稀薄的人，就不可能年纪轻轻吃尽苦头，开辟出一条属于自己的路。你有保护好自己、坚强生活的天性，你就不该口口声声说'为了我'，这样既不自然，也不必要。做回原原本本的自己吧，这样一定会痛快许多。我们之间的关系也会变得更加轻松愉快的。你完全可以堂堂正正地主张活出自己的权利啊！"

佃的回答还是老一套。

"随你怎么想。这就是我的本性——早在结婚的时候，我就已经下定了决心。我不过是在自己觉得合适的时候实践这份决心罢了。"

他口中的"决心"指的是"死"，或是"舍弃一切，回乡下去"。伸子也不确定他这些话是几分真几分假，只得保持沉默。一想到也许是真的，她便怕得要命。难道这种心理上的纠结会一直持续下去，直到其中一方死去吗？然而，就在她怀疑自己受到了威胁的同时，她的心中还生出了另一股冲动。她真想莞尔一笑，单脚后退施礼道：

"哦，那就请便吧。"

七月。

佃将被派去关西出差。很多短途旅行所需的东西都没备齐。虽说两人之间气氛尴尬，暗流涌动，但正因为如此，伸子才更不愿意让他出一趟不体面的门。一天，伸子揣着仅有的钱，和刚巧来做客的保一起去了三越百货。天气很热，好在清风习习。三越的红旗在蓝天下欢快地飘扬。

逛了一个多小时，该买的都买了。

"接下来去哪儿？回动坂吗？"

"我都行。"

"回趟赤坂再去动坂就太晚了……要不去银座逛逛吧。"

保露出灿烂的笑容，点了点头，显得非常高兴。

他们在资生堂享用了冰激凌苏打水。伸子拿了两根吸管递给保，再将两根吸管插进自己那杯。

"试试最近流行的喝法吧。用一根吸管吹出很多泡泡，同时用另一根喝。"

保不假思索道：

"嗯！"

他试着一口含住两根吸管，但随即松口道：

"哇！不对头，不对头！抱歉，我不太懂，姐姐你示范给我看吧！"

"这有何难，你瞧。"

伸子吹出了许多泡沫，几乎要从杯子里溢出来。

"真能边吹边吸？"

保带着少年的认真劲注视着杯子。看着看着，他发现吹泡泡的时候，另一根吸管中的黄色液体并没有上升，便摇晃着身体，一副总算解开了疑惑的样子，忍不住笑道：

"你看！所以我才觉得奇怪啊，还一边吹一边吸呢……"

伸子也笑了。

"不过，你是一开始就发觉不对劲了？我当年可是傻乎乎照办了呢。"

"什么时候的事啊？"

"很久以前，一位洋人爷爷拿这招骗过我。"

送保坐上开往上野的车，伸子也在狮子像跟前上了电车。中午刚过，车厢里空空荡荡。伸子把包袱放在膝头，透过敞开的窗户眺望护城河畔的景色。西边的天空是那般透亮，洋溢着夏日的气息。厚重石墙的表面与颜色、草坪、郁郁葱葱的古松……景物倒映在宽阔而曲折的水面上，形成一种充满了日本风情的美。伸子还没走出片刻前的心境，表面开朗，内心却很郁闷。此时看到这样的景色，觉得很是舒畅。

伸子对面坐着一个女人。那是位三十七八岁的夫人，气质优雅，穿着雅致的深色衣服。从柔顺的头发到穿着木屐的脚尖，都给人以沉稳、直爽的印象。摆在膝盖旁边的洋伞也是黑色的。透过那身内敛的装束，便能看出得体的仪容和与生俱来的大度，让人一见倾心。夫人原本也看着窗外，此刻却缓缓回过头来。她似乎察觉到了伸子在看自己，十分自然地望了过来。视线不期而遇。她的眼神中，有种难以名状的明朗与温暖。略带棕色的眸子所散发的光芒，都教人倍感怀恋。

伸子不时看着这个女人。渐渐地，她生出了一种奇怪的心情。她能如实感觉到，那位夫人的心态很好。更诡异的是，她感觉自己只要走到她身边，把自己的手放在她丰满的手上，轻轻说一句：

"我跟你说呀，我……"

她就会立刻理解自己这些日子遭受的苦楚。然后，她就能奇迹般地打破那走投无路、无比悲凉的处境……

见伸子还在看自己，夫人也对她产生了格外的关注。含有褐色的眸子时不时带着纹丝不乱的明朗扫过她的额头与脸颊。毫不夸张地说，伸子觉得她在用视线抚摸自己。要不现在过去吧……要不现在过去吧……她的心在胸口怦怦直跳。她很清楚自己恐怕做不出这样的事情，却无法将注意力从夫人身上移开。俄罗斯的小说里，常有"男人在火车上突然逮住邻座的人诉说自己的身世"之类的桥段。看小说的时候，伸子还半信半疑。她心想，原来那些人的心情是如此悲哀，如此迫切。

到了自己该下车那站，伸子才松了一口气。走到人行道时，心绪的摇摆仍未停歇。她仰望停靠在站台的电车，似是在回顾自己的惊讶。但她只看到了穿着卡其色军服的背影，却没有见到那位夫人。

"你会给我写信吗？寄去动坂那边。"

"不好说……不知道有没有空……而且我的信读着肯定很无趣。"

两天后，佃出差去了。伸子则去了动坂。

七

话虽如此，佃还是给伸子来了几封信。大多是明信片，上面有他亲笔画的风景写生，以及关于当日天气的寥寥数语。他似乎期待着伸子的情绪能在他离开的这段时间有所改变。和每天与佃挤在一起大眼瞪小眼的时候相比，伸子的心态确实从容了几分。动坂的家中正值暑假，里里外外没几个人。多计代带着孩子们到乡下避暑去了。只有父亲和伸子留在东京。这也为她创造了喘息的机会。

一天早上，伸子来到很是通风的榻榻米走廊，将浴衣布料、装有海苔的罐子什么的塞进一个大篮子。书生要坐中午的火车回乡，这些东西就是为他准备的。佃寄来的明信片散落在一旁。今天早上的明信片来自奈良，上面画着眼睛特别大的鹿和鸟居。

> 昨日忙里偷闲，坐人力车在奈良转了一圈。春日神社的森林里很是凉爽，仿佛是另一个世界。好几头鹿向我走来，面容和善。如此温柔的动物，应该是不会脚疼的。

读到最后这句话时，伸子不禁苦笑。

和保去三越那天，伸子回家时发现左脚被木屐的带子磨破了。她一个外行瞎治了几天，情况却越来越糟。所以近几日，她每天都要往医院跑。想象一只鹿像她一样，细腿缠着绷带，慢悠悠地走来走去，倒真有些滑稽。然而，在打点行囊的间隙重看一遍明信片后，她便无法再单纯地觉得好笑了。"如此温柔的动物……"莫非他的言外之意是，自己不够温顺？伸子心想，这种感知事物的方式很符合他的一贯作风。在他眼里，温柔就和爱一样，好似不会磨损的固体。

伸子换了身衣服，准备去医院。正要上人力车时，女佣沿着走廊急急忙忙冲了过来。

"啊！小姐留步！有电话找您！"

"谁打来的？"

"对方姓柚木。"

伸子急忙赶去接听电话。用人口中的柚木，定是那位称得上伸子之师的老博士。在来动坂的前一天，她给柚木老师写了一封长信。在那封信里，她表示自己的身体近来已不堪重负，内心的煎熬几乎逼得她说起了胡话。她还吐露了对自由生活的向往。

电话来自柚木夫人。

"喂？是伸子小姐吗？外子托我带话给您，说他收到您的信了。"

面对柚木夫人，伸子有些尴尬。她生硬地道了谢。

"他本想尽快给您回复，奈何正好有事去了兴津，所以才由我冒昧打了这通电话。请问您明天还在那边吗？"

"对，最近都在这边。"

柚木夫人表示，如果伸子在家的话，柚木老师就亲自上门找她。伸子很是惭愧。她告诉柚木夫人，自己最近伤到了脚，出门不便，但她早晚会亲自上门拜访。

"但外子说他反正要去小石川的，也是顺路……"

那就有劳老师了——伸子挂了电话。

那天是星期一，医院里的人特别多。候诊室里热得让人坐不下去。走廊尽头有一扇窗户，可以俯瞰后院的气罐房和周围的空地。不时有提着外卖箱的年轻学徒经过，还有露出上臂，精力充沛的护士走出来。护士还穿着室内鞋，只见她轻轻一跃，跳过煤渣，消失在斜对面的另一栋楼门口。宽大的白衣下，红色拖鞋的鞋尖若隐若现，倒也有几分医院特有的美。伸子在窗口看了许久许久。终于，伸子认识的护士从候诊室的人群中走了出来，左手拿着一本账簿。

"让您久等了，请进。"

当班的医生胡子稀疏，对待病人总是一副懒洋洋的样子，所以伸子不太喜欢。

伸子打过招呼，他用鼻尖"嗯"了一声，食指轻轻一动，示意护士"解开绷带"。然后，他用指尖在患处按了一两下。

"和昨天一样。"

护士一下下把药膏拍在伸子脚上，就像在做石膏模具似的。与此同时，一个满脸绷带，只露出眼睛、鼻子和嘴巴的男人被叫进了旁边的治疗区，两个区域以白色的帘子隔开。

伸子面色阴沉。她打量着自己的脚尖，仿佛那是什么碍手碍脚的行李。在此期间，复杂的情绪依然萦绕在她心头。明天，柚木老师会来。他会来……从临走时挂断电话的那一刻起，伸子便只感觉到了沉甸甸的惶恐与感激，这着实困扰着她。

在给柚木老师的信中，伸子如实诉说了她与佃结婚后的不满与疑惑，那是她从未对别人提起过的。伸子猜想，也许是在心中积累多年的气势多多少少打动了老师。老师得知她走到了决定生死存亡的关键时刻，便决定明天就来找她，与她探讨怎样处理这场危机才最为妥当。此刻的自己正处于怎样的状态？伸子意识到

自己的思维很不活跃，深感惊愕。接到电话时，她非但没有抓住
这个机会鼓起勇气，意欲痛快而坦率地执行自己的计划，反而还
感觉到了自己在退缩，在怯懦。她很焦虑，唯恐老师的来访会彻
底改变当前的局面。她还放不下，不希望事态已走到无法回转的
地步。哪怕最后的结果是一样的，按她的脾气，她也定会在事后
痛苦不已，心想"都怪我听了老师的话"。理性分析一番，她便
愈发迷茫了。既然如此，我又为什么要给没有任何责任的柚木老
师写这样一封信呢？她边写边哭，忍不住诉说自己的苦楚与渴望。
当时的心情，也不是她装出来的。是那颗不断燃烧，熊熊燃烧，
灼热到无法忍受的心驱使她那么做的。话虽如此，此刻的她却是
难以抉择，忧心自己是不是失去了某种宝贵的东西，其实她明知
道那种东西压根就不存在。这种事到如今又开始迟疑的心理状态，
也不是假的。两边都是不可动摇的真心。

　　第二天早上，当老师如约来访时，伸子愈发胆怯，气自己一
时犯傻。她心想，要是自己干脆病得没法见人就好了。老师的声
音虽因年老而沙哑，却洋溢着活力。许是伸子一只脚裹着厚厚的
绷带，垂头丧气的模样显得格外凄惨，他恳切地询问了她的身体
状况。

　　"这病不好治啊。内人也得过类似的毛病，折腾了好久……
对了，那封信我已仔仔细细看过了……怎么说呢……佃先生去哪
儿了？……出远门了吗？"

　　伸子笨拙地给出必要的回答。

　　"哦，是吗……"

老师倚靠在安乐椅深处，一边思索，一边用右手轻抚已经白了的胡须。

"看到那封信，我是真的吃了一惊。令堂起初便很担心，也与我聊过许多，但我当时告诉她，既然身为女子，成一次家总归是有好处的……你跟父母说过那些想法吗？"

"……还没有。"

话音刚落，便有难以名状的尴尬向她袭来。在作答的那一刹那，她就意识到这个回答对老师来说颇为意外，而与此同时，这个问题在他心中也失去了最初的分量。如果她的懒惰态度让老师觉得自己的善意遭到了玩弄，那她就太过意不去了。她用道歉的口吻说道：

"此事真的与您无关，我也知道自己不该让您担心……"

"你与我客气作甚，我会尽自己所能帮助你的。"

他的语气显然轻松了几分，不同于刚见面时。

"那……也就是说，你还没有制订任何实际的计划，是吗？"

伸子窘迫得如坐针毡，只得老实交代。

"我想按信中所说的做。因为照现在这样，是肯定过不下去的。"

"但你也不打算就这样和他彻底分开，是吧？"

"……您觉得呢？"

"哎呀……"柚木老师朝伸子伸展原本弓着的背，"听你这么说，我就放心了。你在信里字字泣血，我心想你再聪明，到底是女人家，生怕你想不通，便多管闲事，过来瞧瞧……不过既然你还有余力思考斟酌，那就不会有大碍了。"

对伸子来说，这番话只会让她更加苦恼。她只觉得老师是委婉指出了她的优柔寡断，说她只会纠结，却没有勇气付诸实践。这让她倍感窝囊。柚木老师却似乎完全没察觉到伸子的心思似的，继续快活地说道：

"……你能下那样的决心，着实勇气可嘉，但你还年轻，一个女人要过上独立的生活并不容易。哪怕当事人行得正，坐得直，世人也难免要指指点点……此事尚需多加斟酌。所幸令尊令堂都是靠得住的人，我是很放心的。"

只要是有些阅历的人，都会这么告诉她。可她感觉到内心有一种声音在激烈抗议："我不想听老师这么说。"那她想听到什么呢？莫非她希望老师说，"佃那样的家伙，你就该立刻、马上抛弃他"？还是希望老师痛骂自己，"你这辈子都该当一个顺从、盲目的妻子"？到头来，让老师说出那番话的终究是自己的心。这一点她心知肚明，却依然渴望听到一句天启般的话语，一个将她的心境搅得天翻地覆的霹雳。

"这个问题很复杂，又是一辈子的事情，多斟酌斟酌总归是没坏处的。反正也不可能在一朝一夕定下来……如果有我帮得上忙的地方，请尽管联系，不必客气。我定会尽我所能。"

老师甩手披上罗纱褂子，坐上了人力车，认真地说道：

"请代我向令堂问好。"

伸子也毕恭毕敬地鞠躬回礼，顿时悲从中来。她感觉自己的拖延不决和优柔寡断糟蹋了老师的一片好心，也糟蹋了自己想要过上美好生活的殷切希望，一切已无法挽回。她也意识到，自己无法再因为这个问题麻烦老师了。

八

七月下旬，佃通知伸子，说他即将回到东京。这个夏天，伸子是在动坂度过的，所以妻子和孩子们不在家的那些夜晚，佐佐也不至于太过无聊。看到佃的明信片，得知他将在二十六日回来时，佐佐说道：

"……那我干脆去Ｋ待上十来天吧。你也得立刻回赤坂去。"

伸子坐在父亲脚边的矮凳上，用蒲扇把蚊香的烟雾扇到这边，又扇到那边，模棱两可地回答：

"嗯……非回去不可吗？"

"你还需要每天去医院吗？"

"脚已经不碍事了，几乎全好了。"

"那便好。那……你还有别的毛病吗？若是得了穷病，要我给你治吗？"

"才没有呢！"

父女俩齐声笑了。伸子忽然落寞地喃喃道：

"要不我跟您一起去吧……"

"去Ｋ？可我还不确定什么时候能动身。"

伸子实在不愿意回赤坂去。一想到每个房间的模样，还有在那些房间里不断重复的日常生活，她就喘不过气，甚至感觉自己又要回到被铁机器牢牢夹住的状态了。佃回来那天早上刚好是她去医院的时间，因此伸子决定不回赤坂。佃将途经信州，于十点多抵达上野。

"不如这样吧，反正铃木闲着没事，让他去车站迎接，再把人带过来好了。大家一起吃顿晚饭，接下来你们自己安排便好。"

伸子一如往常从医院回来，见玄关的脱鞋石上摆着一双黑色无带皮鞋，摆得整整齐齐。她产生了一种诡异的感觉，就好像这双亮晶晶的黑鞋有自己的人格一般。她感慨着将自己的草鞋脱在一旁。

"小姐回来啦——佃先生来了。"

伸子径直走向客厅。佃却不在那里，而是坐在餐厅的凸窗上。他脱了外套，也摘下了领子，只剩衬衫，正对着电风扇吹风。见伸子来了，他放下跷起的腿，说道：

"我回来了。"

那口气，就好像两人刚分别没多久似的。

"你的脚怎么样了？"

他的脖子被晒得黝黑，脸上浮现出一本正经、写满探究的表情。伸子同样一脸严肃，默默向丈夫伸出一只手。

"那边是不是很热？"

"嗯，大阪热得很。旅店倒是不错。"

伸子在他身边坐下。佃扭头细细打量伸子，低声问道：

"怎么样？"

伸子一听便知，他问的是自己的心态。情爱和对他的强烈排斥同时涌上心头。伸子困惑了，歪着脑袋，模棱两可地撇着嘴。

"……今晚一起回家吧。"

见伸子没有明确回答，佃将她搂在怀里，把脸贴过去，重复道：

"好不好？你会回家的吧？"

伸子无法立刻给出答案，只得假意高兴地握住他的手，把他拉了起来。

"你先去洗个澡吧……不然身上多不舒服呀。"

她拿出浴衣，送佃去了浴室。趁他洗澡的时候，伸子也换了衣服。佃回来了，还用刷子把头发梳得清清爽爽。两人在摆着一大盆鬼灯檠的客厅对面而坐，喝了些冰饮。伸子简单讲了讲他不在的这段时间发生的事情。但在此期间，一种意识不断折磨着她。她发现，自己对佃的态度变了。换作以前，要是佃出门整整二十天，她定会兴高采烈地迎接他的归来。她会欢喜地说个不停，缠着他不放，说到他嫌烦的地步。那种欢喜是单纯的，毫无杂质。哪怕看不到她的人，只要听到她的声音，就能看透她那颗因喜悦而忘乎所以的心。但此时此刻，伸子清楚地意识到，自己并没有变成那样，这让她分外难过。她的心似乎分裂了，无法以统一的状态运转。看到丈夫那张像是至亲之人，又像是陌生人的脸，她不知道自己是该放心受他的疼爱，还是应该恨他，难以抉择。伸子也察觉到，佃也有同样的感觉，状态不似平常。奇怪的是，如果伸子不看他，而是望着窗外的绿叶，谈话就能顺利进行下去。当两道目光交汇时，他们都能敏锐地感觉到，两颗充满疑惑、互相对峙、不肯妥协的心如闪电般炸裂，誓要一决胜负。在这样的时刻，话语显得格外空虚，教人尴尬。沉默自然而然多了起来。佃用叹息的口吻喃喃道：

"本以为我出一趟远门，你的心态就会有所改变……可一点用都没有。"

"你听我说，"伸子带着哭腔说道，"我也不愿意这样啊……真的好难受！……可是没办法啊……你自己知道吗？你知道你有多可爱，多可恶，多可恨吗？"

"可恨"二字说得咬牙切齿。泪水潸然落下。

三点多，去亲戚家过夜的祖母回来了。不久后，父亲也回来了。他们终于得救了。父亲向伸子挥了挥装有冰激凌的瓶子。

"瞧瞧！不错吧？我想借此表达对佃君的欢迎。"

佃起身向他打招呼。他继续和蔼可亲地说道：

"晚餐我本想安排在酒店的，但仔细一想，你这些天怕是一直都在吃西餐。今晚就盘腿吃顿家常便饭，放松放松，也许更合适些。"

用餐时，父亲和佃谈起了关西的各大城市。在儿子和孙女夫妇的簇拥下，祖母显得格外高兴。她忽然问佃：

"你去过御影吗？那是个好地方。我在那边有个熟人，去那儿住了足足五十天。他们家附近有一座温泉，里面还有梳头店呢，呃……叫什么来着……省三，你记得吗？"

"说起温泉……岳父，您知道这附近有什么好温泉可去吗？"

饭局快结束时，佃如此问道。

"最老套的就是箱根和伊豆了，"佐佐提了两三处奥羽地区[1]的温泉，"你要去吗？"

"嗯……近来我一直在考虑这件事……如果有穷书生也去得起的地方，便想去住上几日。"

在一旁听着的伸子本以为他们不过是在闲聊，听到这里却不禁集中注意力望向了佃。佃却专注于和父亲的对话，脸也是只对着他。

"我心想，反正也是刚回来，若是能去住个十多天，倒也不错。"

"哦！这是个好计划。对你的身体也有好处，一定要去。温泉是个好东西。"

父亲的口耳之学向来渊博，立刻论述了温泉天然疗法的价值。

伸子觉得意外，也疑惑佃为何不直接跟自己说。但她渐渐忘记了这些，越想越高兴。她素来热衷旅行。结婚前，她经常与丰姨结伴出游，尽管去的地方都不太远。她也去过一两座温泉。然而和佃一起生活后，由于他的职业和性情，她连三四天的小旅行都没去过一趟，除了夏天去佃的老家，而且那也不过是住进一个大家庭，换个不同的环境，重复与东京一样的生活罢了。

如果真要去温泉，那么对伸子来说，这就是第一次像样的旅行。在旅馆与他相守的生活，也让她的空想熠熠生辉。要是真

---

1 基本上就是如今的日本东北地区。

如父亲所说的那样，遍览群山，呼吸温泉的空气，在阳光明媚的清晨醒来，激活全身的细胞，哪怕他们爆发了小小的争吵，也能立刻忘得一干二净，那该是多么美妙的奇迹啊！那该是何等幸福啊！伸子又惊又喜地推测，佃肯定也是这样想的。她用敞开心扉的语气，对正在吃冰激凌的丈夫说道：

"此话当真？"

"你想去吗？"

"嗯，当然想去！"

"那就赶紧发封电报咨询一下吧，"佃用公事公办的口吻反问道，"不过……你已经可以出远门了吗？不用去医院了吗？"

伸子急忙打断他，生怕出行计划就此搁浅：

"当然没问题了。不过为了保险起见，我明天再去医院好好问问吧……肯定不碍事的，去吧！好不好，别改主意哦！"

九

在正面耸立的活火山身披浓郁的红黑色，劈开了清澄的空气。山巅的烟雾直入云霄，不摇不晃。烟草田，矮树林，然后又是烟草田。坡度越来越陡，青木原爽快的地平线景致向左右两边绵延数十里。伸子等人搭乘的车发出浑厚有力的轰鸣，一路攀爬疾驰，撕开了清晨五点那带着露水味的空气，以至于太阳虽已升起，伸子的脸颊和嘴唇却是凉飕飕的，似是僵住了。

他们过了一座桥。沿着两侧都是山崖的弯折陡坡爬到顶，前方便出现了一座古色古香的温泉小镇。坡道两侧，旅馆和纪念品商店鳞次栉比。路中间有一条沟，沟里冒着白色的热气，空中荡漾着温泉特有的香味。车擦着房檐开过，每家旅馆都热闹非凡，没有一个客人还睡着。浴衣被晾晒在敞开的阳台栏杆上，晨曦灌满了客房。刚到的游客将洋伞顶着下巴，目送他们的车驶过。纪念品商店门口摆着各种彩绘雕刻摆件，花花绿绿，做工粗糙。那也是充满活力与乡村气息的温泉小镇晨景。伸子心情颇好，并没有因为订不到客房而烦恼。那一年，小镇整个暑假都是游人如织。伸子他们抵达时，吉田屋店门口也有二十多个刚到的游客。两人在吉田屋掌柜家过了一夜。掌柜家位于吉田屋对面的一家纪念品店，一楼做生意，二楼在夏天专门用来接待住不上客房的客人。只见吉田屋的小学徒正提着食盒，搬运刷着朱漆的餐盘。伸子他们连二楼都住不进，被安排去了商店正后方的客厅。储物室的昏暗处，挂着粉色的兵儿带 [1]。到了夜里，一旦关上这间屋子的灯，店里的灯光便将茄子摆件的影子投在了拉门上。

好不容易腾出来的客房，原本也是小林区官邸的一部分。

"不过这样也挺好的，反而安静，算是山居吧……"

客房共有两间，一间八帖，一间六帖。他们睡在了八帖那间。六帖的房间虽然景致不错，但正下方的河堤处有条路，来往的浴客都能看到房间里的情况。八帖的房间正对着官邸的主屋，中间隔着一片狭长的空地，左边是长满大叶竹的山崖。上面铺有温泉

1　用整幅布捆成的软腰带，供小男孩使用。——译者注

水的管道，极具乡下温泉乡的特色。竹林中，被山里的空气打湿的龙胆花正在绽放……

带有高原色彩的绿树沙沙作响，空气是何等轻快。坐车过来的一路上，伸子品味到了近乎官能的解放。大自然中似乎有特别多能为人注入活力的元素。伸子自然地感觉到了一种强烈的渴望，希望自己能重新振作起来。她仿佛在仔细测算自己的快活指数增加了多少。渐渐地，渐渐地，当这股活力溢出来的时候，横亘在丈夫和自己之间的尘埃兴许就能一扫而空了……多一点……再多一点……

"别一脸无聊的样子，玩玩这个吧！"

当她如此说道，掏出扑克牌给佃看的时候。

"你看！好奇特的花！"

或是当她如此呼唤佃的时候，往往都是她预料到内心的快活计量表将要下降的时候。可即便来了温泉，佃依然和在家时一样，不愿意接受伸子的邀请。他一边修剪指甲，一边答非所问。

"到头来，今年夏天还是什么都没干成啊……"

他会如此嘟囔。

"你本来有什么计划吗？"

"只有暑假是属于自己的时间，我当然有很多想做的事情。"

散步前往瞭望台，只见射击场前有一群年轻人在欢闹。一对夫妇在天然石砌成的凉台，望着在眼前的广场你追我赶的孩子们眉开眼笑。人们纷纷从伸子他们身边经过，走上草坪中的小径，去往远处的游乐园。每个人似乎都很轻松，似乎都在尽情享受着大自然的浩瀚和渺小人类的喧嚣。当伸子和那些人走在一起时，她也不由得感觉到，自己的心变得激动起来，只想单纯地欢喜，再欢喜。事实上，她的心情也曾好到去射击场打几发软木子弹的地步，奈何好景不长。

当她回房与丈夫独处时，凝重的感觉便会压在心头。在人群中还好熬些。哪怕窗外阳光明媚，一想到两人此刻心意不通，她便能立刻感觉到彼此之间的隔阂，生出无限的落寞与哀伤。每逢这样的时刻，都会有一种说不出的焦躁折磨着她。她欢闹过，也对佃说了些埋怨的话。

一天早上，伸子从浴场回来，见佃正站在外廊和院子里的用人说话。

"那就是能当日往返了？"

"对，可以慢慢走，稍早些出门便是了。"

"从这里出发的话，该怎么去呢……是不是要从杀生石旁边上去？"

"是的，那里有一小段陡坡，但很快就能走到主路了。人多得很，只要走到了那儿，自然而然就能上到山顶了。"

"你要去哪里呀？"

"难得来了，便想上那须瞧瞧。"

用早餐时，佃对伸子说道：

"你肯定爬不动的……在山下等我可好？"

"嗯，等着也行……"一想到要独自枯守一天，伸子就不太乐意了，"有多少里啊？……要是爬得动的话，我也想去。"

"说是来回三里，但一路都不带停的……你行不行啊……"

"那我去吧，总比一个人待在这里强。"

佃似乎不乐意伸子跟去，伸子却吩咐前来撤碗筷的用人准备草鞋与绑绳。

刚起床的时候还有些雾霾，但八点过后，天气便大好了。从树林间的山路通向主路的登山道畅通无阻。携家带口的游客在大叶竹间穿行。不仅如此，两间半宽的路上还靠边铺有矿车的轨道。

"哇，一直通到山上，不知运的是什么呀。"

一个男人穿着中齿木屐[1]，带着个十五岁左右的男孩，走在伸子他们身边。听到伸子如此感叹，他说道：

"开出这条路不容易啊。平时就用这矿车把硫黄运到山脚下的工厂——听说能赚不少钱呢。"

爬得越高，高大的树木便越少。阳光愈发灼人了，伸子打起了洋伞。在竹林茂密的半山腰，在闪闪发光的碧蓝夏空下，洋伞的那一点红该有多么亮眼动人啊。幼稚的好奇心令伸子兴奋起来。周围的景色也比坐车去温泉小镇的路上看到的壮丽得多。披着竹林的山脉平缓曲折，犹如阵阵波涛，没有任何东西遮挡视野。在遥远的下方，还有被八月的热气烤得朦朦胧胧，晕成了珍珠色，还带着些水蓝色的地平线。由于山路的角度，伸子看不到前面的行人，只能时不时听到他们的声音。那些人声反而衬托出了山路

---

1 齿子较短的木屐，用于晴天。——译者注

那明亮的寂静有多么深邃。

他们在山脚下的温泉用了午餐。温泉名叫"大丸"。露天温泉汇成溪流，滔滔不止。许多男女在岩石间的浴池裸浴。好一幕如诗如画的光景。

再往上走，周围的风景就完全变了，火山道映入眼帘。到处都能看到被晒得雪白、拦腰断裂的骨状枯树挺立于竹林中。在路边的小块平地上搭有硫黄矿工的窝棚，一派矿山景象。伸子离开大丸时，有位带着女儿的热心绅士送了一根手杖给她。她便撑着手杖，吃力地攀爬着。爬了许久，终于看到了山顶。登顶前，还有一段陡坡。伸子大汗淋漓，在坡道前停了下来。

"让我休息一下！"

佃在爬到大丸之前就已经脱下了外套。即便如此，他也是汗流浃背。

"一路上都没有阴凉的地方，太累人了。哦，有凉风吹来了！"

伸子享受着微风，却也渐渐忧心起了喷发的响声。运载硫黄的矿车似乎也会在山顶附近转为下行，绕去山腰的另一侧。登山道上下都不见人影。唯有一条窄窄的小路蜿蜒经过堆有烧土的地方，消失在三斗小屋的方向，好不寂寥。下方是悠远的山峦，沐浴着下午两点的安详阳光。连小石子滚动的声响都听不到，唯有火山口的阵阵轰鸣传入耳中，好似有人在吹巨大的风箱。轰鸣既没有变强，也没有变弱，慢吞吞地响着，时而突然停止，让伸子生出整座山都要爆炸的恐惧。

"我们走吧？"

"嗯。"

路途的陡峭，自然的威慑。两人一言不发，一鼓作气爬到坡顶。

"总算到顶了！亏你能坚持下来。我本做好了中途折返的思想准备。"

"都上到一半了，当然要想办法爬到顶。"

喷火口位于山顶的横洞处。灼热的硫黄从洞口流淌而出，化作熊熊燃烧的岩浆。焰色周围的部分冷却凝固，好似无比鲜亮的黄色钟乳石。无边无际的仲夏蓝天与那硫黄的颜色形成了令人震撼的对比。在长而荒凉的山坡上，数十名采硫工人正在辛勤劳作，似是被某种焦虑捂住了嘴。

不一会儿，两人便回到了山岭处的歇脚茶屋。路上耗费的时间还不及去程的一半。

"哎呀，关门了，我还想坐一会儿呢。"

"定是因为天气变坏了。罢了，直接回去吧。"

雾气渐浓。回头望去，刚下的山顶都看不见了。

"下面在下雨吗？"

"不知道……刮着风呢，应该不要紧吧。"

两人借着下坡的势头，统一步调，快步下山。走着走着，便觉有水滴落在脸上。

"……下起来了。"

"是骤雨吧。"

一滴，一滴，又一滴。雨滴渐密。伸子撑开红伞。

高山上下雨，哪怕海拔只差了一町左右，雨量也是天差地别。下到半山腰时，四周已是瓢泼大雨。红土路变得泥泞不堪。雷声隆隆，闪电划过伫立在竹林中，宛若幽灵的白色枯木。伸子大惊失色。

"这样走得更快。"

佃让伸子挽住自己的胳膊。

"快到大丸了，我们进去避避雨吧。"

伸子的红色洋伞根本不顶用。薄绢衣裳早已湿透了。泡过水的草鞋变得又沉又软，每踩一步都是"啪嗒、啪嗒"的响声，脚下泥浆飞溅。

"看这架势是不会停了……到处都是乌云，连个口子都没有……说真的，绕去大丸避一避吧！"

"……"

佃加快了脚步。伸子小跑着跟上他的步调，再次说道：

"我实在受不了打雷……你不想去大丸吗？"

"不碍事的，雷远得很。"

"……可我真的想稍微休息一下，身子不太舒服。"

两人走到通往大丸的树林旁边。伸子拽着佃的胳膊，停下脚步。

"你实在不乐意去吗？"

"直接回去吧，好不好？现在休息也无济于事。"

"因为人多？"

佃模棱两可地哼了一声。

"总之……走吧。"

都淋成落汤鸡了，为什么就不能去大丸避一避？伸子无法理解丈夫的心思。而且他连理由也不肯说，硬逼着自己走，这更令伸子窝火。身上又不是没钱……

过了大丸，等待着他们的是更为猛烈的雷雨。白茫茫一片，前面什么也看不见。风雨交加，满山的竹子都被砸弯了腰。洋伞像降落伞似的接住了风，几乎要将伸子整个人吊起来。走到一处拐角，伸子的脚被石头绊住了。在惯性的作用下，她猛地栽倒，双膝着地。她挽着的佃也随之失去了平衡。为了站稳，他单脚顶着伸子的背，从她身上跳了过去，堪堪幸免于难。

伸子就这样走了一里半的山路，全身湿透。

山里的秋天来得格外早。从那天起，带着夏末气息的暴雨频频降临。

"嗨！真吃不消！"穿着雨衣的掌柜冲了进来，"……这般糟糕的天气真是近年罕有，愁坏我们这些掌柜喽。"

楼下的河也涨水了，滔滔水声不绝于耳。过了中午，便能听见人们冒着大雨来来往往。透过外廊挡雨窗的缝隙望出去，只见穿着蓑衣的壮工正忙着搬开顺着急流而下的石块。

被漆黑的大雨笼罩，对伸子而言倒也别有一番风味。雨点溅在大叶竹上的声响从一层挡雨窗相隔的屋后山崖传来。水量增加的温泉伴着"咕嘟咕嘟"的声音流过水管。下雨时，空气中的温泉香也比平时浓了几分。儿时的伸子曾踩着垫脚台，透过双层格子拉窗热切地打量夏日的暴风雨。此情此景，勾起了种种教人怀念的回忆。

每逢那样的日子，佃便会慵懒地掏出钱包，坐在书桌前算算账，或者睡个午觉。伸子催丈夫道：

"我们玩点什么吧？难得出来放松放松，那肯定是多找些乐子为好。"

听到这话，佃投来责备的眼神，反问道：

"……你来这里只是为了玩？"

视线在不经意间相遇。伸子感觉到了某种模模糊糊，似是恐惧的东西。

"你怎么这么问？……我们不是来玩的吗？"

"我是觉得，泡泡温泉对你的脚有好处，所以才决定来的。"

伸子顿感孤独，就好像他们之间那飘摇的烛火被人一口气吹灭了。

"所以前些天也不让我绕去大丸歇歇？"

佃却沉默不语，没有回答。

感情上的不合，直到启程离开时都没有消散。在温泉小镇待了七天之后，他们便"不欢而散"了。佃回了东京，伸子则去了K。

火车徐徐开动。透过窗口，能看见佃裹着黑色制服的肩膀。伸子搭乘的火车也动了。两辆车的方向正相反——伸子觉得，自己似乎正朝着某个再也回不去的地方迈出了一步。

第六章

一

伸子躺在宽敞的蚊帐里，有一句没一句地与母亲说话。乡下的夏夜，分外凉爽。

"所以才说夫妻不好做啊……"多计代慢悠悠地说着，声音带着回响，似是从高高的天花板传来，"性子差太多也不行，可双方都争强好胜，那肯定也是过不下去的。旁人一看便知，你就喜欢找比自己软弱的、有点自卑的人。"

伸子仰卧着，睁着眼睛，相握的双手垫在头下。

"……是吗……我觉得自己很软弱啊。好比我跟佃的事情吧，要是我的脸皮再厚些，再沉得住气些，把他牢牢握在手里，就不会是现在的状况了……他是个骨子里很犟的人……有些我招架不住的地方。"

"那是自然，他毕竟在社会上摸爬滚打了这些年……很清楚该怎么操纵你。"

"我没法一边维持无谓的表面太平，一边趁机壮大自己。不是诚心相待的关系，我就接受不了。话虽如此，我又没有一刀两断的勇气……这算哪门子的争强好胜啊。"

"这种事真是因人而异啊，"多计代骤然加强语气，"换成是我，早就咬牙断了。被一个不是真心爱着自己的人牵着鼻子走，光是想象我都受不了。"

伸子不相信佃对她没有丝毫的爱。他是关心她的——一个寻常男人对妻子该有的关心，他至少还是有的。伸子对此心知肚明，这份人情却无法令她满足，所以她才会悲伤，才会苦恼。

"可……我自己的感情要怎么办？知道对方不是真心爱着自己，心中的爱意就会突然消失了吗？正因为自己的感情不可能说没就没，人才会揪心苦恼不是吗？换句话说，每个人都不会因为对方的爱而痛苦，自己心中的爱往往更教人难受。"

"那你……还爱佃吗？"

穿堂风一般的落寞划过伸子的心房。母亲简简单单的一句问话中，暗藏着天下每一个结了婚，却因婚姻破裂回到娘家的女儿都会经历的忧愁之源。

过了一会儿，伸子说道：

"我总觉得，寻常的婚姻难以维系，绝不意味着剩下的好感与爱情也非得统统扼杀不可。又何必因为其他夫妇都是那样过来的，就去效仿他们呢？一起也好，拆伙也罢，各有各的过法不也很好吗？"

"佃那人哪里懂得这些……他打从一开始就……目的本就不同。"

"哪怕他真的另有所图也无妨。如果和我一起生活能给他带去什么好处，那我也很乐意。只要他不说分开住就会怎样怎样的丧气话就好。没有什么比自暴自弃更让我讨厌的了，一想到我会让这世上多出一个那般糟糕的人，我就不寒而栗，丧失所有的勇气。"

"……"

黑暗中传来多计代起身的微弱声响。伸子扭头望向母亲道：

"怎么了？"

"哦，我感觉这天好像过于凉快了些，想找床羽毛被盖一盖……你呢？需要换吗？"

伸子拍了拍胸口。她正盖着麻布做的薄被。

"不用。"

"乡下的冷热竟和城里差这么多……"

多计代到底上了年纪，絮絮叨叨。听声响，她似是又躺了下来。可片刻后，她像是突然想起了什么，朗声说道：

"不过无论如何，你都没什么好担心的。"

"担心什么？"

"他说的那些话啊。"

"此话怎讲？"

"你不也清楚得很吗？他才不是会寻死觅活的人呢，又不是愣头青。"

"……我可不敢掉以轻心。"

"那你便等着瞧！"多计代的语气中带着快活与挑衅，"他要真是那种人，我倒要对他刮目相看了，到时候我一定诚心诚意地为自己的有眼无珠道歉。"

伸子心里不痛快，沉默不语。只怪自己太肤浅，母亲才说了几句就当真了，一不留神便说多了。如此讨论一个人的生死，未免也太可怕了。伸子把薄被拉到下巴下面，翻了个身。多计代许是以为伸子犯困了，含着哈欠喃喃道：

"也差不多该睡了。大概是这里空气好，来了以后啊，连怎么失眠都忘得一干二净了。"

"……"

"那……晚安。"

"晚安。"

不到十分钟，便传来了母亲安宁而均匀的呼吸。好不容易能与伸子同住几日，多计代似乎甚是满足。她也不管伸子来时抱着怎样的心态。四周洪水般的黑暗与始于方才的苦涩心情，仿佛都在那呼吸声的指引下时而靠近，时而后退。伸子悄悄离开床铺。蚊帐的下摆落在凉凉的藤编地垫上，发出凝重的声响。

来到走廊，磷光般的月色落在一面面紧闭的拉门上。伸子把脸贴上镶嵌于挡雨板的玻璃窗，向外看去。整座院子都沐浴着月光。光波粼粼，仿佛在院子里走两步，都会有熠熠生辉的液体缠上头发。圆润的杜鹃花和丝柏拖着鲜明的黑影，寂静无声。一草一木都如梦似幻，一如活物。在这样的月夜，人类的灵魂似乎也很容易飘到远方。在几百里开外的地方，他的妻子和妻子的母亲进行了那样的对话。如果佃的灵魂在今夜觉察到了对话的回响，他又会做何感想？

伸子心中窝火，用力擦了几下月光满溢的玻璃面，仿佛是在急忙搅乱那灵魂的波动，不让它透过挡雨板，飘向浸透了月光的夜空。

二

十月，伸子回到东京。沿路的风景已是一片秋色，和一个半月前她与佃走同一条路线北上前往那须时截然不同。

当列车驶入上野的车站时，伸子早早地打开窗户，查看站台的情况，以便叫红帽子来搬行李。站台的另一边停着即将出发的火车。送行的，装货的，人头攒动。还有几个来接人的，注视着每一趟即将停下的列车，伫立在人群中。伸子似乎在其中发现了一张意料之外的侧脸。那人长得和佃一模一样，穿着外套，戴着圆顶礼帽，像是在等人。伸子在信里跟佃提过火车到站的时间。眼前的这一幕点燃了她的情绪，令她顿感全身发热。他来了吗？是他吗？没想到他会来！伸子从窗口使劲探出身子。她对着那张似是佃的侧脸挥了挥手，想引起他的注意。谁知该注意的人没看到，红帽子却飞快地跑到了由于惯性仍在滑行的火车的窗前。

"几件行李？就这一件？"

那个人影离得太远，喊话也听不到。伸子生怕他不见了，一边盯着那边，一边把行李箱递给红帽子。

"几号？"

"二十八号。"

伸子快步走到那人所在的柱子跟前。莫非真是丈夫来接她了？刚生出这个念头，伸子便一阵心悸，双唇都无法紧紧合拢了。她急不可耐地打断红帽子的感谢之词，径直走到离他不过三尺多的地方，再一次细细打量他的脸。那一刻，某种诡异的、半哭半笑的皱纹爬上她的嘴角。她立刻拐去了侧面。

他不是佃。

伸子缓缓走过水泥地，来到检票口，心中很是感慨。归来时能有人如此迎接，那是何等的幸福啊。细细想来，幻想丈夫会来车站迎接本就是个错误。无论伸子从东京出发去往何处，无论她从何处回到东京，他都从没有来车站接送过。更何况，他也没有要求过自己张开双臂热烈欢迎他的归来。去年初夏，她也是如此从乡下归来。但伸子非常清楚，自己的心境已和当时截然不同。此次归来，伸子心中所想的并非"如何重建他们的关系"，而是"该如何让这段关系回归最合理的状态"。她愈发恐惧这段婚姻的命运了，尤其忧虑佃的想法。哪怕他们已经到了无法挽回的地步，夫妻的纽带中仍有她对丈夫的爱意。她绝不会让别人替自己处理这段关系。真要断绝这层关系，那也得用他们的意志和事后无悔的必然来断。这就是伸子的真情实感。三合土上洒了水，晒不到太阳。稀稀拉拉的行人绕过搬运小件行李的手推车，三五成群。伸子明知道佃是不可能来的，然而当人力车的车把抬起时，她还是再一次寻觅起来。那个侧脸酷似佃的男人早已不见踪影。

伸子回来后不久便放了两天的假。

那是一个秋高气爽的晴天。伸子拿了个坐垫放在外廊。只见在石头洗手盆旁边，前一户租客留下的玫瑰开出了两朵三文鱼色的小花。玫瑰后方有老旧的竹篱笆，再后面便是邻居家的高耸板墙。板墙本来是黑色的，但经过多年的风吹雨打，黑色褪成了模糊的淡墨色，上面长着细密的青霉，似是撒了蛾子翅膀上的粉末。在这般背景色的衬托下，两朵略带黄色的玫瑰显得格外鲜艳。纤细的枝条上带着浓胭脂色的线条，富有光泽。叶片的颜色已然受到了夜雾的侵蚀。没有比这更适合荒凉黑板墙的装饰品了。而对秋日的玫瑰来说，似乎也没有比这一幕更和谐美好的环境了。

伸子欣喜地品味着院中一角的诗情画意。为什么世间的美女没有把这样的图案印在衣角，穿在身上？这种浑然一体的大自然之美虽不刻意，却教人过目不忘。只有运用这样的美，才能打造出动人的服饰，不是吗？

就在这时，面朝另一侧，在松树下扫地的佃回头望向伸子。

"怎么样？有趣吗？"

"这……"伸子把视线从玫瑰上移开，举起单手拿了好一会儿的书本，"是一个冒险故事……开篇的风格很像春浪[1]。"

"但这本书的作者是很久以前的人吧……"

"是挺久的……"伸子翻回前言看了看，"说是四世纪的。"

"哦……"

佃终结了这个话题。院子总共十坪[2]多，只见他站在踏脚石的正中央，左顾右盼。看着看着，他便发现了什么东西，带着不

1　押川春浪，小说家。——译者注

2　1坪≈3.3平方米。

悦的表情走去了洗手盆旁边。

"真拿她没办法……又踩出了这么多脚印。"

他抬起穿着旧拖鞋的一只脚，对准某处踩了好几下。

"阿丰！阿丰！"

用人阿丰从栅栏门后探出头来。

"您叫我？"

"你今天早上是不是穿着木屐踩过这里？"

"这……"

阿丰斜眼瞧了瞧身在外廊的伸子，很是困窘地垂眼望向佃踩着的地方。

"别乱踩，害得我还得费劲打扫。"

"知道了。"

"把花剪拿来。"

接过剪子的时候，佃又强调了一遍脚印的事情。一旁的伸子感觉到了某种诡异的尴尬。就好像闹得不愉快的明明是他们夫妇，却害得用人也遭了连累。

松树上有些小枝条已经折断枯萎了，却仍挂在树上。佃用花剪将其剪断，然后走到玫瑰跟前。他钻到八角金盘下面，从侧面修剪起了未能绽开便已枯萎的花蕾。伸子默默看着。佃剪个不停，他手中的剪刀甚至伸向了从刚才开始牢牢吸引住伸子视线的那两朵半开的玫瑰花。

"啊，别剪那两朵好吗？多好看啊。"

"哪怕放着不管，也开不了多久。还是剪了为好。"

"可要是剪了，整座院子的景致都会变的⋯⋯留着也无妨吧？"

佃没有松开手中的枝条，说道：

"我只是觉得，要是让花开太久，枝干就会受损，所以才想剪掉。"

伸子觉得说出口未免显得装腔作势，所以无法跟他解释那两朵略带黄色的三文鱼色玫瑰在那种背景的衬托下是多么风情万种。

"真的，让它们开着就挺好的！"

"那我就不剪了⋯⋯do as you please."

他带着怄气的表情，再次钻到八角金盘下面。出来时，他嘟囔道：

"⋯⋯这样的花算什么！在它开得更漂亮的时候，却连个看的人都没有。"

三十天前，这棵玫瑰树浑身上下开满了花。当时伸子还在乡下，每晚听着震耳欲聋的虫鸣，望着院子里日渐枯黄的草坪。那段日子的心情，以及此刻两人在沐浴着透明秋阳的院子里为了剪不剪玫瑰争执不休的心态⋯⋯本该激烈相爱的两颗心，却失去了联系，唯有在无法割断的负面力量的牵扯下来回拉拽对方。这种状态令伸子倍感忧愁。如果多年以后，今日的琐碎一幕在某个阳光明媚的秋日偶然从她的记忆深处浮现，像这样坐在外廊上的自己、身在院中的佃以及那两朵美丽的玫瑰，又会对她诉说些什么呢？

第二天黎明时分，伸子透过玻璃门望向院子。被露水打湿的玫瑰依旧垂头绽放，与昨天一样鲜艳。那无心的新鲜和纯净，竟让伸子觉得心头一阵莫名刺痛。她挪开视线，走了过去。

三

晚上八点。斯米尔诺夫正在朗读哈菲兹[1]的一首诗。佃随之跟读，一小节一停，注意着抑扬顿挫——两个男人的声音很是单调，多有喉音。听着听着，只觉得周围的空气仿佛都变得沉重了。

斯米尔诺夫低声说了些什么，佃急切地连连回答：

"Yes, yes."

一切的一切，都是那样烦人。伸子开始在房间里走来走去。

才回来没几日，伸子便陷入了某种缺乏激情的自我厌恶。

这次回来之后，伸子意识到丈夫已经不能再把她当寻常的女人看了。他不知道该如何与她相处，抓不住重点，也不知道是该害怕她还是该可怜她。总之他似乎已经打定了主意，多一事不如少一事，不招惹便不会惹来是非。他没有问起伸子在乡下时过得怎样，对自己在那段日子的生活，他也是只字不提。

"只要你肯回来，我随时都是 welcome home 的，baby。"

然而，他们无法像真正的婴儿那样纯真无垢。伸子是女人，也是他的妻子。他们之间的夫妇关系也已不再自然。缺乏家庭主

---

1 沙姆思·奥丁·穆罕默德·哈菲兹，十四世纪波斯抒情诗人。——译者注

义的希望，也没有原始欲望的燃烧所带来的纯粹力量。佃总有种施恩于人的感觉，哪怕是在做那种行为的时候，伸子都能感觉到某种弦外之音，"我是为了你才做的"。这让伸子痛苦不已，也倍感屈辱。每逢那样的时刻，自己心中那年轻活泼、兀自满溢的渴望被爱抚的欲望都会变得无比可恨、充满懊悔与悲伤。她恨丈夫让她对再也回不去的青春都产生了不合理的羞耻感，恨得落了泪。他们的关系很不好，他们的关系是错的——伸子只能这么想。也许两个人分开来单独看，都算不上十恶不赦的大恶人，也没有多残忍，可一旦被置于某种关系之下，他们就会变得面目全非——她自己也很清楚，首先应该纠正的正是这一点。

当初决定从乡下回来时，伸子还以为自己心里是有佃的。她以为自己这次回来是出于某种积极向上的动机，比如为了找到最好的解决方案，不想白白毁掉自己的生活。然而回来之后，她又迟迟无法决断，犹豫的时间之久早已超出了行事谨慎的范畴。回顾每日浑浑噩噩的自己，伸子便不由得来回踱步起来。

佃显然拿出了他特有的耐心和狡猾，试图在形式上打造出"过去的事情就让它过去"的状态。可以这样过下去的话，那也不错——这就是他的想法。而伸子也渐渐意识到，自己似乎在不知不觉中利用了这一点。到头来，她还是在攻击他的同时，把勇气不足的自己托付给了他，不是吗？

寻常女子也许能通过结交新的恋人改变自己的境遇，可即便如此，她们仍然是"某个男人的妻子"，在这方面仍然重复着以前的状态，不过是从一个男人换成了另一个男人罢了。伸子对这样的生活方式抱有疑问。她并不是因为拿佃和别人比较才产生了"受不了当下的婚姻生活"的念头。让她难以接受的，其实是双方的性格所带来的种种摩擦，以及某些可以被称为"婚姻生活惯例"的东西，好比在寻常男女之间通用的、对生活内容的感知方式和活用方式。佃是伸子的第一任丈夫，而且他十有八九会成为伸子的最后一任丈夫。除非伸子脱胎换骨，或者寻常人的性生活常识在某方面出现某种变化，好让她不再勉强。换句话说，站在伸子的角度看，她与佃的这段婚姻之所以难以维系，并不仅仅是因为对方是佃。说得再复杂些，伸子发现自己和佃这个男人合不来，也适应不了他引入婚姻生活的种种，好比令她无法忍受的中流精神与情感层面的淡漠、空洞的伪善、只盼着最后能换来一张恩给证[1]的工作态度……正因为如此，伸子也对佃抱有不含任何杂质的惋惜。因为在这个世界上，不是只有他一个人想过那样的生活，也不是只有他一个人从不讲究那样的生活是好是坏。她曾坚信他身上也有自己渴望的东西，把满腔的激情绑在了他身上，也甘愿为此道歉。但作为一个人，伸子问心无愧，她也有牢靠的精神支柱，足以支撑她执行自己的主张。

那她为什么还犹犹豫豫的呢？是因为爱情吗？还是因为他们作为夫妻生活了几年，早已习惯？莫非是因为人天生可悲，天生愚钝，哪怕彼此之间还留有一丝细若稻草的好感，也无法将其留作最后的纪念，与对方分享后各走各的路？如果不在心理层面

1　恩给是曾在日本实行的一种养老制度。工作一定年限的公务员在退休或死亡后，国家会发放给本人或其家属补贴。——译者注

施加暴力——比如，如果没有另一个男人出现，把她从佃的身边夺走，她就无法靠自己处理好吗？

细细探究内心深处，伸子并不认为自己对自食其力的未来没有一丝的畏缩。她也不认为佃会注意不到她这处微妙的弱点。任伸子如何激昂，佃心中都是不屑的。他一边想着"到时候走着瞧"，一边把"宝贝"挂在嘴边，宠着她。伸子耸耸肩，似是在保护自己不受某种难以忍受的东西侵扰。

忽然，她听见了勺子与茶碟碰撞的刺耳响声。不知不觉中，对面房间里的朗读声已经停止了。端茶送水的脚步声传来——已经念完了吗？伸子顿时就不想再待在这间屋子里了，浑身都不自在。跟丈夫说话，都让她痛苦不堪。她真想尽快钻进某个黑暗、无人的角落，闷头睡到天翻地覆……推拉门开了，嘎吱作响。有人走进了铺着木板的房间。伸子下意识地望向房间外头的窄廊。"好想躲起来！"这个念头让她的心脏像野兽一样狂跳。然而，这种冲动是伸子自己都始料未及的。为什么？她还没来得及动，推拉门就开了。伸子转向刚走进来的佃，脸上仍是为自己而惊愕的神情。

见伸子抓着椅背杆在屋子里，佃面露疑惑。他手里拿着一个浅浅的盒子。伸子用嗓子发干的声音主动问道：

"什么事啊？"

"斯米尔诺夫先生送了这个……"

佃上上下下打量着伸子，似是嗅到了某种异常的空气。

"来我们这边坐坐吗？"

伸子依然抓着椅背，从侧面坐上那张椅子。

"我今晚不太对头……还是不去了。替我带个好。"

他把盒子放在伸子膝头便走了。那是一盒波斯枣蜜饯。

四

十二月的某天晚上。

伸子坐在用人的房间里。

在离她三尺多远的地方，阿丰正勤勤恳恳地缠着毛线。她面色红润，胸部丰满，好似雷诺阿笔下的乡下姑娘。墙上贴着报纸副刊上的美人画，窗口晾着用挥发油洗过的红领子。伸子的手也忙个不停，很是痛快。小时候，她时常坐在母亲面前，帮着缠线。她想起了当年那个装有小町线[1]的盒子，里头摆满了绕得整整齐齐的、五颜六色的无芯线团。盒子放在樟木小柜里。每次拉开抽屉，都有樟木的香味扑鼻而来。当年母亲是多大年纪？她的心境似乎很是祥和。

"阿丰，你平时都是怎么弄的？一个人也行吗？"

"若是普通的线，拉紧些、缠牢些也不碍事，一个人也弄得了。"

阿丰误以为伸子是腻了，猛地加快速度。

"慢慢来，没事的，我也觉得很有意思。以后有需要我帮忙

---

1 双股丝光棉线。——译者注

的地方也尽管说。"

"多谢您……"

阿丰微微露出某种表情。伸子察觉到了，用笑容蒙混过去。

"不过像我这般成天不着家的人，怕是也指望不上吧。"

四盎司[1]重的毛线缠在伸子的手腕上，形成五六个细细的线圈。就在这时，佃的呼唤从房间传来。阿丰急忙低下头膝行而来，接过伸子手上的毛线。

佃坐在书桌前。

"什么事？"

"……有话跟你说。"

"怎么了？"

伸子站在书桌旁边看着丈夫。佃脚上裹着毯子，坐在椅子上向后仰，注视着伸子。只见他眉头紧锁，额头上挤出一道道皱纹，悲痛的眼神锁定伸子不放，还握住了她垂着的手。他的那种表情让伸子莫名不自在。

"到底有什么事啊？"

"今晚要跟你说一件正经事。"

伸子收回佃握着的手。

"那你稍等一下。"

伸子去隔壁房间搬椅子。她边走边琢磨，心中既有期待，又有难以预知带来的焦虑。他到底要说什么呢？

---

1 1 盎司 ≈28.35 克。

"你往那边挪些……嗯，多谢。"

伸子把椅子放在了他的斜对面。

佃捧着胳膊沉默了好一会儿，才从一旁掏出一张对折过两次的怀纸[1]，递给伸子。

"我知道你不乐意看这种东西，但还是得请你看一看……这是昨晚弄出来的。"

伸子打开那张纸一看，便吓得毛骨悚然。她把纸扣下，再拿起来细细打量。纸片上分明有一片暗桃色的血迹，好似用一大朵花瓣破了的牵牛花做的压花。

"这是什么时候的事？昨天晚上？"

"泡过澡以后……近来我时常莫名呛到，本想用纸擦擦口水，结果却擦出了这种东西。"

"今天呢？"

"一切如常。"

伸子把纸放回桌上。

"这就怪了……总之得先静养……为什么当时不跟我说啊？最好喝些盐水，要是当场就喝……"

佃再次握住伸子的手。

"这些年，我把自己逼得太紧了，早就料到这副身子撑不了多久。本以为回了日本总能好些，能坚持到今日实属不易……我知道你过得很痛苦，只求你在我还有一口气的时候与我一起生活，

---

1 在茶会时用于擦杯口或放点心的白纸，平时亦可用作纸巾。——译者注

反正横竖也没几年了，所以才跟你说了那么多……但事已至此，我已无权再阻止你了……你尽管过自由的日子去吧。我绝不会再阻拦你了。"

眼前的景象多多少少打动了伸子。但佃的那番话听起来着实伤感得过分。正思考时，他把伸子拽向自己，恳切道：

"你真的不必有所顾忌。事情发展到这一步，哪怕你没有主动提，我也不会强留你在自己身边的……"

伸子还是沉默不语。佃盯着她看了许久，终于叹了口气，靠在了椅背上。

"……唉。"

他摇了摇头，一副不胜感慨的样子。

"终于还是走到了这一步……"

佃的说辞似乎没能说服伸子。她的思路很清楚，生病归生病，那是另一码事。他病了，所以伸子可以离开——伸子感觉到，他的提议中有某种自相矛盾的、受悲壮感驱使的慌张。

"可……又何必急着下定论呢？再说了，眼下都还没搞清楚你得的是什么病……"伸子反而有了劝慰他的从容心境，脸上甚至浮现了笑意，"要是事后查出是一场误会，那可如何是好？"

"不会的……我的身体，我清楚得很。"

"你想啊，"不知不觉中，伸子按住了佃的手臂，连同裹着手臂的衣服，"哪怕是用人，也不会撂下生病的主子说走就走啊。你还是别说这些不可能实现的话了。"

"这不是不可能实现的。"

"为什么？你真觉得我会兴高采烈地照你说的做吗？总而言之，还没到郑重其事下结论的时候。明天先请津山先生来一趟吧。"

这是一种不可思议的感情。有时她巴不得杀了佃，一心要逃离这段关系，心想要是能逃得远远的该有多开心。此时此刻，却有一种称得上"悲哀的欢喜"的情绪渐渐涌上心头。她平静地说道：

"你永远都不知道怎么做才能带来幸福……这段时间，我们一直都很贫瘠……我说的是我们的心……所以无论遇到什么事，只要你想把它利用起来，就有可能派上用场。"

伸子忽然想到，说不定佃的病能改变生活的目标，进而让两人的心境产生变化，让他们的生活别开生面。至少，他们能通过这场病得到一个共同的目标，那就是"把病治好"。

伸子挪了挪椅子，觉得自己反而受到了鼓舞。

"我相信你肯定没什么大碍，不过还是先躺下歇着吧。"

佃已是垂头丧气，照伸子说的躺下了。

"好啦，打起精神来！别跟旧时候的人似的，老往坏处想。要是真得了病，那就拜水野先生为师吧！"

水野是他们在纽约结识的一位高等工科教授。他在研究染色的时候得了肺病，咳血十分严重。他立即住进了哈得孙河对岸的疗养院，谨遵医嘱疗养了一年便完全康复了。十月中旬回城时，佃第一次将伸子介绍给他认识。好不容易能和人说说日语，水野自是十分愉快。而且他也算是干成了一项大事业，品尝到了巨大的满足感。于是他一整晚都在向他们讲述自己的病情、最新的治疗方法与治疗经过。

伸子回想起那晚无意中听到并记下的注意事项，冲了个热水袋塞进佃的被窝，又把火盆搬出了房间。她一边忙活，一边想起了水野对往昔的追忆。

"院子里有一丛覆盆子，雪一积起来啊，就有好多知更鸟来做客呢。"

那口气，就好像那幕光景给了他莫大的慰藉似的。

五

伸子回到自己的书桌前，给津山写了一封信。

"外子称前天夜里痰中带血，深感忧虑，烦请出诊。"

写完后，她喊来阿丰道：

"你明天早上九点把这封信送去学校，让对方回个话。事关重大，千万别搞错了。"

津山是与佃同校的校医。

考虑到第二天要早起，伸子便提早睡了。佃睡得很香，连伸子进屋了都没发现，还有微弱的鼾声传来。

伸子躺下后才意识到，她以为自己非常平静，内心深处却很亢奋。她许是不想让丈夫太灰心，所以才说眼下还不确定得了什么病，但她几乎已经认定丈夫得了肺结核。听说他在二十多岁得过痔瘘，这些年肠胃一直不太好。放眼全国，他老家所在的县是那种病的患者最多的地方。不过他的病情似乎并不算严重，而且他都已经四十岁了，事到如今也不可能突然恶化。凭着零碎的知识，伸子得出了大致的结论。

不过话说回来，为什么自己不觉得这是一场突如其来的不幸呢？伸子很疑惑。她躺在黑暗中，默默听着他均匀的呼吸。没有值得她吵吵嚷嚷的特殊惊愕，也没有急剧的哀叹。同时，伸子注意到，长久以来盘踞在他们之间的纠葛似乎也完全消失了，尽管只限今晚。这是一种中和的状态。这是因为即便撇开"夫妻"这层关系，他作为一个人也需要健康的自己相助吗？

Pity……pity akin to love……[1]

这些线香花火[2]般的句子在脑海中若隐若现。一想到他是怀着怎样的心情瞒了自己一整天，伸子心中便是一片肃然。

她翻了个身。佃似乎也面朝着她。在夜晚那冰凉的空气中，伸子能感觉到他的气息与自己的气息在两床被褥中交融。这种感觉极不寻常地唤醒了伸子敏锐的意识。她不自觉地屏住了呼吸，怀着惊愕在黑暗中瞪大双眼。她无法在保持面朝佃的状态下吐出下意识憋了很久的气，再自然而然吸进下一口气。她用尽可能慢的动作，在被窝里调整成仰卧的姿势。她对自己生出了嘲讽的心思。

第二天早上，伸子做了一个梦。

---

1 怜悯，怜悯类似于爱。——译者注
2 一种包绕在细竹棒上的小型烟花。——译者注

她梦见佃说自己出血了，于是她便打电话给医生，也不知打的是哪里的电话，只有手掌握住听筒的触感和话筒那闪着光的镍制外壳记得清清楚楚。打电话处的用人穿着条纹和服，站在她身边。她不想让无知的用人听到自己说佃出血了，便伸长脖子对着话筒拼命说道：

"佃出 blood 了。"

话音刚落，她就醒了。即便是醒了，舌头小心翼翼发出"blood"时的触感仍莫名地残留在现实中，让伸子悲从中来。

津山在一点不到的时候来访。佃详细讲述了自己的病情。两人已完全摆出了医生和病人的态度。

"你肯定担心坏了吧。不过，因为工作需要长时间发声的人——好比我俩——经常出现这种情况，不一定是结核。而且啊，要是大家都去拍 X 光片，十个人里怕是会有七八个人查出得过结核的痕迹。换句话说，大家都是不知不觉得病，又不知不觉好了。人的身体还是相当神奇的。"

他的手很红润，拿听诊器的手势却显得很是神经质。

"来……让我瞧瞧。"

佃一脸认真，脱了衬衫，露出胸膛。胸廓宽大，胸板厚实，上上下下似乎都很健康。

"你的骨架很扎实啊，"医生一边用指尖触摸佃的皮肤一边说道，借此实施精神疗法，"你看，像这样观察你的皮肤，就会发现你储备了足够多的脂肪，血色不错，也有弹性。若是真得了那种病，绝不会是这副模样。深呼吸一次……再浅浅地呼吸一次……再来个深呼吸……"

伸子在一旁看着。在那一刻，她发自内心地可怜丈夫。只见他按照津山的吩咐，真心诚意地吊起眉毛，深吸一口气，接着又小心翼翼地、浅浅地吸上一口。无论在怎样的场合，伸子都从未见过他如此认真、如此全心全意地做一件事。他也想活下去啊。这就是他的真心。伸子鼻子一酸，酸酸的感觉逐渐渗开。备好洗手盆回来一看，佃已经在穿衣服了。

"怎么样？"

津山正在用一小块散发出酒精味的脱脂棉擦拭听诊器，动作并不惹眼。他回答道：

"我没听出什么异常。左侧好像有点杂音，真的就一点点，但每个人都有可能暂时出现那种情况。"

从今天早上开始，佃便把自己照顾得无微不至，说话时连嗓子都没使劲。光是听到津山的诊断，他便振奋了不少。

"……多谢……毕竟咳出了带颜色的东西，我着实吓坏了。"

"外行人会吓到也是在所难免。不过这样反而更安心些，因为能提前注意起来……"

伸子正想请医生洗手，却心念一转，问道：

"恕我冒昧，能否请您顺便也给我听听？"

伸子没有任何异常。津山就此告辞，并表示他明天会带着K医院的呼吸科专家再次来访。

"瞧我说什么来着！"

送走了医生，伸子回屋说道。

"不，还不好说，得等专家看过才知道。"

"你这人可真是的！"伸子笑了，"简直跟歇斯底里的小姑娘似的！毛病不重你就浑身不舒服是吧？"

然而当晚正要就寝时，佃在拉起被子的时候又出了少量的血。他在心理层面大受打击，顿时脸色苍白，冰凉的四肢不住地颤抖。

六

星期天，伸子前往动坂。

只见院门口停着一辆车。伸子在玄关处问道：

"家里来客人了？"

"须田家的小姐们来了。"

"父亲呢？"

"也在接待客人。"

"哦，有两拨人啊。"

须田家的三个孩子、伸子的三个弟妹与母亲都坐在暖炉边。见伸子毫无预兆地走了进来，众人顿时"哇"的一声，欢呼起来。

"你好呀，来得正是时候。我们是一个多小时前到的。"

"来得正好，我们刚刚还聊到要不要打个电话给你呢。"

"是吗……好久不见了。"

伸子一边摘手套，一边向表妹们打招呼。

"好久不见了。上次见面还是在小准的婚礼上吧。"

"还不是因为小伸总也不来走动嘛。"

伸子坐在弟妹中间。就在这时，艳子穿着一件深黄色的毛衣从门帘后走了出来。

"姐姐，你今晚会留下吗？"

"不好说……小艳今天打扮得真时髦，那毛衣是哪儿来的？"

"小铃给我织的。"

"这颜色不错，看来小朋友穿这种颜色也很合适。"

"艳子的头发特别黑，所以才好看。你准备怎么感谢人家呀？"

艳子想了想，略显尴尬地回答：

"我也给她织一件。"

听到这话，保猛地回头道：

"啊？你织给人家？我见过艳子织的包，那叫一个破破烂烂啊。红红的，小小的，上面都是洞。"

大伙哄堂大笑。透过高高的窗子，可以看到霜打的交趾木树梢。冬日里的星期天，一派祥和。

半个多小时后，伸子问母亲：

"我今天来，是有些事要问父亲……他的客人要待很久吗？"

"唔……"多计代看了看钟，"哎哟，都两个多小时了，应该快谈好了吧。他们好像在谈公司的事情。你今天可以在家过夜的吧？干脆留下吧。"

伸子吃着蒸寿司回答：

"今天不行，家里还有病人。"

"啊？"多计代的语气很是意外，"是佃先生吗？"

"卧床好些天了。"

多计代满不在乎地喃喃道：

"又闹肚子了吧。他的肠胃还是那么虚。"

"这次不是肠胃……"

就在这时，父亲进来了。

"哟，你们来啦。"

伸子和孩子们齐刷刷站了起来。

"您好。"

"舅舅您好。"

"您好！"

父亲把眼镜推到鼻尖处，玩笑道：

"天啊！我们家的孩子怎么多了一倍啊！我都分不清哪个是哪个了。"

欢闹过后，伸子问父亲：

"父亲，您先前不是看过一本床的商品目录，说里头的东西还不错吗？那本目录可还在？"

"这……找一找总能找到的……你要买床？"

"嗯，我想买一张。"

父亲拨着暖炉中的火反问道：

"一张？一样买了，何不干脆买两张呢？睡床有益于健康……要是我们家的顽固老太太肯点头，我早就改睡床了。"

伸子想把此行该办的事先办妥，便没有顺着父亲的玩笑话往下说。

"因为佃最近不太舒服，要是他继续睡榻榻米，我走路的时候都得小心翼翼，所以想姑且先买一张让他睡着……目录放在哪儿呢？书桌抽屉里吗？"

父亲跟着伸子来到书桌前。

"不在那儿，应该在那边的文件夹里。你找标着'B'的地方。"

他们找到了目录，穿过正在玩钻石跳棋的孩子们，在暖炉跟前相对而坐。父亲面露忧色。

"他到底怎么了，身子一直不好吗？"

伸子按提前打好的草稿轻描淡写道：

"大概他是最近太勉强自己了，嗓子里头伤到了。说是休养一个学期就行。"

伸子感觉到，母亲正带着一脸透彻的表情，在对面听自己说话。

"这可不是闹着玩的，请可靠的医生瞧过了吗？"

"嗯，您应该也认识，K医院的芹泽大夫。"

伸子翻了翻目录，给店家打了电话。店家表示周一就能送来。在第三次精密检查中，医生发现佃的左肺有轻微的浸润，正如他一开始所怀疑的那样。不过伸子已打定主意，不到万不得已，绝不把他的详细病情告诉父母。临走时，用人前来通报：

"夫人请您去一趟暖桌那边。"

伸子凭直觉猜到了母亲的用意，心里很是不乐意。当她不情愿地打开推拉门时，只见多计代窝在暖桌旁，只把头转了过来。

"看这天，像是要下阵雨了……那边吵吵嚷嚷的，谈话不方便，所以我就叫你过来了。"

伸子也钻进暖桌。

"我想和你谈谈佃的病……当真不要紧吗？"

"什么要不要紧？"

"……他不单单是伤到了喉咙吧？"

"这话从何说起啊？"

"他之前上门的时候，我就觉得他的脸色不是一般的难看了……"

伸子觉得自己有义务让母亲稍稍宽心。

"反正没什么好担心的……我这么精神，不就是他没有大碍的铁证吗？只是现在正是天气转冷的时候，所以才格外小心。"

"你精神顶什么用啊……愁死人了……然后呢？休息一学期就能好了吗？"

"也许吧，"伸子沉着脸笑道，"但毕竟事关人的身子，谁都料不准。"

"不过佃要是真有肺结核，那他瞒着这件事跟你结婚就太罪过了。"

"就算他真得了肺结核，那也不是以前就有的啊。您这么想也太苛刻了。"

"难得你健健康康的……身体是一切的本钱。他老家的父亲知道了吗？”

“还没有那个必要。”

“可是有很多事要商量啊……”

伸子猜测，母亲说的是钱。

“他真没大碍……”伸子揭开暖桌的被子，“那我今天就先告辞了，多谢您关心。”

“哦……”多计代也作势要站起来，似是意犹未尽，“你可得小心点啊。要是连你都染上了奇奇怪怪的毛病，我可不许你进家门。”

走出房间时，她讽刺地嘀咕了一句：

“不过对他来说，病了反而更好吧。事已至此，就算他赶你走，你也不会走的……”

伸子觉得，母亲的这句话虽然不中听，却说中了真相。

七

伸子端着一个托盘，上面放着沉甸甸的汤盘。她轻轻地打开拉门。

房间里没点炭火，所以空气清新宜人。明媚的阳光透过玻璃窗落在床上，金属配件熠熠生辉。

“这里好舒服呀……脑子好像都变得清醒了。”

无人作答。伸子心说糟糕，脑袋一缩。看来佃还睡着。

她立刻把脚步放得极轻，靠近枕边，将托盘放在一旁的小桌上，不发出一丁点声响，然后望向枕头上的脸。原来他并没有睡着，而是仰面朝天，盯着天花板看。双唇紧抿，吊起上眼皮，凝视着某一个点。他在看什么呢？伸子也不禁抬头看了看天花板。

"怎么了？"

"……"

"你刚才在睡觉？"

佃将目光缓缓挪向伸子的脸，望着精力充沛的她。眼神中似有悲痛，又似有恳切。

"……我才不是在睡觉。"

听到那包含责难的语气，伸子才注意到，佃用她看不到的那只手拿着一本小开本《圣经》。一看到它，伸子便有种难以名状的不快。自从丈夫卧病在床，她已多次目击这样的情景。每一次都会在她胸口激起同一种新鲜而尖锐的不适感，进而蔓延至全身。如果佃得了慢性肾病，他还会这般手握《圣经》，露出这样的表情吗？回到日本后，佃过着平时从不看《圣经》的生活。病倒之后，他却认定自己陷入了最不幸的境遇，凄凄惨惨地摆弄起了《圣经》。伸子既觉悲惨，又感羞愧，心中不是滋味。她只得强压自己的情绪，装作什么都没看见，劝丈夫喝汤。

"来，趁热喝了吧。要是凉了，我这蹩脚厨师可就一点法子都没有了。"

佃在床上坐起来，似是在用眼神排斥伸子的开朗。他默默地接过勺子，像是在履行义务似的吸着汤，不时抬起青白分明的眸子，将神经质的视线投向一旁的伸子。

伸子只觉得憋屈，仿佛自己正在遭受某种莫名其妙的诘问。

"怎么了？……不舒服吗？"

"不。"

"那就赶紧振作起来，把汤喝了，好不好？你已经在康复了，何必成天垂头丧气的呢？心态放轻松些对身体更好。"

"谢谢……很好喝。"

佃将盘子放回原处，用餐巾擦了擦嘴，说道：

"真可悲……你是这样健康。"

"怎么说起这个了？"

"都怪我这副样子……"

"你是说你的病？"

佃没有回答，而是叹了口气。

"谁都不想得病，都希望自己健健康康的。可无论我们哪个人得病，都是没办法的事情，尽力治疗就是了。我是一点都不介意你生病的，只是……怎么说呢……"伸子用听起来不带讽刺意味的口气说道，"还是心态的问题吧……为什么不能像看待其他内脏的疾病那样去看待这种病呢？要是没有严重到危及生命的地步，还不如干脆认定'病了以后脑子会更灵光'，这样心里还更舒服些。"

"总之，这是一种幸福的人不会得的病。"

这回，伸子怀着阴沉与恐惧，缓缓俯视他……这是一种黑暗的启示。在伸子看来，丈夫只是"生病"了而已。佃的想法却不那样单纯。他的言外之意是，伸子总也不安安稳稳过日子，让他很是痛苦，所以他才会得病。

伸子端着盘子，呆立不动。她心里一阵惆怅，仿佛有人告诉她，哪怕走到了这一步，她也无路可逃。这场病，无力阻止心与心之间的无声斗争。

丈夫正病着，所以她才自然而然地肩负起了安抚他、照顾他的重任。可是说到底，这并不意味着她真正接受了他。而佃也在用同样的方式，在心中不断地攻击着伸子。

伸子黯然神伤地去了厨房，把空汤盘默默递给用人。

当她心不在焉地和佃聊着天，帮他调整枕头的高度时，她会突然想起这件事。她的心会在那些瞬间突然瞪大眼睛，照亮正在随意交谈的两人心底的可怕阴霾。伸子一阵难受，只觉得嘴唇发僵。她想给佃最周到的照料，可这并非出于爱意。她是不想做一个冷酷的人——换句话说，一切都是为了自我满足。心中甚至有一个声音在对她窃窃私语。如果自己是个更正直的人，定会把这种假仁假义一脚踢开。

就连那些完全出于自然的单纯行为，仿佛都带上了诡异的伪善。伸子只得怀着苦涩而刺痛的心，赶紧把做到一半的事情做完。伸子很清楚，在佃眼里，这一切都只会和她没常性、怕麻烦的性格联系在一起。她是那样难过。如果她是佃，也会对自己产生恨意吗？……这是多么悲哀的念头啊。

一天晚上，伸子去自己的房间待了一会儿。回过神来才发现，整栋房子都安静得可怕。她竖起耳朵，细细听着。太安静了，仿佛周围的一切都消失了，只剩下她的房间。焦虑向伸子袭来。她用身体推开椅子，站起身来，打开通往隔壁房间的拉门。那里亮着灯。床上的被褥随躺在里面的人隆起。没有任何变化——伸子也不知道自己为什么会被那样的焦虑所笼罩。她走进房间，眼看着自己硕大的影子落在床脚的墙壁上。然而一看到丈夫的模样，她又说不出一句话来。

他总在看《圣经》——伸子心里一清二楚，无论他此举的意图为何，自己都无权插嘴。无论他是开开心心地看，还是越看越是勾起旁人的感伤。问题是，世间有一些做事的方式会让人很不舒服。好比东西的吃法，明明吃的是一样的东西，有些人却能吃得让人看着就来气。佃想通过这本《圣经》让自己领会到什么呢？

伸子低头看着佃的脸。佃十有八九感觉到了伸子看不起他，也感觉到了她的视线中充满了跺脚般的强烈情绪，他却连睫毛都没动一下。倔强的凝视牢牢锁定脚边的墙壁。伸子渐渐失去了耐心。她用低沉的、仿佛被压垮了的声音说道：

"把它给我……求你了……"

她边说边伸手。

"……"

佃把一只手放在被子外面，握着《圣经》。听到这话，他用力握紧手中的书，拇指好似那紧紧缠住猎物的蟒蛇。伸子再也抵挡不住心中的惊涛骇浪了。

"……给我。"

佃不肯。

"给我！"

唉，我到底想做什么啊。这样对佃的身体不好。也许会有可怕的事情发生。干脆一咬牙一跺脚，让那可怕的事情发生吧！就让它发生吧！佃顶着苍白的脸，牢牢盯着伸子，时而抬手，时而放下，愣是不肯把书给她。伸子也动了真格，紧追不舍。追着追着，她自己都怕了，泪如雨下。

"都让你给我了！只要你把它给我，就什么都不会发生了！"

伸子夺过他手中的《圣经》，扔到床下。两人都哭了。

八

到了二月下旬，佃的身体几乎恢复了正常，只是平时不去学校上班，早上要在床上躺到很晚，晚上也不能出门而已。

冬天里萧瑟的院子也在不经意间多了几分生气。仔细观察树枝，便会发现蒙着淡淡光泽的芽苞，送来温柔的早春气息。

佃正站在井边修补院门。他穿着厚厚的衣服，头戴毛线帽，连耳朵都罩得严严实实，像是要去滑雪似的，乍一看还以为他是五十来岁的老头子。

"用这么大的力气要紧吗？要不我来钉吧？"

"不用，这点活不碍事的……拿些铁丝来。"

伸子正要去储物室，佃却补充道：

"哦，再看看表，就放在桌上。"

伸子拿着一捆铁丝和一把剪铁丝的钳子回来了。

"十二点五十分。"

"这么晚了？得赶紧收拾一下。"

佃急忙收工。

"……你要出门吗？"

"嗯，你也准备准备。"

"这么突然，"伸子回头看了看阿丰笑道，"要出门怎么不早说呀。如果我要花两个小时梳妆打扮可怎么办？"

在伸子换衣服的时候，佃洗了手，走进屋里。

"穿和服吧。"

"哦……可我只有平时穿的和服……到底要去哪儿啊？"

"不碍事，不换衣服直接去都行。"

"去哪儿啊？"

"去了便知。"

"动坂？"

"不是。"

"……去之前什么都不知道也不要紧吗？是有趣的地方吗？"

"这……还算有趣吧。"

伸子一边帮丈夫配齐袜子之类的东西，一边在脑海中搜索着他们可能会去的地方。

"你就透露第一个字好不好，我猜猜看。"

"到了那里就知道了。"

这样的事情在婚后还是头一遭。佃向来不会乘兴而行，也不会为了讨好伴侣策划好玩的惊喜。哪怕是出门，他也不会忘记按时回家。真是太阳打西边出来了。

他们在家附近上了电车。

"本乡……肴町。两张。"

肴町……伸子坐在佃旁边，眨巴着眼绞尽脑汁。他们的交友圈子很窄。能两个人一起去的地方，还没有多到记不清的地步。肴町……伸子不觉脱口而出：

"啊！我知道了！我猜出来了！"

佃面朝正前方，将双手交叠在外套下，反问道：

"是哪里？"

"但我不是很确定……我们要见的大概是阪部先生吧……他这会儿就在东京对吧？……他住的旅店，是不是就在大学正门附近啊……"

佃模棱两可地笑了。

"那就当是去见他吧。"

阪部是他们最亲密的朋友之一，在地方上的一所大学教植物学。只要他来了东京，那就必定要见上一面。

果不其然，在电车快开到大学正门时，佃站了起来。

"下车吧。"

下车后，他径直走上水果店旁边的路。一个身穿白色制服，系着白色围裙，戴着大厨帽的厨师站在一家西餐厅门口，茫然地看着他们。前方的神社门前有个卖气球的摊子。伸子怀着复杂的心情，走在平静的午后大街上。夫妻的关系，或者说人的生活是多么奇妙啊。在前些天的那个夜晚哭成那般模样的两个人，此刻竟结伴出行……丈夫没有提前打招呼，便带她出门拜访阪部了。丈夫的这份心思，隐隐勾起了伸子的关切。

连接本乡台与小石川的下坡路右侧，有一扇院门。门口挂着一块陈旧的牌子，上面写着"住宿"。佃走了进去。他叫住一个披起衣服下摆，碰巧路过的用人。

"阪部君在吗？"

"在，请进。"

用人一边观察伸子，一边摆出两双拖鞋。不等她带路，佃就自行走上了绕着中庭的走廊。

"哎哟！看样子，你是已经来过了吧。"

阪部应声出现在走廊转角处的柱子边。

"哟。"

"你们来啦，快请进。"

阪部的房间在一处僻静的地方。透过窗户，可以看到坡下的树木和屋顶。伸子坐在窗口说道：

"这房间挺好的，看着都不像是旅店。"

"我还是个书生的时候就认识这家店的老板了。他是个不折不扣的阪部党。"

阪部自己动手泡茶，问起了佃的情况。

"怎么样？近来身子可好？"

"嗯。我是觉得自己浑身上下都没什么问题了，但还是忍到三月底吧……就是心里过意不去。"

"哈哈哈哈……你这是工薪族根性，在该上班的时候休息，就没法彻底放松……哎呀，能休息的时候还是得好好休息，多攒些力气总归是好的。"

只有在面对阪部的时候，伸子才能畅所欲言。

"阪部先生，今天有什么好事等着我呀？"

"这话从何说起？"

"还不是因为……你们两个串通一气把我骗出来了吗？"

"这可如何是好，哈哈哈哈，我也想玩点特别的花样，只是来不及准备了……晚上请你们吃顿好的吧，请多包涵。"

阪部是双眼皮，眼角长了细纹。他细细打量伸子，说道：

"你还是那么有活力。"

伸子撇了撇嘴，一副很失望的样子。阪部似乎看透了她的心思，立刻补充道：

"呃，我夸你有活力是真心实意的。有活力是所有活物的自然态。从某种角度看，真正的生命力就像是某种圣洁天力的映照。"

话说去年夏天，佃出差去关西的时候，阪部来到了东京。当时伸子住在动坂，天天往医院跑。他从留在赤坂看家的人口中打听到了两人的消息，寻来了动坂。伸子把他介绍给了父亲，三人共进晚餐。那次，他们聊的大多是在C大的那些日子，气氛很是热烈。

伸子笑道：

"你当年还没有学术权威的影子呢！那叫一个拼命啊。还记得那个长满霉斑的苹果吗？你还把它当宝贝！"

"嗯。"

阪部用笔直的视线打量了伸子好一会儿，似是在看显微镜。突然，他开口问道：

"……你……容我问个有些冒昧的问题……你幸福吗？"

伸子只觉得有人一箭射中了自己苦闷的胸口。但某种羞涩促使她笑道：

"我的细胞出现了那样的变化吗？"

"……你是不会做无用功的。很好，那就尽力而为吧。"

伸子依然面带微笑，泪水却不禁浮上眼眶。从没有人用这样的语气对她说过这种话。

此刻与阪部再会，伸子又想起了那时的心境。

"说起今年不会下雪……"

穿上和服的阪部与平时判若两人。他弓着背，从书桌下抽出一个厚厚的文件夹。

"打印这个，也是我此行的目的之一。"

伸子把点心碗和茶具推到一边。

"说得太专业吧，听着也复杂，其实要点都在照片里。先看这张……怎么说呢，算是绪论吧。"

照片上有一棵形似樱花的树。树干笔直，枝丫朝左右两侧舒展开来，花开朵朵。伸子与佃默默看着。

"然后是这张。"

"这是暴风雨后拍的？电线断了，房子也塌了。"

佃如此问道。即便是与阪部在一起，他也听得多，说得少。

"这是哪里？看着像中国东北。"

"嗯，北边那块。多可怕的景象啊。那里每年都要刮一阵子季风，这张照片就体现了风势之猛。"

下一张照片上有好几棵大树，树枝都朝同一个方向扭曲，另一侧则枯得光秃秃的。

"看出这些照片的联系没有？"

伸子来了劲儿。她细细对比了一番，惊呼道：

"啊，我知道了！我知道了！"

"然后……"

六张照片展示了中国东北某地的树木因每年必刮的季风而生长受阻，按一定的规则变得畸形的过程。

"这些是你收集了很久的资料吧？"

"大概有十年了。"

"……不过，一样是做研究，你的研究就比我的好做多了。毕竟我要用的事实材料都得先 digging out（挖出来）。"

"在日本就不行吗？"

"越穷越忙啊，总得挣口饭吃。"

反复琢磨着那些照片的伸子说道：

"是个人都得挣饭吃啊。十个人里有九点九个是这样的吧。"

"话是这么说，"佃似乎被伸子突然说出的那句话伤了心，"但凭我做的研究都没法当老师啊。"

"瞧你说的，靠自己的专业领域当老师可不容易啊。毕竟你平时都得跟水平不如自己的学生打交道。再说了，真正的实验室工作到底还是不一样的。还不如另外教一门课，再勤勤恳恳研究自己的本职专业，也许这样才能享受到更纯粹的快乐。"

"……可惜时间实在紧张。"

"你要上几节课？"

"十一节。"

"那还行啊……"

"我的研究不好做啊，为了找一句话，别说是一天了，花上三四天都找不到也是常有的事。"

伸子向来容易被热心工作的态度打动，也有某种称得上"事业心"的东西。刚看到阪部脚踏实地做出来的成果，此刻却听见丈夫抱怨自己的工作，这令她很是恼火。

"说得就好像你在工作上做不出什么成绩都是阪部先生的错似的……"夫妇间毫无头绪的积郁，以伸子都始料未及的形式掺杂进来，"所以你就该照我说的办，那样就不用再拿学校当研究的借口，又拿研究当学校的借口了，能省多少麻烦啊。"

"真够麻烦的，哈哈哈哈……"阪部哈哈大笑，似是在圆场，"伸子小姐提了什么意见啊？"

伸子以表面欢快的语气随口说道：

"我提了一个很好的建议。一件像样的事情都不做，却强撑着丈夫、妻子的门面，就好像那门面有多大的意义似的，我受够了这样的日子，所以提议做回两个书生。那样不是很好吗？如此一来，两个人就能充分发挥自己的力量，走到尽可能远的地方了，不是吗……"

轻飘飘的口吻听起来分外沉重，伸子面露哀色。伸子很清楚，佃并不是为了让她说这些才带她来的。要不是丈夫在这里，要不是她能看到他的脸，听到他的声音，看到他那掰响关节的手指，她恐怕也不会说这些。这一点让伸子格外痛苦。她没再吭声，沉默不语。

佃叹了一口气，说道：

"……哪有这么容易。毕竟我们都有工作。"

红日西斜，阪部点着了房里的火盆。

"你们一开始就知道这个情况，也是相互谅解的，照理说应该不成问题。我看啊，问题是出在根子上——根是很要紧的。"

阪部沉思片刻。

"容我再拿植物举个例子，怎么说呢，某种草木能够生长的地方——我指的是它们能活出最自然、最好的状态的地方——总归是固定的。并非'只要在地面上就行'。有些草只能长在北纬多少度的地方，有些则只能在赤道附近生存。当然，我们也不是不可以用一些人为的办法不让它们枯死，比如把它们放在温室里什么的。但可悲的是，这样勉强活着的植物是不会结果的——它们无法繁殖。这一点非常可怕。人也是一样的，无论遭遇怎样的境遇，只要条件之严苛没有超过一定的程度，人就能活下去，保住生理学层面的生命。可土质若是不够肥沃，人也不会开花结果。这么想也许太过理想主义了吧，但怎么说呢，如果可以的话，我觉得人还是应该想办法打造最适合自己的土壤，也提供最合适的土壤给对方。既然聊到了这个，那我就直言不讳了……其实你们也……没必要硬挤在一个不合身的小花盆里你推我搡啊。"

佃咬牙切齿地嘀咕道：

"理想是这样没错……但我做不到……没这么简单。"

"什么做不到？你说伸子小姐的提议？"

"对。"

"……我倒觉得，放一只想要展翅的鸟儿尽情翱翔，也是一桩快事啊。"

伸子感觉到，阪部显然对自己抱有善意，在帮她说话。她的情绪有了波动。她感激这份善意，然而听到阪部轻快地说出那样的话来，她又痛苦不堪。

"罢了。这种事是争不出结果的。真不该把你也牵连进来。"

他们一直聊到五点。

"机会难得，要不我们找个地方吃晚饭吧？"

"我还没法在外面待到很晚，今日就先失陪了。改日来我家吧，在家里的话，想聊多久就能聊多久。"

刚到走廊，阪部却停下了。

"啊，稍等一下，我拿个东西给你们。"

阪部让人把木屐拿过来，下到中庭。回来的时候，他的手腕上有三四寸冻得通红，那是泡过凉水的部位。

"什么东西啊？"

"在东京可稀罕了，球藻。"

他站在玄关的木板上，差人从账房拿了些纸，将那似是天鹅绒做成的圆润水藻裹起来，递给伸子。

九

伸子手撑外廊，窥探那高高的玻璃瓶。瓶里装着水，阪部给的球藻沉在水底。

"……它的颜色好像越来越暗淡了，而且一直都没浮上来。"

"是吗？"

"它能一直靠里头的养分撑着吗？"

"不知道……"

停顿片刻后，伸子问道：

"阪部先生什么时候去南洋？"

"还要过一两个月吧，行程应该还没彻底敲定。"

伸子把换过水的玻璃瓶放在向阳处。

"……你是怎么看阪部先生的？"

佃露出十分谨慎的表情，似是要解读伸子的真意。

"你是怎么想的？"

"还能怎么想，他不还是那样吗？"

"你对他的看法没变吗？跟先前一样？"

佃的眼神中似乎带着些许意外，又似乎写着责备。他反问道：

"你为什么这么问？"

伸子感觉到，自从前些天他们一起去拜访了阪部，友谊的一部分便发生了变化。考虑到三人的关系，伸子深感遗憾。而且她也觉得，这件事有一半的责任在她。她希望佃能把心里话都说出来，若有不快，就干脆发泄干净。

"真和以前一样吗？"

"不然呢？"

佃从四月的新学期开始恢复上班。

第一天出门上班的早晨，伸子站在他身后，看着他穿鞋，一身装扮与去年年底一模一样。伸子百感交集。无论是站在佃的角度看，还是站在伸子的角度看，他的病都只是暂时的，而且终究只是一场病而已。病是治好了。他又变回了原来的样子，穿着那身熟悉的制服。一看到他那副模样，伸子便觉自己胸口有潮水般的悲伤和厌恶在涌动……

"路上小心。"

她低头施礼，却没能立刻用利索的动作起身。

对丈夫的爱恨交加在伸子心里卷土重来。无论身在何处，她都痛苦不堪。所以她四处走动，只求找到一个可以让心灵休憩片刻的地方。

她频频留宿动坂。

一天，佃打电话给身在动坂的伸子。

"明天能回家一趟吗？……阪部君说，他将在二十八日启程，想和我们一起吃顿饭。"

第二天，三人一起出门用餐。初夏时节，行道树吐出的柔嫩新芽在夜空下轻轻摇曳。他们忘记了前些天的尴尬离别，愉快地聊天散步。当晚，伸子回了赤坂。

尽管前夜的星空很美，可到了早上，天下起了蒙蒙细雨。阿丰连伞都不打，在雨中瞧着池塘。

"怎么了？"

"有条金鱼不太对劲。"

"怎么不对劲了？"

"我今天早上起来一看，发现有一条金鱼游得很吃力，别的鱼都在追它。我本以为它们是在帮那条虚弱的鱼，推着它游，可仔细一瞧，竟是在欺负它。您看！又来了！去！去！"阿丰在水面上拍了拍手，"为什么要欺负它啊，真可怜。"

伸子也想帮忙把虚弱的金鱼和鱼群分开，却找不到捞网。

"真是奇了怪了。前几天晚上，我还看到一只狗被车撞了，惨叫着跑开了，当时也有一群别的狗追着它咬呢。"

就在两人忙活的时候，伸子忽然发现，最近一直放在外廊上的玻璃瓶不见了踪影。

"咦，那个瓶子呢？"

"哪个瓶子？"

"里头装着青青的、圆圆的水藻……就是我前些天用剪子修剪过的球藻。"

三个月过去了，球藻不再像原先那般翠绿。透过水细细观察，还能看到小球周围长出了一丛丛类似水垢的东西。前几日从动坂回来的时候，伸子说道：

"糟糕，要枯了。给它理个发吧。"

她让阿丰帮忙，小心翼翼地清理了球藻表面的脏东西。

"是这个吗？"

过了一会儿，阿丰拿出一个空空如也、早已干透的瓶子，一副准备挨骂的样子。

"里面的球藻呢？没了？"

"前几天，我瞧见老爷把瓶子里的水倒进了沟里……莫不是他扔了？"

伸子看着阿丰手中的空玻璃瓶，沉默许久。下着雨的天空在瓶身形成暗淡的倒影。

"那就算了。"

阿丰似乎想道歉。伸子却很清楚，这事怪不得阿丰。她赶紧去洗了把脸。

伸子很喜欢那球藻。这不仅仅是因为阪部跟她讲解了这种珍稀藻类的生活状态，更因为它的形状和颜色十分可爱。如果球藻是别人给的，佃断然不会如此肆无忌惮地扔掉。想到这里，伸子甚至觉得自己很对不起那团有生命的球藻。昨晚，佃对此只字未提。要知道，伸子明明跟阪部提了球藻的状态不太对劲。

两点多的时候，伸子出门去了丸善书店。昨晚阪部提到，他今天会去丸善订购参考书。

"丸善……我也想去逛逛。"

听到这话，佃说道：

"如果你要去的话，请你告诉杉君，前几天送来的书里有几本需要退回，让他来一趟。"

出门前，球藻的事情一直萦绕在她的脑海中。她知道他肯定是故意扔的，这让她很是难受。她犹豫了一会儿。然而想着想着，她便对自己的纠结恼火起来。

"等他回来了,你就告诉他,我去丸善物色给阪部先生的礼物了,然后去了动坂。"

她给阿丰留了话,就此出门。

来到丸善的二楼时,阪部已经挑出了几本书,正在和掌柜说话。伸子先帮丈夫带了话。阪部指了一本写得很通俗的植物学佳作给她看。

"我觉得我们都需要好好学习这样的写作方法,你觉得呢?"

《法布尔植物记》的文字与写给孩子们看的书颇有几分相似。伸子去其他书架看了看,却没有发现自己想要的书。她给阪部买了一本可以在船上看的书。大约一小时后,两人离开丸善。

一早下起来的毛毛雨还没有停。整座城市好似一件湿漉漉的大外套。潮湿黏腻的雾气渐起,模糊了远处的高楼。阪部刚撑起伞,就得高高举起,免得与对面来的人相撞。他问伸子:

"接下来怎么办?"

"好烦人的天气啊……都没心情在外头走了。"

"打算回哪边?"

"你问我吗?今天回动坂。"

"那要不喝杯茶再走吧。"

他们进了一家温馨的咖啡店。阪部向来健谈,那日的话题更是滔滔不绝。他聊起了自己有朝一日想效仿刚才那本植物学著作写一本书,还聊起了他计划在这次南洋之行中顺便研究的人类学课题。阪部在研究植物学的过程中表现出了一种综合全面的天资，所以在和他交谈时，伸子觉得格外有趣。当他谈及变形菌时，他总能将变形菌与当今人类的社会生活联系起来。换言之，他的研究并没有止步于微观的报告。正因为如此，他的言谈才格外鲜活，独具魅力。聊着聊着，店里的电灯突然亮了，大理石桌子和镶着镜子的柱子顿时闪闪发光，无愧于夜晚的银座。

"……差不多该走了吧。"

"嗯，今天聊了好久。"

阪部看了看表。

"几点了？肯定过四点了。"

"四点二十。"

他一边付账，一边沉思。

"反正要吃饭，不如就在附近找家店解决？"

伸子回答"是哦"，随即改口道：

"要不这样吧。你明天就要启程了，如果你今晚不想一个人孤零零待着，那就来动坂吧。今日家父也会回来，刚刚好。"

阪部似乎明白了伸子的用意。

"……哦，能和佐佐先生见一面倒也愉快，那就恭敬不如从命了。就这么突然过去要不要紧啊？"

"应该不碍事的，总比去别处好。"

伸子给动坂的家里打了个电话。

半路上，阪部在话题告一段落时自言自语道：

"今天的事情……还是不说为好。"

"你说什么？"

"哦，瞧佃君那样子，他也算是某种精神层面的病人了……
既然他是病人，和他打交道的时候就需要像对待病人那样，多多
注意。换句话说，不要让他听到他不需要听到的东西。"

"……"

这是何等教人不快的提醒。伸子做梦也没想到，阪部会说出
这样的话来。

阪部的话给她留下了深刻的印象。几天过去了，她却依然郁
郁寡欢。几年来，伸子毫无顾忌地与阪部来往，安心享受着这段
关系。和他聊天很有意思，也很刺激。他似乎也很喜欢伸子的调
皮和求知欲。他们就像一对年龄相差很大的叔侄，伸子原本很自
然地喜欢着他，事到如今却不得不对他有所警惕。一个是送她球
藻的男人，另一个则是扔掉球藻的男人。两个男人的本能，把毫
无所觉、率性而为的自己夹在当中，暗中对抗。想到这里，伸子
倍感落寞。她明明不会站在任何一边……

连着好几天都冷得出奇。伸子的肠子出了些问题，她愈发没
精打采。她根本无心工作，只得在单衣外面套上问母亲借的褂子，
在家中四处闲逛。

一日，伸子难得振奋起来，决心今天一定要做些正经事。她
爬出被窝，穿上深蓝色碎花纹的元禄袖和服，昂首阔步去了餐厅。
父母竟然都在，隔着餐桌相对而坐。

"……早安。"

不等伸子说完，多计代便朝她挥了挥握着报纸的手，用空虚的声音说道：

"出大事了。"

定睛一看，父亲也在看另一份报纸，脸上的表情很不寻常。伸子隔着他的肩膀，望向报纸的版面。分成三行的大标题映入眼帘时，伸子大为震撼，只觉得鸡皮疙瘩从脖子蔓延到了全身。她坐在餐桌旁，打开一份报纸，一口气读完。报纸上的每一个字她都认得，但字里行间透出的东西实在太多，理智已无法控制那满溢的情绪。报上说，某位德高望重的文人与某某夫人一起自杀了。伸子重读报道，同时因说不出的悲伤和畏惧颤抖起来。她说不出话来，撂下总算开始说话的父母，离开了餐厅。

X先生年近五十，出身上流阶级，受过良好的教育，才华横溢，是一位在人性层面十分敏感的艺术家。他是一个理想主义者，失去爱妻后，他守着两个孩子，过着孤独的生活。作品的诗趣和他的特殊境遇使他成为许多年轻女性崇拜的对象。不过深深打动伸子的并不是这些，而是他为了让自己成为一个更伟大的人和艺术家，为了进一步完善自己而激烈进行的内心斗争。他最近推出的长篇作品在这方面给伸子带来了诸多启示。在她的理解中，X先生必须在这一两年中完成艺术层面和人生层面的宿命转变。在他成功转向的那一刻，他定能从二重天升上一重天。伸子是多么期待那一刻的到来啊。随着年龄的增长，伸子已无法再冷眼旁观一个艺术家的命运，还有他独特的个性和环境的冲突。她一直在等待，一直在观察……

　　她就在这样的期待中看到了今天的报道，而且还是以一种她做梦都没有想到的形式。他飞走了。是往上？还是往下？伸子能以全身心感受到的，并非针对这个问题的理智答案，而是可怕的确认。他那么做了。他不是一个会说假话的人。事件有一种诚实的威力，能让人沉默，也有某种超越人力的力量。这让伸子感到痛苦，痛苦不堪。她的自我是如此弱小，此刻正摇摇欲坠，而震撼的回音甚至传到了自我的根部。

　　伸子吃不下饭。她枯坐了一天，沉浸在感动之中，久久无法自拔。当天晚上，尽管她竭尽全力，却还是无法入睡。比催人落泪更甚的紧张牢牢抓住了她的精神。

　　遗体告别仪式在第二天上午举行。伸子和父亲一同出席。当她沿着铺有白布的过道走到祭坛前，看到被众多白花环绕的遗像，再次见到故人那温和的面容，与昨天看到报道时一样，甚至更强烈的痛苦勒住了她。"他飞走了。是往上？还是往下？"泪水涌上眼眶。单看外部的关系，她与故人的关系并没有亲近到会痛哭流涕的地步。当着在场家属的面，伸子觉得很尴尬，但她还是控制不住自己的眼泪。

第七章

一

电车在九段坂和护城河之间的狭窄轨道上缓缓刹车，徐徐下行。大约走了三分之一的路程，一个手拿红旗的人从前方小跑过来。他对着司机喊了几句。司机急忙双手更加用力地拉紧刹车。电车发出刺耳的嘎吱声，停在陡峭的斜坡上，位置很不稳定。

"怎么了？出什么事了？"

乘务员下车查看。几个男人一阵骚动，硬是把头探出窗外，想看看电车前方的情况。

"受爆破作业影响，停车三十分钟——"

"搞什么啊。"

脸色大变的汉子们好像很失望的样子，纷纷回到座位。

一时间，车厢中寂静无声。过了一会儿，才有零碎的说话声传来。关东大地震已经过去一个多月了，但东京人还没有完全走出当时的亢奋。人们只要聚在一起，便会叽叽喳喳地议论起来，聊起火势如何蔓延，又该如何逃生。

萍水相逢的乘客开始漫无边际地闲聊，其中有一把格外高亢沙哑的声音引起了伸子的注意。他极力夸赞明日将要受审的甘粕，说甘粕的行为是日本男儿的榜样[1]。他语带挑衅，充满仇恨，口口声声说就该把社会主义者统统杀光。对这种明目张胆的刻意感到不舒服的似乎不止伸子一个。她面前的年轻人是不想听的，却耐不住男人的抱怨一句句钻进耳朵，很是烦躁，便用鞋尖不停地拍地。最后，他干脆扭头面对窗口，俯视着护城河，用口哨吹起《游吟诗人》的旋律。十月的午后，天气晴朗。阳光照亮了神田那平坦的焦土。

"……切。"

片刻后，在站着的伸子背后传来了咂嘴的声音。

"岂有此理，再等就要生根了。"

伸子看了看表。三十分钟早就到了，还多等了十分钟。

"没听到那声'轰隆'，无论过去几分钟都动不了。干脆下车吧，反正也没多远，总共就三町。"

伸子坐在了他们空出的座位上。身后高耸的砖崖反射着火辣辣的秋日艳阳。那一侧放下了遮阳棚，很是闷热。伸子旁边有个头顶稀疏的男人，没打领带，穿着夏装，配了软领子。他左手拿着笔记本，舔了舔铅笔尖，正在推敲文章。他抑扬顿挫地念着自己的文字，仿佛在读一本故事书。

"肉体一旦死去，其灵魂便会云游……云游……"

---

1 甘粕事件，又称大杉事件，发生于1923年9月，日本关东大地震半个月后。由于担心无政府主义者会推翻政府，宪兵大尉甘粕正彦在东京有计划地杀害了无政府主义者大杉荣及其家人。此事引起轩然大波，东京市内人心惶惶。甘粕遭处10年惩役，后又减刑至2年10个月。——译者注

读到这里便卡住了，再从头来过。"肉体一旦死去……"不厌其烦，反反复复。因为无人理睬，那个反动主义的男人在不知不觉中消停了。

"轰隆隆……"突然，震天动地的爆炸声响起，电车的窗户都被震得哗哗作响。

"炸了啊。"

等得精疲力竭、恍恍惚惚的乘客顿时有了活力，纷纷向窗外望去。一团巨大的黄烟从烧剩一半、孤零零立着的砖楼残骸侧面升起。紧接着又是一声响。悠悠升起的烟雾与先前那团仍然浓厚的烟雾凝重地交融。当烟雾散去时，刚才的高楼已不复存在。天空的辽阔和阳光的灿烂前所未有的清晰。多么宏伟而寂寥的光景。

女人的哭喊声忽然传来，吓到了伸子。回过神来才发现，她旁边坐着一个三十五六岁的女人，手里捧着包袱。在爆炸声响起的那一刻，她如坐针毡，摇摇晃晃，左顾右盼。她嚷嚷着：

"留在这里安不安全啊……我问你啊，这里安不安全啊？"

也不知道她是在对谁说话。听声音，她似是一边哭，一边吸着嘴唇说话。

"大家都在这里，应该不要紧的……"

然而，看到尘土随"轰隆隆"的响声扬起，她又被吓得失去了自制力。

"天哪，真的不要紧吗？"

伸子只觉得在一旁听着的自己都悲从中来。

"没事的，那是工兵弄出来的声响……放心吧。"

又等了二十多分钟，电车终于动了。

伸子正要去动坂拿些旧杂志和衣服。她没有亲历那场地震。然而，化作废墟的大都市光景对她造成了极大的打击。反作用力似的生命力笼罩了所有市民。她感到丧失多时的生存感凝聚起来，和几位女士一起参与了慰问地震灾民的工作。

在婚后的四年里，与丈夫的一次次扭打组成了她的精神生活。在机械轰鸣不止的工厂工作四年的人，耳膜肯定会出问题，再也听不到正常的声响。伸子的精神状态也同样深陷危机。愈发紧张、时刻紧绷的心是那样痛苦，逼得她几乎变成了某种偏执狂。安静独处时，她成了恐惧的集合体，不知这样的生活要持续到何时。她已不再落泪，镇定到冷静的地步。她一直在琢磨，我要如何逃离这个地方？他真会如之前说的很快死去吗？死了倒好，一切都能自然而然解决了……她执着地想着，想一整天都不腻。可照理说，伸子若真要逃，就该策划逃跑的执行方法。然而，健全的意志似乎已经腐烂了，已经从她的精神世界中消失了。她几乎下不了任何的决心。只会想，翻来覆去地想。哪怕在梦里，她也能看到自己在为这些念头苦苦挣扎。

那年夏天，伸子随佃去了他的故乡。她把二楼用作自己的居室，奈何二楼并没有像样的房间，不过是阁楼储藏室而已。她在铺着宽大木板的地上摆了五张榻榻米，又在角落里摆了张书桌，就此度日。墙上有一扇三尺一间的小窗。透过窗子，可以看到一棵大橡树的树梢。整天都有油蝉在橡树上鸣叫。放眼望去，尽是青葱的农田。白天没有一丝凉风，四周被闷热的水汽笼罩，而蝉声让八月的酷暑变得更加难耐。伸子用手巾擦去止不住的汗水，以病态的毅力熬过了一天又一天。

未曾想，一场震灾以骇人的力量将伸子轰出了那种丧失意志的状态。首先，惊愕促使她用自己的双脚稳稳站了起来。接着，重建寻常生活的气概化作风箱，在她心中也生起火来。九月七日，她从动坂徒步走回赤坂。当她走到九段，回望身后，东京的荒凉废墟昂首朝她逼来。当时的感动，她久久难以忘怀。

那年秋天，伸子以实感重新理解了何为生命的能量。

二

十月某日早晨，佃吃完饭后问道：

"可否买些糊墙用的纸来？"

赤坂的房子有若干处墙面因地震剥落。还没修好，十月便来了。

"外行人肯定弄不好，过阵子会有人来修的。"

"还是弄了吧。天知道工匠什么时候来。"

伸子上街买了彩纸和糨糊，颜色也是佃指定的。教人担心的裱糊工说干就干。他们在榻榻米上铺了报纸，伸子抓起刷了糨糊的纸递给佃，佃用椅子垫脚，把纸贴在墙上。整个上午和下午，他们只做了这一件事。伸子向来容易对这种差事失去耐心。

"今天先贴到这儿吧？"

她趁着工作告一段落的机会提了一两次。佃却和之前在院子里建水泥池塘时一样，不懂得劳逸结合，适可而止。一旦开工，他就会拼命干到自己和旁人都厌烦透顶为止。这次恐怕也会是如此。这时，脚步声传来，似是有穿着皮鞋的人踩上了铺路石。伸子拿着糨糊刷，竖起耳朵。

"有人吗？"

一听到来人的声音，伸子便一脚跃过用来搅拌糨糊的盆子，冲去了玄关。

"姐姐在吗？"

"当然在！"

"你好呀。"

和一郎来了。他在九月一日离开小田原前往镰仓，一度生死不明，直至五日才联系上。到了中旬终于乘军舰回到了东京。这是他回来之后第一次做客赤坂。

"……正忙着啊，我可以进去吗？"

"快进来，快进来，当然不碍事了。和一郎来了！"

伸子对正在忙活的丈夫喊道。和一郎跟在伸子身后，绕过摊了一地的报纸，踮着脚尖来到里屋。

"你好……"

"欢迎。"

佃站在椅子上，背对着和一郎打了一声招呼，便没有再多说一句话。伸子似有所感，把和一郎带到了隔壁房间。

"我泡了茶，你要来点吗？"

"不用了。"

伸子和阔别已久的和一郎聊了许许多多，其间还时不时去看看丈夫的情况。姐弟俩似有说不完的话。他能来，伸子就很高兴了。要是佃能放下糊墙的活儿，跟他们一起喝杯茶，她与和一郎定会放松得多，这令她很是遗憾。"佃在干活"的意识让她的快乐蒙上了阴影。过了一会儿，佃走进他们所在的六帖房间，胳膊下夹着纸卷，手上捧着搁有糨糊盆的垫脚台。

"请让一下。我想顺便把这里的也贴了。"

"……你就别弄了，歇会儿吧，好不好？难得和一郎过来。"

对伸子而言，墙壁多漏风一天根本不成问题。佃却兀自将茶盘什么的推到一边，铺起了报纸。

无奈之下，两人去了客厅。

"走走走，快逃快逃！"

和一郎坐在椅子上。伸子在厨房忙活起来。两个房间之间的门敞开着，不妨碍他们说话。她有意庆祝一下弟弟平安归来。

"你有什么想吃的吗？今天可以破例吃点好的。"

"这么好啊……我吃什么都行。"

"你吃太多糙米饭了，人都瘦了一圈。"

"嗯，已经好多了。只要能和姐姐一起吃顿饭就成，不用太费心的。就你一个人忙里忙外，多辛苦啊。"

"做点什么呢？这里也没有什么好东西招待你。"

就在这时，佃进来了。可这一次，他连招呼都不打，走到墙壁的一头，抬手便把黄色的墙纸铲了下来。和一郎默默起身，走去了八帖那间。但那个房间的榻榻米上也铺满了报纸。无奈之下，他只好搬了一把椅子，坐到外廊。伸子呆立在厨房和客厅之间的门槛上，仰望气势汹汹的佃。她实在揣摩不出丈夫的心思。凭什么连和一郎都成了他的出气筒？伸子对此很不高兴。

"这边我改天会自己弄好的，今天就先别弄了好吗？再弄下去，家里就没有能吃饭的地方了。"

"还没到吃饭的时候。"

佃绷着脸站在垫脚台上。她顿感恼火，却又不想让和一郎听到，就伸手拽了拽他的裤子口袋。

"怎么了？"

伸子仰头把嘴凑到丈夫的耳边，低声说道：

"我今天就想让和一郎安安心心吃顿好的。这是他回东京以后第一次过来啊……求你了，好吗？"

佃似乎犹豫了一下，却再次转身面向墙壁。他没有回答伸子的低语，而是朗声自言自语起来，生怕人家听不到似的。

"……总来这里吃饭，顶什么用！"

伸子险些失控，憎恶与泪水从心口溢出。直觉告诉她，他是出于反感——反感伸子偏爱弟弟而不是他，亦或许是他曲解了和一郎毫无顾虑的亲近，进而产生了反感，所以才从一个房间贴到另一个房间，让她与和一郎无处安坐。凭什么要让和一郎受这种委屈？当伸子站在那里，死死瞪着佃的背影时，和一郎走出了八帖的房间，带出一串略显不快的脚步声。

"我走了。"

伸子的嗓子仿佛被堵住了，话也说不出来。

"……"

"谁稀罕那口饭了！"

和一郎取下帽架上的帽子，往头上一扣，开始穿鞋。他就蹲在伸子跟前。而在左手边不远处的柱子旁边，是开立于垫脚台上的佃的两条腿。瞧你干的好事！伸子产生了一股冲动，想横扫那两条腿，把他掀翻在地。穿好鞋后，和一郎看着伸子说：

"再见。"

快七点了。伸子实在难受，好容易挤出一句：

"那回头见……对不起。"

当格子门在他身后合上时，伸子泪如泉涌。想到和一郎也许都没带钱，伸子更是心如刀割。她用蛮力把佃拽下垫脚台，与他激烈争论。每次遇到这种情况，佃都是那句话：

"我不是那个意思。"

他会如此为自己辩护，直到伸子筋疲力尽。

事后回想起来，伸子能清楚地感觉到佃心中的孤独和她自己的落寞。伸子并不认为自己当时的悲愤是错的。只不过流淌在她心底的，终究还是落寞。她认识到，自己心目中最可亲可爱也最重要的人，在不知不觉中从她的丈夫佃，变回了与她有着血缘关系的父亲与弟弟。

四年前，当他们刚开始恋爱的时候，当他们打算结婚的时候，她是如何反抗了父母和其他人，那一幕幕在脑海中清晰地浮现出来。那时的她，在形式上和精神上反抗了血统中流传下来的各种传统。她志存高远，想要成为另一种人，成为一种更自由、更坚定的生命。如今，事实已经证明了名为婚姻的嫁接以失败收场，于是她便在血缘的引导下，意欲回到血亲之中了吗？这是本能的神奇力量。然而，伸子也有一份信念。她不会再回到自己努力走出来的地方。无论蛇如何努力，就算搞到自己遍体鳞伤，都不可能再钻回去年脱下的蛇皮了……

三

又是新的一年。

四月的一天，伸子在楢崎家的书房里聊天。透过书房的窗户，田端的高地尽收眼底。前几天一直刮着大风，好容易平静下来，一派和煦风光。

"景致变了呀，和我上次来拜访的时候相比……"

"能不变吗，这都入春了，"佐保子从面前的椅子上站了起来，侧脸对着伸子，望向玻璃窗外，"也不知那棵玉兰花怎么样了。这些天我一直待在那边的房间里，景致那叫一个美。你要是早些来，也能一饱眼福了。"

她虽束发，鬓发却从太阳穴处伸了出来，为她那颇具古典色彩的侧脸增添了美丽的一笔。过了一会儿，伸子说道：

"……不过，你着实有种奇妙的力量。"

"呵呵呵……"佐保子发出特征鲜明的笑声，走回原处，"真是不得了。"

"不过我是真这么想的。反正我是没法抱着吊儿郎当的心态来你这儿。"

"我是憋屈呀，因为阅历太浅了。都怪我太傻了。"

佐保子比伸子年长十多岁，在文学领域也是她的前辈。上女校的那四五年，伸子便频频拜读她的作品。在自己即将踏足的道路上，有她这样一位先行者。因为这层关系，伸子对她既尊敬，又受着她的鼓舞，就这样过了几年。谁知两人后来在机缘巧合之下开始来往，生出了友谊，以优点互相启发，在工作层面互相鼓励。长久以来，佐保子默默与各种困难和痛苦做斗争，同时不屈不挠地钻研艺术。对伸子而言，佐保子不懈努力的模样给了她莫大的激励。婚后，伸子的生活岌岌可危。哪怕她束手无策，内心满是埋怨，她也无法对佐保子倾诉。因为她会这么想：也许佐保子尝过更多的苦楚，但她咬牙忍下来了，继续走下去了，不是吗？

继续聊天时，伸子吐露了心中的部分感慨。佐保子幽幽笑道：

"你也太高看我了……不过吧，虽然我现在已经可以在某种程度上客观审视生活了，但是在变成这样的过程中，我也失去了很多曾经拥有过的好东西。人终究是有得必有失的。"

当时，佐保子正在翻译一位俄国女士的传记。此人出身俄国贵族，是十九世纪末欧洲最受尊敬的女性数学家和作家。

"你的翻译做得怎么样了……翻完了吗？"

"嗯，就快出版了，到时候你可一定要看看。看了就知道我为什么会情不自禁地爱上索尼娅[1]了。我觉得她和我们着实是一路人。"

敲门声传来。

"请进。"

年轻的女佣跟伸子打了招呼，然后通报道：

"吉见小姐来了。"[2]

"天哪！"佐保子在椅子上一晃，回望伸子说道，"稀客啊，今天真是个好日子，来的都是我中意的客人。伸子小姐，你不介意吧？"

"……"

伸子连这个吉见是男是女都不清楚，只得模棱两可道：

"请便。"

"那就请她进来吧。再给我们泡一壶好茶。"

用人关门离开后，佐保子向伸子解释起来，略显苍白的皮肤透着愉悦的光彩。

"她是我的老朋友，有那么一点点特立独行，但心思纯净，脾气又率直。她一年来不了几回，不过我相信，你跟她也会成为好朋友的。"

没过多久，便有脚步声从楼梯传来。然后便是敲门声，门开

1　索菲娅·瓦西里耶夫娜·柯瓦列夫斯卡娅（1850—1891），俄罗斯第一位女数学家，部分文学作品中称其为索尼娅。

2　原文为"吉見さん"，"さん"是男女通用的敬称，所以此时伸子还不知道来者的性别。——译者注

了。伸子已被佐保子的一番话勾起好奇与期待。此刻，一个女人出现在她面前。

"你好。"

"我正埋怨你呢，说你一年到头都来不了几回。"

"你才过分好不好，上回来我家，还不是你第一次来访啊。"

这两人对话时的语气，与伸子和佐保子之间的气氛截然不同。伸子不禁微笑着看着她们你来我往。

"介绍一下，这位是佐佐伸子小姐，这位是吉见素子小姐。不用自己挣钱，靠父亲养着，身份可尊贵了。"

"好奇怪的介绍啊，"素子苦笑道，"别看我这副样子，我还是能养活自己的。"

"她在××××做编辑。"

伸子不由得望向素子的脸。那是某团体旗下的机关杂志，伸子也是看过的，只觉得它仿佛被时代抛弃了一般落伍。而素子给人的第一印象是刁蛮任性、感情用事、争强好胜。两者相差甚远。素子似是有些难为情，红着脸笑道：

"我都不好意思了。"

伸子也笑了。素子脸型似枣，皮肤呈小麦色，很是光滑。这张脸，让伸子感觉到了稚嫩纯真的魅力。

"那本杂志真是无聊极了。"

"是啊，因为他们不花钱，所以做不了什么好东西来。还不如干脆关了……"

佐保子吃着大阪寿司说道：

　　"我虽是个既不爱出门又不正经的朋友，但前些天啊，我还是一时兴起，拜访了吉见小姐。结果你猜怎么着？这人明明有张又大又气派的书桌，上面却堆满了东西。她只能在这么一丁点的缝里做事情。"

　　她用双手比画出五六寸的缝隙。

　　"多滑稽呀。要是我能独享那般安静的二楼，家具还这么精美气派，我肯定会拼命用功的。"

　　"你租了二楼的房子？"

　　"……"

　　不等素子开口，佐保子便抢先说道：

　　"不，她占领了一整栋，只是自己住二楼，楼下招了一对夫妇当房客。"

　　"真好，羡慕死我啦。"

　　"瞧瞧，连伸子小姐都这么说。所以才说你养尊处优啊，怎么辩解都没用。"

　　伸子一看便知，素子挑选和服、腰带和细绳之类的小玩意儿时有着独到的品位。她能打扮成这样，而且专门研究俄国文学，独占一栋房子，过得自由自在。在伸子看来，这样的生活显得非常悠然与独立。

　　五点左右，佐保子问道：

　　"伸子小姐，你不着急走吧？"

　　"嗯，今天我是打算聊个尽兴的。"

"那我们一起去自笑轩吧，我去问问孩子他爸方不方便。"[1]

三人先走一步。夕暮中的田端街头还留有古色古香的花店等商铺。一行人溜达到了茶餐厅，途中还穿过了一座寺庙。素子环视四周道：

"我在一个下雪的早晨来过这里，就是留宿你家那天的一大早。"

"对对，你还说看到了很美的雪景呢……那次你是五点多出门的吧？我可吓了一跳，没想到你走得那般早。"

到了自笑轩，她们被带进了深处的茶室。地震过后，伸子还没来过这家店。墙面等位置虽有几处损伤，但房间的角落摆着贴画小屏风，颇有雅趣。三十多分钟后，楢崎先生也到了。

"我记得这座院子的深处是供着神的，只是天色太晚，大概看不清了……"

（据说）当年大观[2]在一个月色绝美的夜晚于此地喝醉了酒，一时兴起，便在低矮的白土墙上留下了一幅水墨竹子。画墙所在的院子就在不远处。

由于没人喝酒，这顿饭很快便吃完了，简直快得教人不过瘾。

"埋头狼吞虎咽未免太不风雅，总感觉缺了点什么。"

"哎哟，您是又要劝我们喝酒了呀。"

大家都笑了起来。

---

1 根据小说最后佃与伸子的对话，佐保子应该也结了婚，故此处译作"孩子他爸"。——译者注

2 横山大观，日本画家，被称为"日本近代绘画之父"。——译者注

踏脚石串起了玄关与昏暗的院门。临走时，用人站在前头，用纸罩蜡灯照亮宾客脚下的路。

四人一字排开，沿着田端的大街走向车站。一路上不见其他行人。微风吹来，带起了和服店的广告旗。伸子和素子坐同一趟电车到了万世桥，然后伸子回了赤坂，素子则回了牛込。

四

之后的十多天风和日丽，伸子却闭门不出。去楢崎家做客的前一天，她完成了小说的初稿，这些天的主要任务便是修改推敲。只是她没能享受到工作的乐趣。写完后，她有一种强烈的感觉，觉得自己写得不够到位，没能彻底表露心迹——这意味着这部作品对她精神世界的发展并没有多大的意义。在小说中，伸子如蜻蜓点水一般，以巧妙的手法含糊地触及了自己婚姻的内幕。写出来一看，她便察觉到了自己在各方面的虚荣心，以及爱用冠冕堂皇的话粉饰太平的软弱根性。作为妻子，她深陷泥潭，苦苦挣扎，却无法坦然承认自己脚下的泥泞有多污秽，自己又有多愚蠢。她感觉到，这是女人特有的固执在作祟。

想要狠踹地面，像跳进大海一样投身于工作中，从头到脚洗个干干净净，做一个焕然一新的自己。这种欲望反而在伸子心中油然而生。她与佃早已离心，几乎只在表面上维持着夫妻的架子。她愈发明显地感觉到，这是自己的懦弱所致。长久以来，她似乎把自己的犹豫不决归结为恋恋不舍，以及想办法把对他的伤害降到最低的几分善意。不过如今想来，其中貌似也包含着某种主观成分。换句话说，也许她想得很美，想尽可能轻松地用一个妥当的理由实现自己的目的，同时不被他和周围的其他人视作坏人。相较于想办法解释"佃对自己而言是一个多么不如意的丈夫"，伸子更需要的是鼓起勇气明确宣布，"我已经没法再爱他了，无论如何都不愿意再做他的妻子了"。无论旁人如何劝说，她都不可能一辈子做他的忠贞妻子。既然她自己已经肯定了这一点，也对此坚信不疑，那为什么不做好充分的思想准备呢？她就没有哪怕被人怨恨，被人说成是利己主义者，也要泰然处之的觉悟吗？——她的内心似乎有一种嫉妒，嫉妒佃可能会得到的同情（她明知这是世俗的，明明不承认它有真正的价值）。想到这里，她就特别瞧不起自己。

就在这时，素子突然来访。伸子既意外，又高兴。那天晚上临别时，她们约定不日便去拜访对方，没想到素子这么快就兑现了自己的承诺。

"果然被你抢先啦。"

"你也是个懒人啊……"

"懒得厉害。"

素子边进门边问：

"你忙吗？"

"这会儿不忙了。"

"那要不要出门走走？我这次来就是想约你一起去散步的，如果你乐意的话。"

伸子让素子稍等片刻，收拾了一下便出了家门。晴空万里，不打阳伞都觉得阳光刺眼。两人都没吃午饭，所以她们先去了银座。用过简餐后，又去了趟 K 报社，因为素子有事要办。事情办妥后，再从帝国酒店旁边拐进日比谷公园。

"难得来一趟日比谷，都多少年没来了……"

听到这话，素子似乎吃了一惊。

"你这么不常出门吗？"

"一个人来这种地方转悠也没什么意思呀。"

连接内幸町与公园的大门附近还有一片棚屋，建在大街的树荫下。放眼望去，都是卖吃食的小铺子。路旁竖着一块牌子，上面写着"来一杯！提供各类下酒菜"。豆沙汤、杂烩、馄饨……排放污水的沟渠和不完善的厨房散发出难闻的臭味，飘荡在尘土飞扬、白茫茫一片的春日林荫大道。两人走到了葫芦池边。伸子小时候经常戴着硕大的蝴蝶结来这里玩。郁郁葱葱的悬铃木下，有一条面对池塘的长椅。她们走了不少路，稍感疲倦，便坐了下来。

"不打伞是不行了，太热了。"

素子把手中的杂志当扇子用。

"不过这里好舒服呀……鸭子看起来都很开心呢，你瞧。"

许是因为有棚屋，虽然不是星期天，来往的行人却不少，其中不乏身着青绿色工装与号衣的汉子。他们在池塘边的长椅上与铁栅栏边休息，有的在抽烟，有的在看报。据说地震的时候，有人抓池塘里的水禽吃。今日的池塘却是涟漪微动，波光粼粼，一派祥和。两只鸭子在水面游来游去，时不时猛地扇动翅膀，舒展全身，甚至能看到那浅黄色的脚蹼。水花四溅。水雾中，低矮的微型彩虹隐约可见。多么纯净、热情而美好的光景。

不远处坐着一个男人，穿着印有徽章的短裤。伸子很放松，和素子谈天说地。在大多数情况下，伸子是主动提出话题的一方。她们聊了契诃夫，聊了西鹤[1]，聊了《金槐集》[2]。《金槐集》是伸子最近刚看的，激动的心情宛在，自是滔滔不绝。谁知说着说着，她突然露出奇怪的表情，哑了火。

"哎呀……我是不是念错了？"

"名字吗？"

"我是不是把实朝（sanetomo）念成'tametomo'了？有个一两次……"

"哈哈哈……"素子笑道，"我就觉得奇怪呢！"

"有你这么损人的嘛！怎么能一声不吭偷着笑呀！"

伸子自己也笑了出来，但她感到有些尴尬，脸红了一下。

"被你那么一说，我真以为他的名字就是那样念的呢。反正能听懂，名字怎么念又有什么所谓呢。"

一想起方才的失误，两人便哈哈大笑，她们在那条长椅上坐了两个多小时。

"你呢？哪怕是散步，我也受不了同一条路来回走两遍，一定要想办法换条路走走，否则就浑身不舒服。"

1　井原西鹤，江户前期通俗小说家、俳谐诗人。——译者注

2　源实朝编撰的和歌集。——译者注

走上通往樱田门的小路时，素子如此说道。她就是如此爱憎分明的人，伸子觉得很有意思。

她们在樱田门等了会儿电车，可电车迟迟不来。不久后，她们发现日比谷的路口出了事故。西晒的阳光落在空旷的广场上，等车人的轮廓仿佛都小了几圈。她们沿着护城河，一路走到了三宅坂。漫步于柳树下的时候，没有一辆电车从日比谷驶来，超过她们。

伸子觉得，这趟散步也为自己注入了不少活力。

五

一天，伸子去了动坂。母亲不在家。得知此事后，她走院门绕去了祖母住处的外廊。只见外廊上摆着针线盒，却不见祖母的踪影。

"祖母！"

伸子喊了两声。祖母一边走出厨房，一边说道：

"谁啊，是艳子吗？进来吧。"

当她走到针线盒跟前，见到已然进屋的伸子时，她有些激动地笑道：

"是你啊！什么时候来的？可惜你娘出门去了。"

"我今天是来找您的。"

"来，坐。"

祖母将厚厚的缎子坐垫摆在火盆对面。那是她过喜寿[1]时收的贺礼。

"我昨天刚从须田家回来。他们也愁接下来该怎么办呢。愁得我昨晚都睡不着觉。"

祖母的二女儿，即伸子的姑姑是须田家的夫人。她在地震时被压死了。须田家的大女儿刚从女校毕业，各方面都需要张罗。

"……没办法，怕是只能请个保姆了。"

祖母没有回答，而是以双手奉上的动作捧着粗陶茶杯，喝了一口。

"我本就年老昏聩，地震后更是稀里糊涂。阿静走了，保科也没了……为什么我这般一无是处的人反而总也死不了呢。"

去年九月，祖母在东京亲历了女儿与弟弟的死。那都是她血肉相连的至亲。伸子怀着怜惜倾听她的述怀。

"天气也暖和多了，您不如去 K 休养一段时间吧？"

"是啊，不去瞧瞧，就用那房子堆草料了。"

"我最近想去一趟，您可愿意和我一起去？"

祖母望向伸子，显得很是惊讶。

"当真？你去的话，我也想去。"

"我去。祖母何时方便？"

"不是今天就成，随时都能走……"

说到这儿，祖母忽然用老人特有的性急动作轻弹着烟管，

---

1 七十七岁生日。——译者注

问道：

"……你家里怎么办？……问过佃先生没有？"

"不碍事的，"伸子为了打断祖母的担心，轻描淡写道，"我想下个月月初动身，您也准备准备吧。"

祖母脖子发力，使劲点头，心满意足道：

"好。"

不等母亲回来，伸子便走了。车站旁有一家卖毛织品的店，店门口挂着明码标价的友禅布，其中一款吸引了她的注意。反正价钱也便宜，伸子心血来潮，让人裁了一丈。远远凝视那绚丽的胭脂花纹，她不禁想起在乡下，无论是被褥的肩垫还是坐垫，视野中的一切皆是棕黑两色。

佃比伸子早到家一些。一见到她，他便问：

"听说你去了动坂？"

"嗯。"

"那边来电话了？"

"不，没有……我是去约祖母了。"

"呵……"

"我想再去 K 小住，想约她一起走。"

佃绷着脸沉默不语，把朝向她的脸扭向书桌。伸子能感觉到，丈夫在等她主动开口说"我能去吗？"或者"你不介意我去吧？"，她却刻意保持沉默。她心中有某种"豁出去"造就的从容。

过了一会儿，佃用吵架的语气毫不客气地质问她：

"你是去散心的，还是为了和我分手才去的？我也要为今后打算，请你说个清楚。"

他的语气听着激烈，但直觉告诉伸子，佃并没有动真格。她总是太傻，错把佃说的每一句话都当真，想当场做个了断，最后以失败告终。伸子察觉到了这一点，面露怪笑反问道：

"你觉得呢？"

佃也不敢贸然猜测，侧目瞧了伸子一眼，眼神中写满恨意。看到他的脸时，伸子没有害怕，而是因惊愕爆发出断断续续的轻笑，不怀好意。她用温柔却带着一丝狠毒的声音缓缓说道：

"……你恨我吗？"

佃露出骇人的表情，仿佛身体的某处被捅伤了一般。丈夫的苦楚灼痛了伸子的灵魂。唉，他很痛苦，他很痛苦啊。但她似是沉醉在了丈夫和自己的痛苦之中，唇边挂着冰冷的微笑，一字一句地低语着，就好像在通报什么好消息似的。

"我也恨你，恨得咬牙切齿……感觉被你压了一头。"

对佃的憎恶和对自己的厌恶涌上心头，呛得慌。伸子只觉得眼前发黑，走出了房间。

伸子计划于七日或八日动身前往K。佃和往常一样，每天都去学校。傍晚回家时，他总会装作不经意地去她的房间看看。他想知道伸子今天有没有收拾行囊，做了多少准备。眼看着出发的日子越来越近了，她却什么都不做。他终于等不及了。一天，他如此试探道：

"如果你真要去，何不准备一下？"

佃故作随意，每天回家时却惦记着行李收拾得如何。光是察觉到他的这份心思，伸子便已不堪重负。她已经没有精力大张旗鼓地打点行囊了。她用带着气的口吻，生硬地回答：

"用不着带太多东西，我向来过得简单。"

用人虽然是个受过教育、善解人意的女人，但隐约察觉到主妇即将离开后，她似乎也坐立不安，努力掩饰心中的焦虑忙里忙外。这也让伸子分外难受。一个家庭将要分崩离析，空气中尽是压抑与瓦解的味道……

眼看着第二天就要出发了。伸子在十点多醒来。她在褥子上坐了一会儿，看着空置好一阵子的另一床被褥，还有玻璃窗外的小院子与竹篱笆。

"最近又流行起碎花衣裳了。"

隔壁家夫人的说话声听得清清楚楚。那高亢粗野的声音，还有早晨的榻榻米那幽凉的触感，带着异常鲜明的分量映照在伸子心间。一切都是那样熟悉。一切都似是最后一眼。她曾多少次在这片榻榻米上醒来，沉浸在难以名状的苦恼中，心想："唉，我怎么还在这里？"伸子不禁感叹，人生真是个不可思议的东西。正因为这是她受苦的地方，她才迟迟无法离开这个家。长在竹篱笆脚下平平无奇的万年青，都出现在了印象的正面。伸子打算趁丈夫不在的时候，独自悄悄离开。真的！她曾倾其所有，用自己与生俱来的优点与缺点爱过佃，恨过佃。哪怕是突然浮现在脑海中的一块石头，都能与他联系起来，让她想起他某次说话的声音，还有看自己的眼神。想到佃也跟自己一样，能想起关于自己的每一个细节，伸子便觉难以呼吸，仿佛两人共度的五年凝结成一团，沉甸甸地压向了她。

用过红茶与吐司面包，伸子起身离桌，唤来用人道：

"帮我把储物室里的包拿出来，弄干净。"

"您要走了？"

"嗯，今天不提前去动坂就赶不及了。"

用人将行李箱搬到外廊，用抛光抹布擦拭。伸子在一旁收拾书桌上的日记和其他必要的文具。把几身换洗的夹衣和哗叽衣服放进去，再把稿纸叠上。

"您就带这点行李吗？"

"如果还需要别的，我会派人通知你的。到时候你会给我送来的吧？"

"嗯，那是当然……"她支支吾吾，似是难以启齿，"您大概什么时候回来？"

"我不回来会有什么问题吗？"

说罢，伸子戏谑地笑了笑。

她让用人叫了一辆人力车，把行李箱放上去，吩咐车夫拉去动坂。行李箱很小，所以车夫用绳子绑了好几圈，搞得绳子比箱子更惹眼。

伸子实在不忍心在佃回家前出门。她怀着悲哀和动摇的心情，一直磨蹭到三点多。然而，一想到他要不了多久就会带着那样的声音和那样的眼神拉开格子门，与过去的每天别无二致，她便突然生出了去意。

"那你多保重。"

去大街要经过两町多长的横巷，两边都有篱笆。伸子捧着绸巾包袱走在路上，却时刻惦记着身后，不知不觉中加快了脚步，心里很不是滋味。路笔直向前，与远处的大街形成一个直角，将伸子他们家所在的长方形区域围成凹形。佃下班回家的路线是固定不变的。沿凹形右边的路直走，在烟草店的拐角处左转，然后拐进伸子此刻所在的横巷。这条巷子很窄，平时人也不多，所以只要他拐进来，就能远远地看到伸子的背影。如果他因为某些特殊情况比平时早回来三十分钟，会不会在转过那个街角的时候看到自己？他会不会快步走过来，会不会朝她吹口哨？佃很清楚，伸子无论如何都会在今天出门。那她为什么会有如此强烈的逃亡者情绪？她反抗着自己，尽可能在铺着小石子的路上慢慢走着，慢得她都难受。这是无法对任何人诉说的情绪。苦涩的泪水在眼眶里涌动。

六

到乡下那天，当地下起了五月的暴风雨。当人力车走上从市里通往村里的冷清大直道时，猛而宽的风从好几里外的山岭吹了下来。"轰！"车棚被一阵风灌满，车夫将全身的分量压在车把上，牢牢抓住站稳。那一刻，伸子在夕暮中看到了一条白茫茫的路横亘于前，也看到乌云滚滚的天空仅在地平线散发出骇人的蓝光。激情澎湃、暗淡焦急的天空似乎是她心境的写照。

祖母每天忙里忙外，一会儿深入竹林，一会儿钻进仓库，然后发现很多东西不见了踪影，闹得不可开交。

“你帮我去地里看看，要是与次郎在，就叫他来一趟。”

与次郎绕到外廊。祖母在炉边敲着烟管问道：

“茶叶罐放哪儿去了？我在岛根的时候，有个相熟的木匠是做茶叶的，他送了那个茶叶罐给我，说把茶叶放进去就不会受潮，我可宝贝了，可找了半天都没找到。”

“老夫人，您不是把它卖给古田家了吗？”

祖母很是意外，噘嘴惊呼：

“我把它卖了？我卖它作甚！”

“这可如何是好……”

与次郎将疑惑的笑容转向伸子。

“真是您卖的。古田家的老夫人夸那茶叶罐好，您说您也不可能带去东京，就让给人家了。那天是我亲自送去的，换了一张五元的钞票回来，错不了。”

“是吗？我又老糊涂了啊，可我真不记得自己卖过啊……”

与次郎知道自己受了怀疑，语气稍显粗暴：

“既然是我送去的，那您就给我五块钱，我去拿回来就是了。”

“这……”

事情不了了之，与次郎回地里干活去了。后来，祖母追着伸子来到书桌前，急切地说道：

“我真是受够了……他们知道我老糊涂了，天知道会乘机干出什么事来。我前些天找过的铜锅，他们也说是我卖给了山本家。”

"祖母，人上了年纪总要糊涂的，您就该放宽心，随他糊涂去。平时糊涂，偶尔清醒，那才叫麻烦呢。"

"嗯……不过伸子，你怎么看？我真卖了吗？"

心境平和时，伸子会不禁笑道：

"哈哈哈……我哪知道呀。您要不放心，就找人家问问呗。"

要是祖母在她因为万千思绪神经亢奋时还问个不停，她就会怒道：

"祖母，您就不能望望天，发会儿呆吗！"

伸子在六帖大的房间的角落里搭了一张桌子。旧书柜做桌脚，上面摆一张紫檀矮书桌。走廊外是院子，院子后面则是农田。打开拉门上的小窗，便能看见区分院子和农田的低矮草堤，还有生机勃勃的梅树林荫道的一部分。在阳光斜射的午后，密集的行道树和草丛的风景，与破败院子的风韵和初夏那生机盎然的绿意相映成趣，美不胜收。

伸子的心情阴郁而敏感，心底空荡荡的，很是孤寂。刚来的时候，她又是恨佃，又是鞭策自己，心中怒气涌动，周围的自然也没能沁入心脾。而此时此刻，伸子的心处于病态的清明与沉寂之中。她感觉到孜孜不倦地推动着乡间天地变幻的自然之力和统治着自己与佃的生存之力结合起来，渗入她的身体。她是一个女人，怀有各种各样的欲望和本能。二十岁的激情能点燃一切，将一切烧成玫瑰色，不给阴影插足的余地。在那个层面，情欲也是一种明朗的力量。而佃已经三十五岁了，他经过多年的颠沛流离，带着疲劳与想要休养的欲望出现在她面前。就连他那疲惫不堪的样子，也刺激着伸子朝气蓬勃的生命，促使她惊诧、献身、流泪，渴望全身心投入。伸子沉醉在自己的激情中，用尽全身力气将佃占为己有。如果她的激情就此燃尽，只为他们的生活留有一丝余温，便会是风平浪静。佃教授与佃夫人——他们会以节俭、储蓄与恩给为乐，和和睦睦相伴到四五十岁，直至入土。然而，一个佃没能耗尽伸子的激情。她的生命好似北海道奶牛的乳汁滋养的细胞，丰富、旺盛而贪婪。她的丈夫佃以"安稳"为生存的宗旨，想要过不消耗也不吸收的生活，但这并不是她所追求的人生态度。当两个人走在一起时，地上的影子都会变成两个。她本以为，当男女相结合时，他们定能每天谱写人生的新篇章，过上更精彩、更广阔、更有深度的日子。

乡下的日日夜夜悠久而宁静。伸子终于想明白了。激情是一切的根源。激情以爱与恨的形式表现出来，化作鲜活到骇人的心潮。而且她意识到，自己的天性中有一种本能，那就是激烈地热爱自由和独立。在与人来往时，她时常投入过深，也容易轻信。而这份本能就是大自然赋予她的拐杖，意味深长，仅此一根。佃让她全心全意地尝到了爱情和婚姻的酸甜苦辣。对伸子而言，哪怕结果以崩溃告终，佃也绝非她生命中的过客。从某种角度看，佃将她从每个女人都难免要陷入的婚姻美梦中相当彻底地解放了出来。也许单凭这一点，伸子也应当对他心怀感激……

纠结摇摆的心绪——对于佃，伸子的态度已经缓和了不少。有时候，她甚至会记起他们一起吃过的苦，想与他一起哀悼那些时光。她想在一切的最后，至少寄一封言辞温和的信，给双方留些念想。一天晚上，伸子满怀追忆的感动来到书桌前。她展开纸，拿起笔。正要写下第一个字时，她却发现自己的情感之门已在不经意间彻底关闭。她不知该从何写起，无论写什么，似乎都显得无聊、凄凉而空洞。对佃的小小感激，几句由衷的告别……好像一旦用文字写出来，就会给对方留下虚假、刻意的印象。反倒是对佃说过的咒骂与狠话，一句接一句带着惊人的实感浮现在脑海中。而他予以回应的冷嘲热讽和丑陋的自暴自弃，伴随着当时的表情和眼神，清清楚楚地回响在她的鼓膜，仿佛她此刻正听着。在夜晚的灯光下，伸子惊恐地感觉到，那些话都是活的。人说出的每一句话，都有切实的生命力。当初在愤怒与怨气的驱使下脱口而出的话，在此刻展现出了几乎能将对方撕碎的威力，不是吗？

伸子沉思着将一字未写的信纸仔仔细细撕得粉碎。她挪开椅子，从废纸篓的正上方撒下雪白的纸屑，然后便去了院子。硕大的月亮裹着一圈更大的光晕，草坪上弥漫着潮湿的夜色。远处的角落里有棵爬地松，呈现出乌黑的轮廓。去街坊家泡澡归来的婆婆现身于松树旁。

"好美的月色。"

"……"

"晚安。"

"晚安。"

伸子对她爱搭不理。老母象似的婆婆从她身边走过，刻意眯起眼睛说道：

"有首谣曲说，要想见到远方的心上人，拿月亮当镜子便能如愿。"

她用团着湿手巾的手做了个滑稽的动作，似是在逗伸子。

七

素子的来信成了伸子的期盼。下乡前，伸子出于需要去了一趟镰仓。她想在走之前看场电影。那次也是与素子一起。与祖母同住，每日能聊的不过锅碗瓢盆而已。而在两人之间往来的书信仿佛是一个别样的聊天对象，逐渐成为伸子生活中的必需品。她时常将满腔的各种情绪与想法写在大大小小的信纸上，寄给素子。信的内容时而关乎她和佃的关系，时而提及其他烦心事。而素子也会在回信中对每一件事发表见解。素子确实感性，一如伸子对她的第一印象，但她的心底不失沉稳，也有阅历，保持着某种务实的平衡。当伸子性急地感动与纠结时，她总是既觉可爱，又觉滑稽，以善意的讽刺回应。

"我觉得你实在是很天真。今天那封信也是老样子，尽是对佃先生的幻想。你可别佩服我。先把你狠狠捧上天，再轰隆一声砸下来，对你心灰意冷，换谁都受不了。"

她还写道：

"我是个傻瓜，但你也是个傻瓜，而且还是个格外精巧的傻瓜，会昂首挺胸地表现自己有多傻。"

伸子把素子的信读了一遍又一遍，觉得她说得极有道理，愉快地笑了。素子的字迹有时会根据当天的心情变化，起初还是一个个细巧、整齐又圆润的文字，一看就是精心书写的，写到后面却好似闹脾气的孩子，每个字写得大而潦草。伸子怀着爱意洞察了她的真性情。她表面上看似阅历丰富，其实心很软，善良又诚实——伸子开始由衷庆幸结识素子的巧合了。与素子之间的全新联系，给伸子那时常空虚沮丧的心注入了生机。

一天傍晚，伸子与祖母来到外廊。祖母躺在长椅上，伸子则把垫脚台搬出来，坐在了她身边。那天下午，两人为新雇的女佣的工钱吵了一架，刚刚和好。用过午餐后，女佣来要工钱，说是突然需要用钱。那天是二十五日。和介绍人说定的工钱明明是十五元，祖母却突然抠门起来，说她当初确实是这么答应人家的，但家里总共也没几个人，想只给十三元。伸子说这样不好，顿时来了气。和好后，两人反而更亲密了。祖母一反常态，慢悠悠地跟伸子聊起了往事。说是很久以前，高山家有位老婆婆。祖父被封为"参事司补"的消息传来，结果老婆婆耳背听错了，很是疑惑地问："还有叫三里四方¹的官儿呢？"可祖父这边的老夫人耳朵也不灵光，便一本正经道："有！"七十九岁的祖母觉得那两位比自己年纪还大、稀里糊涂的老夫人这般一问一答很是滑稽，还模仿士兵的语气一板一眼地说"有！"，把伸子逗得哈哈大笑。用人来叫她们用晚饭，顺便递给伸子两封信。下面那封用的是日本信封，和素子平时用的一模一样。但早上刚来过一封素子的信，

1　"参事司补"和"三里四方"在日语中的发音很像，前者念"sanjishiho"，后者念"sanrishihou"。

怎么想都不应该是她寄的。伸子觉得奇怪，翻过来一看，确实是素子寄来的 [1]。寄出的日期和今天早上到的那封一样，只是盖着傍晚的邮戳。

"我的工作大概会在二十八日告一段落，到时候应该能闲一阵子，便突然想去你那里瞧瞧。我不想打扰你，不方便的话尽管告诉我。如果方便，我预计在二十八日一点出发。"

伸子边走边看，意外之喜直教她喘不过气。她差点丧失理智，立刻发电报给她表示欢迎，好容易才冷静下来，落座餐桌。她激动地告诉祖母：

"祖母，有个天大的好消息，吉见小姐说她二十八日过来！"

"哦……可家里什么吃的都没有，这可如何是好。"

"您不用担心这个。人家也知道乡下不方便。"

伸子兴高采烈地拿起筷子，却突然感到一股情绪涌了上来，几乎把她刚吞下的饭菜堵在嗓子眼。此刻笼罩她的喜悦是如此强烈，使她清楚地意识到，这五年来她是多么渴望这样的喜悦。这是何等可悲，何等骇人。即便只是朋友来访，也能带给她这么多的温暖和快乐。为什么佃就不能给她一份光是回忆起来都让人欣喜而骄傲的快乐呢？哪怕只有一次也好啊。诚然，动坂拒绝佃来这座乡下的房子。可他若是有心，就完全可以在这五年中寻到某个机会或某个场合，给她一份小小的，却难以忘怀的快乐。她明明是个容易讨好，也无比渴望被讨好的人……细

---

1 按日本人的习惯，信封背面写有寄信人的姓名和住址。——译者注

细想来，伸子都觉得不可思议。就没有一件让她由衷高兴的事吗？就没有一件能让她切身感受到佃的温情的事情吗？总不会一件都没有吧。完全没有也太可怕了。伸子急忙在记忆中翻箱倒柜。可她想起来的，是自己拼命说服佃，试图让他相信自己是一片真心的模样；还有试图以不服输的精神粉饰绝望，强撑着一口气的自己；要么就是如暗淡火焰般的男女之事。足以在记忆中留下痕迹的所有场景，都伴随着顺脸颊流下的泪水，还有划过灼热胸膛的苦涩浮现在脑海中。然而，在生活中更为主动，苦苦挣扎的人，一直都是她自己。

伸子回到书桌前，给素子回了一张明信片，差人寄了出去。那些念头仍在脑海中挥之不去，让她难过得浑身发颤。自从伸子决意无法再和佃一起生活之后，她便铁了心，决不让自己用心灵和身体获得的经验白白浪费，决不让这段婚姻以寻常的不幸和失败告终。"我一定要以此为基础，创造出新的东西！"正因为如此，她才能比较理性地让心运转起来，并倾向于在时代和性等问题的背景下审视、剖析自己走过的人生路。然而，股股温情从素子那颗不带任何成见的心泛滥而出，冲垮了伸子的情绪堤坝。她切身痛感，二十岁到二十五岁的自己本是那样年轻，本可以单纯如火地接受每一种激情和每一种快乐，可那段岁月已经空虚地、无力地过去了，而且一去不复返了。为人生惋惜的情绪流转全身，甚至达到了发梢。伸子在心中痛骂佃和自己的窝囊，无声啜泣了许久许久。她一边哭泣，一边感觉到自己的痛苦在泪水的作用下渐渐缓解。她心想，世上有这种心思的女人，莫非就只有我一个吗？我渴望得到的人生之乐是如此奢侈，奢侈到不应该存在于这个世界上吗？——神啊，神啊！难道我就那么不寻常，以至于没有人愿意爱我吗？

八

素子来访当天，伸子迫不及待地去车站迎接。凶猛的雷雨在午后袭来。出门的时候，风雨停了一小会儿，可伸子心想，如果从镇上回村的时候，风雨再次猛烈起来，到时人力车不走，就只能在镇上过夜了，她便带着小梳子之类的物件出了门。去年夏天，村里的车夫家遭了雷劈。车夫受了惊吓，以至于病倒了。自那时起，每逢雷雨交加的天气，那位车夫便双脚发软，走不动路。而且碰上那样的天气时，镇上的车夫都不愿意去他们村子，因为去村子的那条路是出了名的风大。

幸好回程只是风大。夜路一片漆黑，唯有风吹向四面八方的狂吼。前一辆人力车上的素子略显担忧地喊道：

"……风好大啊……还远着吗？"

"还剩三分之一的路程。"

伸子说得很慢，很用力，很清晰。风却吹散了她的声音，以至于素子没能听清。

"什么？"

伸子听见了她的反问，却只得保持沉默，随车身一摇一晃。

第二天早上，素子打开东边外廊的挡雨板一看，便爆发出新的惊呼。

"嗬！原来这地方的风景这般好啊！真是吃了一惊又一惊。实不相瞒，昨晚我心里还犯嘀咕呢，不知道自己来了个什么地方。"

经过雷电和雨水的洗礼，北国的天空更显清透开阔，远方的群山威严动人，左手边的丘陵披着可爱的森林。这充满活力的美让伸子也看出了神。

"这边的空气闻起来都不一样，不是吗？是不是特别清新，特别有劲？"

"没想到 F 县还有这样的好地方！"

"比起关西——虽然我也只去过京都，不过比起那一带的风景，我更喜欢这里。你呢？"

"那边太平凡了，只有平凡的美。"

祖母出来了，翻来覆去说道：

"欢迎欢迎！乡下地方没什么好招待你的，真不好意思。"

伸子对素子耳语道：

"都八十岁的人了，却还记得客套。"

随即哈哈大笑。

柜子里有一条围毯，藏青的底色缀以绿色、褐色的古朴格纹。伸子把它铺在院子的草地上。两人趴在上面。素子从毯子的流苏里拔出几根草，插在自己的细烟管顶端，发明了一种类似于吹箭的游戏。

"好嘞，睁大眼睛看清楚了。我能吹得更远！"

奈何小草太轻，飞不了多远。

"唉，躺的姿势不对，肩膀都痛了。"

片刻后，素子翻了身，仰面朝天，双手相握举到额前，目不转睛地远眺地平线。空气中弥漫着芳草和阳光的清香……安宁又快乐的信任感填满了伸子的胸膛。前些日子去镰仓的时候，她们也曾像这样靠在酒店旁边的小沙堆上晒太阳。她想起了当时的心情。和素子在一起的时候，她觉得很舒服，很自在，仿佛抓住了精神支柱，又像是摆脱了女人特有的性情生出的憋屈。对伸子来说，这是一种全新的体验。

她们翻出已故的祖父用过的望远镜，看看天上的云彩，又看看远方的群山。透过望远镜一看，才发现美丽葱郁的山坡上其实只长着稀稀拉拉的树木，好似野猪的皮毛。她们聊了起来。或正经，或随意，还有种种往事，话题源源不断。素子毫不保留地讲述了自己的经历。她们一起给楢崎家写了信。对方回了明信片。

"我就知道吉见小姐这会儿肯定在你那边。怎么样，我的通天眼是不是很厉害？"

两人看了回信，笑了。素子在乡下住了三天便回了东京。

素子临走时躺过的长椅还原样放在房间的角落，上面铺着羽绒被。入夜后，伸子敞开两个房间之间的拉门。摆着书桌的房间很亮，隔壁却很暗。她在两个房间之间信步徘徊，感觉到活泼的生活欲在不知不觉中再次于她的全身流转起来。在她有所察觉之前，全身就已经被这股潮流推动了。一星期前获悉素子要来时，几近于肉体疼痛的悲伤让她久久无法入睡。此刻她却觉得，那悲伤正是生活欲将要觉醒的前兆。她渴望新的生活，渴望找到新的活法，一度渴望到钻了牛角尖。当时，她甚至不知道该去哪里寻找它们才好。但不等她反应过来，时机便到来了。某天早上醒来时，她忽然发现自己能深切感觉到天地的春意了。仔细环顾四周，只见流淌在自己周围的，也已不再是过去的潮水——这种心境让伸子深受感动。

第二天，伸子怀着更清晰、更坚定的信念，给佃写了一封信。她想写一封饱含情谊的信，而平静下来的心绪没有像那天晚上一样失控溢出，她写出了有条不紊、彬彬有礼到诡异的文字。她对写出来的东西不满意，撕了好几次，最后还是放弃了，决定只写些简单的要点。她表示，她这次来乡下是想做个了断，好让双方都过上新的生活。若是留在东京，她就无法切实践行，也没有勇气告诉他，还请他原谅自己的软弱。

"需要做这件事的自始至终都只是我，对你来说则全无必要。直到现在，恐怕也是如此。但这一回，希望你无论如何都要答应。我由衷希望，我们能发展出不必互相憎恨的关系。"

写完后，她盯着那两张信纸看了好一会儿。她也不知道自己的心境是感动还是平静。她将信纸仔仔细细摞齐，叠好，装进信封，亲自出门丢进邮筒。

回家路上，她抬头望去，只见晚霞漫天。五彩斑斓的山帽云浮于高空，雷光不时闪过。桑田也好，杉树组成的防风林也罢，甚至连远处的山峦，都融入了光芒之中。空气清澈而静谧。她就这样仰望天空，让身心顺其自然。啊……这下总算能卸下重担了。这种感觉是那样深刻，她真想与远在天边的素子一起拥抱这份宁静、宽广与美好。好想去东京……她迈开步子。好想去东京……去东京。去东京。步速逐渐加快，伸子愈发迫不及待了。素子告辞时，伸子甚至想和她一起走。但考虑到自己尚未向佃明确表态，她便忍住了。此刻，事情总算是告了一段落。就算去东京待上两三日，这一个月的忍耐也不会白费。不知素子现在忙不忙。伸子算了算日子。就算要回东京，她也不想去动坂，毕竟那里进进出出的人很多，而且佃随时都有可能来。她打算去素子那里，谁都不见，只吸取大都会的繁华和素子不带讥讽却痛快无比的鼓舞。

伸子快步走着，却突然想起自己没有带一件单衣。她没法穿着夹衣走在六月的东京街头。她灵机一动，匆匆赶回家，从衣柜取出那件蓝纹夹衣，拿给住在农田对面的老婆婆，就是那晚唱"拿月亮当镜子"的谣曲给她听的那位。她急切地恳求道：

"麻烦你把这身衣服的夹层都拆了，再给下摆和领子缝上边。四号早晨之前要。我想把它改成单衣。"

那身衣服用的是重新染过的料子，内侧是白色的。虽然滑稽，但伸子心想，反正是要穿外褂的，无所谓。

九

伸子本不打算通知动坂，谁知在回东京的火车上遇到了一个意想不到的人，只得临时调整计划。她用素子家附近的公用电话联系了母亲，说自己昨天傍晚回了东京。

"嗬……"

母亲的口气里带着疑惑，还有令人不快的亢奋。

"出了桩怪事——佃不在赤坂。"

一时间，伸子无法判断她这话是什么意思。

"我没去赤坂，所以不知道。"

"那你在哪儿？"

"吉见小姐家。"

"……反正佃不在赤坂，"多计代又重复了一遍，似在吓唬她，"K 那边发了一封电报过来，问你什么时候回去。"

多计代还在兜圈子，话里有话。伸子便直截了当，只说重点：

"我在火车上遇到了约翰斯顿先生，他说想上门拜访，明天就去动坂。我也会去的，到时候再说。"

母亲想了想，却断然说道：

"你立刻来一趟。"

电话两边都是无声的沉默。伸子说"那我就去吧"，然后便挂了电话。

坐在出租车上的时候，伸子心想，莫非佃去了 K？他收到了信，昨天去了 K，殊不知伸子已经在前一天离开了。当然，伸子并不认为那封信能解决所有问题。不难想象，佃把那封信翻来覆去看了几遍，意识到伸子是认真的，这才下了去K的决心。他一定是带着七分焦虑和三分自信出的门。因为早在两年前，伸子就提过分开。她甚至在镰仓租房住过一段时间，但最后还是屈服在了他的眼泪和一时的热情之下。这一次，她会更倔强一些，但他只要表现得更强硬些、更坚持些就是了。她能清清楚楚地想象出佃作为丈夫的一贯态度，只觉得又是恼火，又是生气，连对他留有的几分公平仿佛都要被冲走了。我已不再是原来那个人了——冰冷的抵触也抬起了头。

伸子进屋时，父母正愁眉苦脸地坐着。他们不准佃去K，佃却擅自去了。K发来一封莫名其妙的电报，问伸子什么时候回去，他们却连伸子身在何处都一无所知。情况错综复杂，而且无法预知这些事背后潜伏着怎样的危机，这令父母困扰不已，闷闷不乐。伸子能理解他们的心情，但他们似乎想站在佃那边，帮着指责她，让她道歉，这让她很受伤。夫妻之间的纠纷并不仅仅停留于夫妻之间，也会殃及周围的人，在他们心头蒙上令人不快的阴霾。伸子也觉得这是她的错，但又感到父母心的微妙作用甚是讽刺，也甚是窝囊。他们曾一度不让她爱自己的丈夫，此刻却似要对她说，她也不能恨自己的丈夫。

她讲起了自己寄给佃的那封信。父母沉默了。过了好一会儿，多计代终于幽幽道：

"……毕竟是终身大事，必须慎重考虑。你这孩子向来情绪化，我可不认为你能过一辈子孤独的生活。"

"我也知道自己是什么脾气……我已经琢磨一两年了，也许还要更久些。可我是真的过不下去了，没有任何道理可讲。鱼不能生活在一个没有水的地方，可谁能说这是鱼的错呢？我觉得对某些人来说也是如此。"

"反正你们明天大概就能见到了，还是再考虑考虑吧。不过……也许确实是那样更好。"

真正勇敢的人总是温和的。她只希望上天将那份温和的百分之一赐给自己，让她以温情面对与佃的最后一次会面。伸子怀着这样的念头睡下了。

第二天一早，伸子被佃的电话吵醒。

"赤坂来电话了。"

她的眼皮还没睁开，却感觉到这声通报让某种不愉快的感觉爬上了胸口。为了让自己有时间整理心绪，她整了整衣服才走去铺着木板的房间。

"喂？"

"喂？你什么时候回来？"

刚拿起电话，佃那急促而充满渴求的声音便刺激到了她的耳膜。

"约翰斯顿先生今天要来喝茶。等聊完了……"

"你忙吗？"

"……"

"如果很忙的话，找个方便的时间回来便好。"

咔嚓。撂下话筒的声音传来。

伸子没法再睡回笼觉，便干脆起来了。不到一个小时，她又接到了来自赤坂的电话。

"喂，是伸子夫人吗？"

这一回，听筒里传来的不是佃的声音，而是他的好友织田那低沉而平淡的嗓音。伸子不知道该说什么，沉默不语。

"你什么时候回来啊？"

"大概要八点多吧……你……你在他那儿？"

"嗯，昨晚留宿了一夜……那就这样。"

电话就这么不了了之地断了。"那我来帮你打电话问问"——她能想象出佃与织田这两个大男人心神不宁地站在屋里说话的光景，只觉得小题大做，很是难堪。

十

伸子去赤坂的时候已是九点多了。

她从正面的街角拐进昏暗的横巷。街坊四邻睡得早，路上不见一个人影。佃房里的灯光透过竹篱笆，照亮了路面。单衣包裹的肩膀凉飕飕的。伸子感受着凉意，拉开漆黑的格子门。佃如离弦之箭一般冲了出来。

"伸子？"

"……我回来了。"

不等伸子脱下木屐，他就牵起她的双手，使劲将她拽进走廊尽头那个没有亮光的房间。伸子在黑暗中不知所措，紧紧抓住身体撞到的椅子。佃仍不松手，一手搂着她，一手挪开一张椅子坐下，然后发狂似的拥她入怀。他问道：

"Do you still love me？（你还爱我吗？）"

话音刚落，他就像个孩子一样放声大哭。一边哭，一边用脸颊蹭着伸子的脸颊。他抚摸着她的手，抚摸着她的肩膀，抚摸着她的头发，用他那双颤抖的大手抚摸她的全身，似是要将她碾碎。伸子纹丝不动，任由着他。他沉重的头靠着她的胸口，沉甸甸的。伸子抱着他的头，怀着平静的悲伤抚摸他的头发，感受着他的泪水浸透和服，温温热热。她的眼睛已经习惯了黑暗，能看到丈夫的肩膀在黑暗中随着每一次抽泣起伏。伸子茫然地凝视着这一幕，对自己的反应惊愕不已，心中震荡。她在心中呢喃道：

"啊……我没有哭……我没有哭……"

伸子忘我地抚摸着他的头，对没有和丈夫一起痛哭流涕的自己又惊又怕。寒意与反胃感顿时涌上心头，烦闷与悲苦逼得她身子发抖。可她无论如何都哭不出来。她绝望地意识到，他们不得不承受这样的痛苦，而且他们死去的爱情也不会复活，这一切都将在不远的未来沦为过往。这让她苦恼得无法呼吸。

"啊……"

她把佃的头搂到更靠近胸口的位置，把脸颊搁在他的头发上。

"……我爱过的人！你曾是那样可爱，那样教人心疼……这些年，我们流了多少眼泪啊！"

她再也说不出一句话，也流不出一滴眼泪，胸口也因为悲伤而僵硬，她险些晕倒。她闭上眼睛，身子摇晃起来。佃连忙扶她躺下。

佃似乎想用官能的疾风骤雨掠走伸子的心，将她带回自己体内。起初，伸子拒绝了他。但她最后还是在狂乱悲伤的驱使下，大哭着主动投入了他的怀抱。她飘浮在会伤到她自己的无尽苦楚和动荡的官能火花之间，同时感觉到"最后"二字被写在了他们这对悲情男女身上，那样显眼。

第二天，佃没有去上班。

"去 K 的时候，我跟学校请了到下周的假。因为我觉得，只要有个三天，总能得出一个结论的。"

伸子感到丈夫这次是全力以赴了。而且他确信，只要自己尽了全力，就一定能让她回心转意。

那几乎与禁锢无异。那天多云闷热，全家却窗门紧闭。两人一整天都面对面跪坐在书柜前的那一小片榻榻米上，只在饭点起身。佃亲自准备饭菜，让她坐着别动，自己好好想想。可思来想去，终究还是那个答案。吃过饭，他又会用温柔或恐惧的口吻说道：

"……我都求你到这个份儿上了，你还不肯回心转意吗？我肯定也有缺点，也答应你以后一定会改的。即便如此，你还是不愿意和我一起生活吗？"

伸子无力地仰望他，问道：

"……改正缺点？……那你说说，你到底是哪里不好？"

"我怎么知道！"他决然耸肩回答，"我不认为自己有错。可既然你那么说了，那就当我有错吧，那就改吧。"

伸子叹了口气，说道：

"所以我才说，不要再抬死杠了，好不好？总归是两边都有错的，打架要罚罚两头啊。我只是希望我们之间能多一点理解，不要再互相伤害了。"

片刻的沉默后，佃感慨万千道：

"很多有事业的女人都做得很好，好比楢崎夫人……我相信你也能做到。而且就像我对织田说的那样，这些痛苦都是我们在十五年前经历过的。"

伸子苦笑着撇嘴。

"那你是楢崎先生吗？再说了，你凭什么认定我一心扑在事业上就能活得很好？岂有此理，在写蹩脚小说之前，我首先是个女人，而且还是个彻头彻尾的女人……"

"既然如此……"

他抚摸着伸子的手背，像是在哄孩子一样，试图说服她。

"那你为什么还要离开我？我是那么爱你啊！反正我这身子也活不了多久。我只求你陪着我，直到我咽气，好不好？"

他含着泪水凝视伸子。见她依旧沉默不语，他的脸色渐渐狠毒起来。然后，他便用胁迫的口吻说道：

"我在K看了你的日记。"

他定是怀着焦虑不安的心情，在无人的书桌周围一通翻找。她能感觉到他迫切地希望找到一些能与那不明不白的焦躁联系起来的东西，比如憎恶或是宽慰的蛛丝马迹。回东京时，她把日记留在了桌上。她在日记中详细叙述了自己对素子的倾倒和各种各様的情绪。

"……"

佃失去了耐心，射出另一枚子弹。

"打开柜子一看，乱七八糟的东西里还有你写给动坂的信。是从那须寄出的——没想到你是会写出那种信的人。真是出乎意料。"

炎热，苦涩。伸子的脑海似是雾蒙蒙一片。夜晚再度来临。他又像寻死的飞蛾一般，试图在伸子身上展开双臂。

"唉，你想怎么样！你想把我怎么样啊！"

她哭了起来，哭个不停，哭得抽抽搭搭，晕了过去。

第二天同样可怕。伸子的神经已是疲劳不堪。到了傍晚，她对佃恳求道：

"你听我说，把对方折磨得发疯，也是于事无补啊！与其此刻对我苦苦相逼，何不早些承认我的决心？你太不当回事了，还以为无论我如何痛苦，都无法离开你……"

"女人怎样我不懂，但男人一旦结婚，就不可能再过回一个人的日子了……我说的不是肉体层面……"

"……也许是吧……但你真正需要的是一个做你妻子的女人。你不肯放手，不过是因为我是你的妻子罢了。你未必只会对伸子这样，更不可能因为我是伸子才不放手。"

佃狠狠瞪着伸子，似是要一口咬上来。

"那你是无论如何都不肯改主意了？"

他再次确认。伸子点了点头。

"说什么都不行？"

"嗯……说什么都不行……"

"好！这就是我想听到的答案！"

他猛地站起来，从桌上拿来纸笔。

"来吧，既然都决定了，那就给家里的东西列个备忘录吧。"

他在白色的信纸中间画了一条横线，上半边写"T"（佃），下半边写"N"（伸子）。

"那……书桌，你总归要的吧？至于椅子，我得拿三把走，抱歉。然后是柜子……"

佃面无血色，脸颊显得格外消瘦，拿着笔的食指异常用力。伸子呆呆地看着他写。分家什……拿走各自的东西……心都碎了，东西却还在。多么丑陋而恶心的交接。伸子心想，真希望那些家什在这一刻统统消失，恬不知耻！

"不写下来也没关系吧，反正我什么都不要。只要把书和陶器给我就……"

佃扔下笔，使劲挠头，哭了起来。

"天哪，我爹若是知道了，肯定会……"

伸子却觉得他像是在做戏。在他们的关系中，父母的力量可曾发挥过任何的作用？尽管如此，冰冷的泪水还是夺眶而出，顺着她的脸颊流下，滴在她的膝头。

佃摇摇晃晃地走了几步，去储物室取来一把钢丝剪。然后他走到外廊，在固定于外廊角落的小鸟笼前蹲下。红雀和十姐妹朝他扑扇翅膀。他专注地看着它们，喃喃道：

"唉，这东西也没用了！"

他开始用剪子剪鸟笼的网。嚓，嚓……从伸子所坐的地方，可以看到他从一头揭起那铁丝网。鸟儿们被这突如其来的变故吓到了，挤在鸟笼的一角，发出凄厉的叫声。撕出一个大洞后，佃拍了拍鸟笼后方。一只十姐妹如飞镖一般冲出洞口，飞向院子。然后是红雀和其余的十姐妹。其中一只停在了外廊跟前那枝繁叶茂的瑞香上。还有一只飞到了更远的梅树枝头，叽叽喳喳，仿佛不敢相信突然拥有了无垠天空和自由。这时，一只十姐妹竟然又飞回了外廊，也不知它在想什么。只见它歪着脑袋，看着撕开的网口，跳了几下，又回到了笼子里。佃和伸子都在不知不觉中被鸟的动作吸引住了。见那十姐妹竟然回来了，他突然抓住伸子的手，几乎要把它捏碎。

"唉，唉，连鸟儿都会回来……可你……可你……"

伸子心中一阵苦涩，挪开了视线。她心想，我怎甘心做一只笼中鸟。伸子的视线落在傍晚的天空。黄昏时分，城市的天空呈现出浑浊的淡黄色，将院子里的松树衬托得格外乌黑。每一根松针都是那般鲜明，那般清晰。

作 者 后 记
（ 节 选 ）

关 于 《 伸 子 》 [1]

距今约十年前，我创作了长篇小说《伸子》，历时约三年。作品以每年四次的频率连载于《改造》杂志，每次的篇幅为四五十页到两百页不等。出版单行本时，我对全文进行了修改，整体篇幅大幅缩短。

当时，藏原惟人 [2] 的《艺术论》等作品已经登上了杂志，无产阶级文学运动也日渐兴起，但我没接触过这些，一直待在世田谷驹泽的家里写这篇小说，每天写上五页左右。

正如书名所示，这部小说讲述了一位年轻的女性知识分子为了寻求更具人性的生活，与一个男人步入婚姻，却因为无法在她所希望的那种理解的基础上经营婚姻，双方都深陷痛苦，最后女方主动破坏了这段关系。作者站在主人公"伸子"的角度描写了周遭的所有人际关系。即便是被世人称为"爱情"的男女情感，

1　该小说原名为《伸子》。

2　藏原惟人（1902—1991），日本文艺评论家、翻译家，与宫本百合子等人共同建立了新日本文学会。

只要它无助于双方在人性层面的相互提升，没有那种大局观与智慧，就称不上本质的爱。而社会的庸俗常识将这种"不是爱的爱"强加于立足爱情的夫妻生活，当事人也都屈服于这种状态，于是作者对此提出了抗议。基于当时的社会认识，作者也确信主人公的经历是具有社会意义和内容的，因为那些经历源自对更广阔的人性生活的追求。

从今天的角度看，这部作品的结局清楚地表明，受制于历史背景，作者还完全不知道对知识分子而言，真正的成长意味着什么。"伸子"竭尽全力冲破了境遇的壁垒，但她前脚刚走出来，后脚就和女性朋友住在了一起。仅仅是这样，还无法从本质上解答"伸子"的疑问，或是满足她完善人性的需求。到头来，她还是在同一个小市民圈子里打转，只是层面略有不同。作者当时的现实观察之眼尚未配备这种客观的社会性，无法洞察这一微妙的要点。

但这部作品对我的作家生涯有很大的意义。以极大的热情写完近千页的长篇小说，非常有助于提高写作技巧。而且这部作品的反响相对较好，这也促使我在那之后创作了各种中短篇小说。无论写什么样的题材，只要是在当时的我想写的范围内，都能写出读起来像一篇小说的东西，也算是长了些本事。但为了出版《伸子》的单行本开始改稿之后，我对此产生了深深的怀疑。我能轻松写出种种作品，也不太收到差评了。我知道在一部作品和下一部作品之间，自己的生活并无进步，但只要写出一部作品，它就能为读者接受。这让我感到焦虑。写第一部小说的时候，我还是个没见过世面的小女孩，但我知道，正经艺术家每天为人性和生活的成长所做的努力总是与其创作相吻合。我时刻提醒自己，正是生活的成长促进了艺术的成长。单单靠写稿赚取稿费来养活自己的状态是不够的。作为艺术家，这绝非理想的活法。在《伸子》之后创作的小说《一枝花》（九十多页）就反映了我当时的心境，对我而言是值得纪念的一部作品。写完之后，我启程前往苏联。回国后，我便能从更具社会性的角度对"伸子"进行批评了。在准备动笔的长篇作品中，我想用"伸子"所没有的客观之眼来描绘历史的某个时期与若干社会阶层的人的感情，以及他们之间的相互关系。

一九三七年五月

后　记

　　《伸子》写于一九二四年至一九二六年间。当时日本已有早期无产阶级运动兴起，无产阶级文学运动也随之勃发。但作者生活在没有机会直接接触到这些浪潮的环境中。《伸子》刻画的也是一位有日本中产阶级背景的年轻女性。她强烈希望作为"一个女人"和"一个人"实现成长，于是步入婚姻。但没过多久，她对与婚姻和家庭生活的稳定挂钩的、被视作常识的生活态度产生了难以忍受的怀疑和痛苦，逐渐对婚姻绝望。作者试图描写日本的社会常识所框定的、围绕婚姻和家庭生活的家庭制度对背负着女儿与妻子的身份，却想追求自由宽广与个人成长的女人来说是多么窒息，同时描写了夫妇的性格冲突。作者在写作时隐约感觉到，这些冲突是扎根于社会本质的问题。二十四年前写作这部作品时，作者和读者还不能像今天的作者和读者那样，意识到"伸子"的所有挣扎都源于遍布现代日本社会角角落落的、根深蒂固的"旧"与不上不下的"新"之间的矛盾。经历了四分之一个世纪的风风雨雨，作者正在撰写《伸子》的续篇，《两个院子》与《路标》，以及后续作品。

一九四八年九月

宫本百合子
年表

● 1899 年，2 月生于东京市一中产家庭，父亲为大正时期著名建筑师；10 个月大时搬至北海道，在札幌生活到 3 岁。

● 1905 年，就读东京市驹込的驹本寻常小学（现为文京区立驹本小学），后转入名校诚之寻常小学（现为文京区立诚之小学）；父亲前往英国留学。

● 1907 年，6 月父亲回国。

● 1911 年，就读东京女子师范学校附属高等女校（现为御茶水女子大学附属中学）；暑假开始尝试写小说，模仿与谢野晶子的《口语译源氏物语》，撰写长篇小说《锦木》。

● 1914 年，第一次世界大战爆发。

● 1916 年，就读日本女子大学英文科；根据历年去福岛县乡村祖母家的经历，创作了《贫穷的人们》并刊于《中央公论》。

● 1917 年，陆续发表《阳光灿烂》《三郎爷》《大地丰饶》等作品，《贫穷的人们》出版单行本。

● 1918 年，9 月和父亲去美国纽约留学；11 月第一次世界大战结束。

● 1919 年，成为哥伦比亚大学旁听生，与语言学者荒木茂结婚；11 月在《中央公论》上发表《美丽的月夜》；12 月回国。

● 1924 年，在夏目漱石女弟子野上弥生子的介绍下，与俄罗斯文学翻译家汤浅芳子认识，开始创作长篇小说《伸子》；夏天与荒木茂离婚；《伸子》于《改造》杂志上连载。

● 1926 年，《伸子》连载完结。

● 1927 年，继续创作发表了如《高台寺》《帆》《未开拓的风景》等短篇小说；12 月与汤浅芳子前往苏联旅行。

● 1928 年，《伸子》出版单行本。

● 1929 年，5 月前往柏林、维也纳、巴黎、伦敦等地旅行。

● 1930 年，11 月回国；12 月加入日本无产阶级作家同盟，积极参与无产阶级文学运动。

● 1931 年，9 月组织妇人委员会，倡导女性阅读、参与文学创作和社会活动；10 月加入日本共产党，成为反法西斯斗争的文艺中坚力量。

● 1932 年，2 月与左翼文艺评论家宫本显治结婚；10 月《职业妇女》《无产阶级文学》等杂志被日本当局勒令停刊，无产阶级文化运动受到压制，相关文学活动被迫中止，宫本显治也遭检举入狱。

● 1934 年，1 月遭检举入狱；2 月日本无产阶级作家同盟解散；6 月因母亲病危而被释放。

● 1935 年，4 月发表短篇小说《乳房》；5 月再遭检举，并于次年被判入狱。

● 1937—1942 年，虽断断续续受到日本当局限制禁令，但仍笔耕不辍，坚持创作小说、撰写评论文章；1942 年 7 月在狱中晕厥，停止拘留并出狱。

● 1944 年，宫本显治被判无期徒刑。

● 1945 年，10 月宫本显治被释放；12 月，与宫本显治前往日本多地进行演讲。

● 1946 年，与壶井荣等人共同组织妇女民主俱乐部；1 月为《新日本文学》杂志撰写创刊文；7 月起执笔创作中篇小说《播州平野》《风知草》等。

● 1947—1950 年，创作长篇小说《两个院子》《路标》。

● 1951 年，1 月因败血症去世。